Bibliothèque nationale de France

.

Direction des collections

.

Département Littérature et Art

LES SONNETS

DE

PÉTRARQUE

Traduction complète en sonnets réguliers

AVEC INTRODUCTION ET COMMENTAIRE

PAR

PHILIBERT LE DUC

—

Ouvrage couronné aux fêtes littéraires de Vaucluse et d'Avignon à l'occasion
du cinquième centenaire de Pétrarque

PREMIER VOLUME

PARIS

LEON WILLEM, EDITEUR

8, RUE DE VERNEUIL, 8

—

1877

LES SONNETS

DE

PÉTRARQUE

DU MÊME AUTEUR :

Brixia (poésies sur la Bresse), un vol. in-18. Bourg, Gro-
mier, 1870.
Haltes dans les Bois (poésies diverses), un vol. in-18. Paris,
Willem, 1874.
L'École de Salerne (texte et tr.), un vol. in-18. Paris, Adrien
Delahaye, 1875.

———

Cet ouvrage n'a été tiré qu'à 380 exemplaires, tous
numérotés par l'éditeur.

250 sur papier vélin. . . . . Nᵒˢ 131 à 380
100 — —   de Hollande . . . .   31 à 130
30 — —   Whatman . . . . .   1 à 30

Nᵒ

1877. – Paris. Typ. de Ch. Noblet, 13, rue Cujas. — 4445

LES SONNETS

DE

PÉTRARQUE

Traduction complète en sonnets réguliers

AVEC INTRODUCTION ET COMMENTAIRE

PAR

PHILIBERT LE DUC

—

Ouvrage couronné aux fêtes littéraires de Vaucluse et d'Avignon à l'occasion
du cinquième centenaire de Pétrarque.

PREMIER VOLUME

PARIS

LEON WILLEM, EDITEUR
8, RUE DE VERNEUIL, 8
—
1877

PRÉFACE

PÉTRARQUE, *un des plus grands personnages du quatorzième siècle, parvenu par son mérite à se concilier l'estime et l'amitié des princes de la terre et des princes de l'Église, couronné au Capitole comme le premier poëte de son temps, auteur de nombreux ouvrages latins, serait peut-être oublié aujourd'hui sans son amour pour Laure et sans les sonnets qu'il composa pour elle en italien. L'italien était alors la langue vulgaire, celle qui était comprise de tout le monde et de Laure.*

Par enthousiasme pour l'antiquité romaine, Pétrarque écrivait de préférence dans la langue de Cicéron et de Virgile. Son poëme latin d'Africa était son œuvre de prédilection, et, de bonne foi ou non, il qualifiait de bagatelles les vers de son Canzoniere, malgré la popularité dont ils jouissaient :

« J'ai remis à votre envoyé, écrivait-il à un ami, ces bagatelles qui ont fait l'amusement de ma jeunesse.

*Elles ont besoin de toute votre indulgence. Vous par-
donnerez à mon âge les défauts de style, et les folies de
l'amour serviront d'excuse aux variations de mon
âme. Il est honteux pour un vieillard de vous envoyer
des écrits de cette nature : mais vous me les avez demandés; puis-je vous refuser quelque chose? De quel
front vous refuserois-je des vers qui courent les rues,
qui sont dans la bouche de tout le monde et qu'on préfère à des compositions plus solides que j'ai faites dans
un âge plus mûr [1]?»*

Cinq siècles ont confirmé le goût du peuple. Le Canzoniere a survécu, et l'Italie lui a donné une place
d'honneur à côté des poëmes de Dante, de l'Arioste et
du Tasse. Ce recueil contient trois cent dix-sept sonnets, parmi lesquels sont disséminés vingt-neuf canzone, neuf sextines, sept ballades et quatre madrigaux.
Il est suivi de six poëmes intitulés : Triomphe d'Amour.
— Triomphe de la Chasteté, — de la Mort, — de la
Renommée, — du Temps, — de la Divinité. *Le tout
se nomme en italien : le Rime di Francesco Petrarca.*

*Les sonnets, par leur nombre et leur valeur artis-
tique, constituent la partie capitale du Canzoniere.
Pétrarque aimait à se jouer avec cette forme littéraire,
dans laquelle son génie se trouvait à l'aise [2]. La ri-*

---

1 *Mémoires pour la vie de François Pétrarque* (par l'abbé de Sade),
tome III, p. 789.

2 Le nom de Pétrarque se trouve mal à propos cité dans l'extrait

chesse de l'imagination, la finesse et la grâce de l'esprit, la flexibilité du style, l'inépuisable variété
d'images et de sentiments, toutes ces brillantes qualités s'épanouissent dans les sonnets écrits du vivant
de Laure : et le cœur de l'amant se révèle tout entier,
dans ceux composés après sa mort, par l'expression
touchante et naturelle des regrets et des souvenirs.

Plus d'un poëte s'est passionné pour ces petits chefs-
d'œuvre, et a essayé de les faire passer dans la poésie
française. Au seizième siècle, Clément Marot, De
Baïf, Des Portes, Louïze Labé, Jacques Tahureau,
Olivier de Magny, — de nos jours, Antoni Deschamps,
Boulay-Paty, etc., ont emprunté quelques sonnets à
Pétrarque. — L'abbé de Sade, l'abbé Roman, le comte
de Montesquiou, M. de Saint-Geniez, ont puisé plus
largement dans le Canzoniere. Mais ces quatre écrivains, peu soucieux de la forme et de la musique du
sonnet, n'ont publié que des imitations en vers libres
ou en stances ordinaires. — La traduction partielle de
M. Esménard du Mazet, plus régulière en apparence,

suivant du livre *Du rondeau, du triolet, du sonnet,* publié en 1870
par M. Paul Gaudin :
« *Sonnet Estrambote* .... Toutes les pièces que j'ai vues décorées
de ce nom baroque ont trois tercets... Peut-être, après tout, n'est-ce
qu'un descendant du *sonetto con ritornello* dont il y a des exemples
dans Pétrarque et quelques-uns de ses compatriotes. » P. 210.
M. Gaudin veut sans doute parler des *sonetti colla coda,* ainsi
nommés, dit Scoppa, « à cause d'un ou plusieurs tercets qui, semblables à une queue, se traînent après le quatorzième vers. » C'est faire
injure à Pétrarque, une grosse injure, que de lui attribuer de pareils
sonnets *(sonettucciacci),* à lui, si esclave de la structure régulière, si
soigneux de la rime, si chercheur de la perfection !

_n'offre en réalité que des sonnets fictifs, des sonnets
qui ne sonnent pas. L'auteur s'est affranchi de_

La rime avec deux sons frappant huit fois l'oreille,

_et il s'en glorifie, le profane[1] ! — M. Poulenc, oubliant
que la lettre tue, a versifié littéralement le_ Canzoniere;
_c'est une autre profanation : sous son mot à mot, d'autant
plus barbare qu'il est rimé, comment reconnaître
l'harmonieux Pétrarque ? — L'interprétation de
MM. Lafond est plus française, plus poétique, plus
digne du célèbre sonnettiste : mais elle n'est que partielle._

_La traduction que voici est complète, et elle reproduit
le rhythme original, tout en conservant la pensée
du poëte et les principaux détails du texte. Le sonnet
donne à l'inspiration de Pétrarque un charme particulier
que la poésie ordinaire ne peut rendre. L'imitation
rhythmique a donc paru nécessaire, et l'auteur
l'a faite avec tout le soin possible. Non-seulement il
s'est soumis aux lois rigoureuses du sonnet, qui sont
les mêmes dans les deux langues; mais encore il a
voulu par la richesse de la rime augmenter le plaisir
de l'oreille et celui de la difficulté vaincue[2]. Telle est_

---

[1] _Poésies de Pétrarque_, p. 360.

[2] La richesse de la rime n'est pas la seule difficulté volontaire que le traducteur se soit imposée. Une autre doit être signalée aux oreilles délicates : chaque sonnet, à partir du dixième, commence par un vers féminin, si le précédent finit par un vers masculin, et _vice versâ_; de sorte que le passage d'un sonnet à l'autre s'effectue sans le heurtement de deux rimes de même genre et de consonnances différentes.

cette traduction. Peut-être donnera-t-elle une idée de
la grâce poétique et musicale avec laquelle Pétrarque
exprimait son amour.

Quoi qu'il en soit, la lecture suivie de trois cent dix-
sept sonnets, fussent-ils les meilleurs du monde, ne
laisserait pas que d'être fatigante. Pour obvier à cet
inconvénient, les temps d'arrêt ont été multipliés par
la division des sonnets en dix séries, et la prose a été
mêlée à la poésie au moyen d'un commentaire. Divisum
sic breve fiet opus (MART.).

Ce commentaire n'est pas composé de verbeuses
paraphrases comme les commentaires italiens. On
trouvera en regard de chaque sonnet des extraits bio-
graphiques, des fragments de lettres, canzone et autres
œuvres de Pétrarque, des réflexions sur les points
controversés, des appréciations ou rapprochements
littéraires, même des anecdotes, — en un mot, tout ce
qui a paru propre à éclairer, intéresser ou distraire.

Avant d'aborder les sonnets, le lecteur fera connais-
sance dans l'introduction avec Pétrarque et Laure, et
sera initié aux mœurs de l'époque en fait d'amour.
Les éléments de ce travail ont été puisés aux meilleures sources, notamment dans l'Histoire littéraire
d'Italie, de Ginguené, dans l'Etude magistrale de
M. Mézières et dans les plantureux Mémoires de l'abbé
de Sade.

Un appendice contient quelques mots sur les hon-

neurs rendus au cygne de Vaucluse lors du cinquième centenaire de sa mort, et quelques-uns des sonnets composés à cette occasion.

Enfin, un index italien permettra de trouver aisément la traduction de tel ou tel sonnet, et un index analytique facilitera les autres recherches.

Bourg, 19 novembre 1876.

A PÉTRARQUE

SONNET

Le temps a consacré comme une œuvre immortelle,
Pétrarque, les sonnets que Laure t'inspira,
Et que, sur ton déclin, lorsque Dieu t'attira,
Tu traitais humblement de folle bagatelle[1].

Ta plume avec franchise alors écrivait-elle?
Pourquoi, si tu pensais que ton cœur délira,
Polissais-tu tes vers[2], quand ta flamme expira,
Comme un marbre sorti des mains de Praxitèle?..

Mais un doute plus grave occupe les méchants :
Ton amour fut-il pur?... Faut-il croire à tes chants?...
Tu faillis, tu fus homme[3]... Hélas! on le déplore.

Quelques jours toutefois d'attachement trop bas
Effacent-ils trente ans de pleurs et de combats?
Non!... Tu seras toujours le chaste amant de Laure[4].

---

[1] V. le troisième alinéa de la préface.
[2] V. le commentaire des sonnets I et VI.
[3] V. le préambule de la deuxième série.
[4] V. l'introduction. § III.

INTRODUCTION

—

Λ vie de Pétrarque a été très-remplie, très-accidentée. Il faudrait un volume pour dire tous les amis qu'il a eus, tous les princes, rois et papes qu'il a servis ou conseillés, tous les événements politiques auxquels il a pris part, tous les livres qu'il a composés, tous les voyages qu'il a faits, tous les lieux qu'il a successivement habités. Mais une longue biographie serait ici déplacée. L'essentiel à propos des sonnets du *Canzoniere* est de préparer le lecteur à les lire avec intérêt. Pour cela trois paragraphes suffiront.

Le premier esquissera la vie de Pétrarque. — Le deuxième affirmera l'existence de Laure et la sincérité du *Canzoniere*. — Dans le troisième, Pétrarque sera justifié, par les mœurs de son temps et par les maximes des cours d'amour, d'avoir attaché son âme à celle d'une femme mariée.

I. — PÉTRARQUE.

L'auteur de l'*Histoire littéraire d'Italie*, Ginguené. a écrit dans ce grand ouvrage une excellente notice sur Pétrarque et une appréciation non moins remarquable de ses œuvres. Voici comment il raconte la jeunesse de notre poëte :

« La famille de Pétrarque était ancienne et considérée à Florence, non par les titres, les grands emplois ou les richesses, mais par une grande réputation d'honneur et de probité, qui est aussi une illustration et un patrimoine. Son père était notaire, comme l'avaient été ses aïeux ; et cette fonction était alors relevée par tout ce que la confiance publique peut avoir de plus honorable. Il se nommait *Pietro;* les Florentins, qui aiment à modifier les noms, pour leur donner une signification augmentative ou diminutive, l'appelèrent *Petracco, Petraccolo*, parce qu'il était petit.

« *Petracco* était ami du Dante, et du parti des Blancs comme lui. Exilé de Florence en même temps et par le même arrêt, il partagea avec lui les dangers d'une tentative nocturne que les Blancs firent en 1304 pour y rentrer[1]. Il revint tristement à Arezzo, où il s'était réfugié avec sa femme *Eletta Canigiani*. Il trouva que dans cette même nuit, si périlleuse pour lui, elle lui avait donné un fils, après un accouchement difficile qui avait mis aussi sa vie en danger. Ce fils reçut le nom de François, *Francesco di Petracco*, François, fils de *Petracco*. Dans la suite, dès qu'il commença à rendre ce nom célèbre, on changea par une sorte d'ampliation ce *di Petracco* en *Petrarcha*, et ce fut le nom qu'il porta toujours depuis.

« Sept mois après, sa mère eut la permission de revenir à Florence; elle se retira à *Incisa*, dans le Val d'Arno, où son mari avait un petit bien. C'est là que Pétrarque fut élevé jusqu'à sept ans. Son père, s'étant alors établi à Pise, y appela sa famille, et y donna pour premier maître à son fils un vieux grammairien nommé *Convennole da Prato;* mais il n'y resta pas longtemps.

---

[1] Pendant la nuit du 19 au 20 juillet.

Les espérances qu'il avait fondées sur l'empereur Henri VII, pour rentrer dans sa patrie, furent détruites par la mort de ce prince; alors *Petracco* partit pour Livourne avec sa femme et ses deux fils (car il en avait eu un second nommé Gérard); ils s'embarquèrent pour Marseille, y arrivèrent après un naufrage où ils faillirent tous périr, et se rendirent de Marseille à Avignon[1]. Clément V venait d'y fixer sa cour; c'était le refuge des Italiens proscrits : *Petracco* espéra y trouver de l'emploi; mais la cherté des logements et de la vie l'obligea peu de temps après à se séparer de sa famille, et à l'envoyer à quatre lieues de là, dans la petite ville de Carpentras. Pétrarque y retrouva son premier maître *Convennole*, alors fort vieux, toujours pauvre, et qui, là comme en Italie, enseignait aux enfants, la grammaire et ce qu'il savait de rhétorique et de logique. *Petracco* y venait souvent visiter ses enfants et sa femme. Dans un de ces voyages, il eut le désir d'aller avec un de ses amis voir la fontaine de Vaucluse que son fils a depuis rendue si célèbre. Ce fils, alors âgé de dix ans, voulut y aller avec lui. L'aspect de ce lieu solitaire le saisit d'un enthousiasme au-dessus de son âge, et laissa une impression ineffaçable dans cette âme sensible et passionnée avant le temps.

« C'était avec cette même ardeur qu'il suivait ses études. Il eut bientôt devancé tous ses camarades. Mais des études purement littéraires ne pouvaient lui procurer un état. Son père voulut qu'il y joignît celle du droit, et surtout du droit canon, qui était alors le chemin de la fortune. Il l'envoya d'abord à l'Université de Montpellier, où le jeune Pétrarque resta quatre ans sans pouvoir prendre de goût pour cette science, et sentant augmenter de plus en plus celui qu'il avait pour les lettres, surtout pour Cicéron, à qui, dès ses premières années, il avait voué une sorte de culte. Ci-

[1] 1315.

b

céron, Virgile et quelques autres auteurs anciens, dont
il s'était fait une petite bibliothèque, le charmaient
plus que les Décrétales; *Petracco* l'apprend, part pour
Montpellier, découvre l'endroit où son fils les avait
cachés dès qu'il avait appris son arrivée, les prend et
les jette au feu; mais le désespoir et les cris affreux de
son fils le touchent : il retire du feu et lui rend à demi
brûlés Cicéron et Virgile. Pétrarque ne les en aima
que mieux et n'en conçut que plus d'horreur pour le
jargon barbare et le fatras des canonistes.

« De Montpellier, son père le fit passer à Bologne [1],
école beaucoup plus fameuse, mais qui ne lui profita pas
davantage, malgré les leçons de Jean d'Andréa, célèbre
professeur en droit. Le poëte *Cino da Pistoia* était
aussi alors jurisconsulte à Bologne : ce fut le goût de
la poésie et non celui des lois qui lia Pétrarque avec
lui. Ce goût se développait en lui de plus en plus; il
n'en avait pas moins pour la philosophie et pour l'éloquence. Il avait vingt ans, et aucune autre passion ne
le dominait encore. Ce fut alors qu'ayant appris la
mort de son père, il revint de Bologne à Avignon, où
peu de temps après il perdit aussi sa mère, morte à
trente-huit ans. Son frère Gérard et lui restèrent avec
un médiocre patrimoine, que l'infidélité de leurs tu-
teurs diminua encore : ils spolièrent la succession et
laissèrent les deux pupilles sans fortune, sans appui,
sans autre ressource que l'état ecclésiastique [2].

« Jean XXII occupait alors à Avignon la chaire pontificale. Sa cour était horriblement corrompue; et la
ville, comme il arrive toujours, s'était réglée sur ce
modèle. Dans cette dépravation des mœurs publiques,
Pétrarque à vingt-deux ans, livré à lui-même, sans
parents et sans guide, avec un cœur sensible et un
tempérament plein de feu, sut conserver les siennes;
mais il ne put échapper aux dissipations qui étaient

[1] 1322.   [2] 1326.

l'occupation générale de la cour et de la ville. Il fut
distingué dans les sociétés les plus brillantes, par sa
figure, par le soin qu'il prenait de plaire, par les grâces
de son esprit, et par son talent poétique, dont les premiers essais lui avaient déjà fait une réputation dans
le monde. Ils étaient pourtant en langue latine ; mais
bientôt, à l'exemple du Dante, de *Cino* et des autres
poëtes qui l'avaient précédé, il préféra la langue vulgaire, plus connue des gens du monde, et seule entendue des femmes. Des études plus graves remplissaient
une partie de son temps. Il le partageait entre les ma-
thématiques, qu'il ne poussa cependant pas très-loin, les
antiquités, l'histoire, l'analyse des systèmes de toutes
les sectes de philosophie et surtout de philosophie morale. La poésie, et la société, où il jouissait de ses
succès, occupaient tout le reste.

« Jacques Colonne, l'un des fils du fameux Étienne
Colonne qui était encore à Rome le chef de cette famille et de ce parti, vint s'établir à Avignon peu de
temps après Pétrarque. Ils avaient déjà été compagnons
d'études à l'Université de Bologne. C'était un jeune
homme accompli, qui réunissait au plus haut degré les
agréments de la personne, les qualités de l'esprit et
celles du cœur. Ils se retrouvèrent avec un plaisir égal
dans le tumulte de la cour d'Avignon, et la conformité
des caractères et des goûts forma entre eux une amitié
aussi solide qu'honorable pour tous les deux. Mais
l'amitié, l'étude et les plaisirs du monde ne suffisaient
pas pour remplir une âme aussi ardente : il lui manquait un objet à qui il pût rapporter toutes ses pensées
comme tous ses vœux, le fruit de ses études, et cet
amour même pour la gloire, qui semble vide et presque sans but dans la jeunesse. quand il n'est pas sou-
tenu par un autre amour. Il vit Laure, et il ne lui
manqua plus rien [1].

1 6 avril 1327.

« Laure, dont le portrait séduisant est épars dans les vers qu'elle lui a inspirés, et qui ressemblait, dit-on, à ce portrait, était fille d'Audibert de Noves, chevalier riche et distingué. Elle avait épousé, après la mort de son père, Hugues de Sade, patricien originaire d'Avignon, jeune, mais peu aimable et d'un caractère difficile et jaloux. Laure, qui avait alors vingt ans[1], était aussi sage que belle; aucune espérance coupable ne pouvait naître dans le cœur du jeune poëte. La pureté d'un sentiment que ni le temps, ni l'âge, ni la mort même de celle qui en était l'objet ne purent éteindre, a trouvé beaucoup d'incrédules : mais on est aujourd'hui forcé de reconnaître, d'une part, que ce sentiment fut très-réel et très-profond dans le cœur de Pétrarque : de l'autre, que si Pétrarque toucha celui de Laure, il n'obtint jamais d'elle rien de contraire à son devoir.[2] »

Pour se distraire de sa passion, Pétrarque se mit à voyager. Il visita les Pyrénées, Paris et l'Allemagne, revint en Provence, repartit pour Rome et revint encore. Partout le souvenir de Laure le poursuivit. Partout il confia l'état de son âme à d'admirables sonnets.

A son retour de Rome, en 1337, il se retira dans sa chère solitude de Vaucluse, et s'y livra, plusieurs années, au culte des lettres et au repentir de sa première faute (V. le préambule de la série II). C'est à Vaucluse qu'il écrivit la plupart de ses sonnets et qu'il composa son poëme épique latin à la louange de Scipion l'Africain. Son *Africa* n'était pas achevée que Rome et Paris se disputèrent l'honneur de lui décerner la couronne poétique.

---

[1] Elle était née en 1307.

[2] *Hist. litt. d'Italie*, Paris, 1811, t. II, p. 336. — La moitié de ce tome II est consacrée à Pétrarque : la notice remplit le chapitre XII; l'appréciation des œuvres latines, le chapitre XIII, et celle du *Canzoniere*, le chapitre XIV.

« Il receut à la mesme heure, dit Placide Catanusi [1], deux lettres, l'une du Roy Philippe écrite par son Chancelier et l'autre du Senateur de Rome, par lesquelles ils luy offroient la couronne de Laurier comme au premier Poëte de son siecle, et le prioient de la venir recevoir, l'un à Rome et l'autre à Paris; et par l'advis du Cardinal Colonna et de Thomas de Messine, il choisit Rome et la prefera. Estant parti pour cet effet l'année 1341, âgé de 37 ans, il passa par Naples, où il receut de grands honneurs du Roy Robert, qui estoit un Prince fort sçavant, lequel voulut mesme l'obliger de recevoir la couronne de Laurier à Naples : mais Petrarque, apres l'avoir refusé civilement, poursuivit son voyage. Estant arrivé à Rome le jour de Pasques de la mesme année, il receut la couronne de Laurier de cette maniere, au rapport de *Sennuccio del Bene*, Florentin, qui dit avoir esté tesmoin oculaire de toute cette ceremonie, dans la lettre qu'il escrit au Seigneur *Can Della Scala* [2].

« Le matin, à Saint Pierre, il entendit la Messe qui fut celebrée par le Vice-Légat: et puis l'Evesque de Bourlant le conduisit au Palais des Seigneurs Colonna,

1 Sous le nom de *Les Œuvres amoureuses de Pétrarque*, Placide Catanusi a publié en 1669 une traduction en prose des *Sonnets* et des *Triomphes*. Cette très-médiocre version ne contient que quatre-vingt-dix-sept sonnets. Tout imparfaite qu'elle est, MM. Garnier frères l'ont réimprimée en 1875, en rajeunissant l'orthographe et en remplaçant l'épitre dédicatoire et la préface par un chapitre de Ginguené. Le nom du traducteur est exclu du titre et de l'avertissement, mais celui de Ginguené se trouve placé au frontispice, de manière à faire croire qu'il est l'auteur de la traduction; si bien qu'un critique de la *Bibliographie contemporaine* (un érudit celui-là!) n'a pas manqué d'annoncer ce te vieille traduction comme l'œuvre de Ginguené, et a bravement infligé à cet estimable littérateur le blame qui revenait à Catanusi. Le tour a été on ne peut mieux joué. Voilà comment les éditeurs se moquent du public.

2 Cette lettre passe pour apocryphe. Elle contient néanmoins de curieux détails, généralement admis. Catanusi la résume assez bien. L'abbé de Sade en a donné la traduction complète dans sa NOTE XIV.

auprès de Sainte Marie, *in via Lata*, accompagné de
toute la Noblesse de Rome, où on luy donna un disner
fort magnifique avec tous les Barons de Rome. L'apres
disné, le Vice-Maistre des Ceremonies fit lire publiquement quelques-uns de ses ouvrages, qui furent es-
coutés avec joye et applaudissement de tous ceux qui
estoient presents; il fit ensuite son Panegyrique; puis
ils habillèrent le Poëte de ses habits de triomphe.

« On luy mit au pied droit un *cothurne* rouge, qu'on
a accoustumé de donner aux Poëtes Tragiques, et au
pied gauche, un *socque* violet, attaché d'un lien bleu,
qui est la marque des Poëtes Comiques. Apres, ils luy
mirent une grande robbe trainante de velours violet,
plissée autour du col et brodée d'or [1], avec une ceinture de diamants [2]. Sur cette premiere robbe on luy en
mit une seconde de satin blanc [3], qui estoit l'habit ordinaire des Empereurs dans leurs triomphes. Sur sa
teste on luy mit une Mistre de brocard d'or avec ses
Infules pendantes sur le dos; à son col une chaine d'or
à laquelle pendoit une petite Lyre d'yvoire et une paire
de gants de loutre [4] à ses mains, tous ornements mystérieux et significatifs; et une jeune Damoiselle, vestuë
d'une peau d'ours, tenant une chandelle allumée en sa
main gauche, les pieds-nuds, portoit la queuë de sa
robbe [5].

« Petrarque estant descendu dans la cour en cet
equipage, il trouva un Char tissu de Lierre, de Laurier

---

[1] Elle étoit doublée de taffetas verd pour marquer que le poëte doit
toujours avoir des idées neuves, et garnie d'un galon d'or fin, qui si-
gnifioit que les productions du poëte doivent être affinées comme
l'or — Cette note et les quatre suivantes sont tirées des *Mém.* de
l'abbé de Sade.

[2] Pour faire entendre que le poëte doit tenir ses idées secrètes.

[3] Le blanc est le symbole de la pureté, qui doit être la vertu des
poëtes.

[4] Animal qui vit de rapine; cela convient aux poëtes, dit Gui d'A-
rezzo, parce qu'ils vont pillant d'un côté et d'autre.

[5] Elle représentoit la Folie; on sçait que c'est la manie des poëtes.

et de Myrthe, couvert d'un drap d'or, dans la broderie duquel on voyoit le Mont-Parnasse, la Fontaine Aganippe, le Cheval Pegase, Apollon et les neuf Muses avec Orphée, Homère et plusieurs Poëtes Grecs et Latins, comme Virgile et Catulle, et Toscans comme Rannuccio et Albert de Castel-Florentin.

« Petrarque, une Lyre à la main, monta dans ce Char, et se mit sur une chaise dont les quatre pieds estoient d'un Lion, d'un Griphon, d'un Elephant et d'une Panthere. Aupres de luy on voyoit du papier, de l'encre, des plumes et des livres. Ce Char estoit environné de mille Amours, de trois Graces, et de Bacchus qui le conduisoit. Le Travail, sous la figure d'une femme vestuë de bure, marchoit devant, chassant à coups de foüet une femme qui representoit l'Oisiveté. Trois Estafliers estoient aux portieres, dont l'un tenoit du Laurier, l'autre du Lierre, et le troisiesme du Myrthe. Deux Chœurs de Musique, l'un composé de Voix et l'autre d'Instruments, suivoient, avec une infinité de Satyres, de Faunes et de Nymphes, qui dansoient et chantoient les loüanges du Poëte. En cet equipage, il marcha vers le Capitole. Toutes les ruës par lesquelles il passa estoient richement tapissées et semées de fleurs; les Temples ouverts et parés; et les Dames aux fenestres luy jettoient des eaux de senteurs et des œufs parfumés. Mais il arriva malheureusement qu'une femme, s'estant méprise, luy versa sur la teste une bouteille d'eau-forte qui le rendit chauve tout le reste de sa vie [1].

« Estant arrivé au Capitole, il fit une harangue en presence de toute l'assemblée, et à la fin de son discours il fut proclamé Poëte, et couronné de trois couronnes, la premiere de Lierre, comme Bacchus premier Poëte, l'autre de Laurier, comme les Empereurs, et la derniere de Myrthe, comme le plus tendre des

[1] L'abbé de Sade traite de fable cet accident.

Amants. Orso, comte d'Anguillara, qui estoit lors Senateur de Rome, luy donna un rubis de 5oo Ducats
d'or. Ensuite il fut tiré à quartier, où en presence du
Maistre de Ceremonies, des Conservateurs et du Senateur, il osta sa robbe, et fit des armes, ce qui estoit
absolument necessaire à la ceremonie. On le ramena
en suite en presence du peuple, qui luy fit present de
cinq cents Ducats d'or, en reconnaissance de ce qu'il
avoit preferé Rome à Paris.

« La ceremonie estant achevée, il remonta dans son
Char, et vint rendre graces à Dieu au Vatican où
l'on dit Vespres et Complie, et en suite il descendit
chez le Seigneur Estienne Colonna, où on luy donna
à souper splendidement, et à la fin du repas, il termina
la feste par un balet qu'il dansa en presence des Dames
qui estoient assemblées [1]. »

Des lettres-patentes du même jour le qualifièrent de
Grand poëte et historien, lui donnèrent le droit de
porter la couronne de laurier, de hêtre ou de myrte, à
son choix, et l'habit poétique, et le déclarèrent citoyen
romain.

« A dater de ce grand jour du couronnement, les
dignités ecclésiastiques qui furent conférées à Pétrarque dans l'église de Parme, et la nouvelle qu'il
reçut à Vérone, quelques années après, de la mort de
Laure, commencèrent à l'éloigner de la Provence et à

[1] Extrait de la préface de Catanusi. — L'abbé de Sade dit que Pétrarque parut au Capitole, précédé de douze jeunes gens de quinze ans
habillés d'écarlate, choisis dans les meilleures familles; que, revêtu de
la robe que le roi de Naples lui avait donnée, il marchait au milieu
de six principaux citoyens de Rome, habillés de vert, portant des
couronnes de fleurs : qu'il était suivi du sénateur et des principaux du
conseil de ville; qu'après son discours, il cria trois fois : *Vive le
peuple romain! Vive le sénateur! Dieu les maintienne en liberté!*
et que, lorsqu'il reçut la couronne des mains du sénateur, le peuple
marqua sa joie et son approbation par les cris répétés de : *Vive le
Capitole et le poëte !* (*Mém.*, II, p. 2.)

le fixer de préférence en Italie. Il trouva un autre Vaucluse à Selvapiana, et comme il avait chanté sur les
bords de la Sorgue les sonnets *in vita di Madonna
Laura*, il chanta dans cette nouvelle retraite les sonnets *in morte*, où son amour s'idéalise chaque jour
davantage.

« Ce n'est pas à dire que Vaucluse fut oublié : il y avait
laissé les deux choses les plus chères à son cœur, ses
souvenirs et ses livres. Aussi y revint-il souvent, et
quand ses hauts protecteurs voulaient l'en arracher :
« Je suis heureux, leur répondait-il du fond de sa soli-
« tude; si j'ai peu de biens, j'ai encore moins de dé-
« sirs; avec des passions je serais toujours pauvre, je
« me trouve suffisamment riche, et ne tiens pas à le
« paraître davantage. La santé, mes livres, mes amis,
« une médiocrité abondante, voilà ma fortune; je n'en
« poursuis pas d'autre. »

« Ainsi pensait ce vrai sage, à qui l'ambition seule
manqua pour atteindre les dignités les plus hautes,
mais qui se disait que rien n'aurait pu compenser la
perte de sa liberté.

« Il traversa, en 1353, la Provence entière, pour se
rendre de Vaucluse à Montrieux, où son frère Gérard
avait embrassé la vie monastique. Ce séjour parmi nous
devait être le dernier.

« A partir en effet de ce moment, Pétrarque, attiré,
puis retenu par les Visconti, se fixa dans la Haute-
Italie. Ces princes l'envoyèrent, cette même année,
auprès de l'Empereur, pour lui offrir la couronne de
fer, qu'il accepta, et, en 1360, auprès de Jean, roi de
France. Mais, à ces honneurs, il préférait le doux commerce de ses livres, et, à Milan comme à Garignano, à
Padoue comme à Arqua, les lettres furent la joie de
cette dernière période de sa vie.

« Il garda jusqu'au dernier jour l'espoir de revoir
Vaucluse, et quand la mort vint le surprendre, ses
dernières volontés témoignèrent une fois de plus de

son attachement pour les lieux où, poëte, amant et philosophe, il avait trouvé ses plus belles inspirations[1]. »

Pétrarque était de grande taille, de belle et noble figure. Il s'habillait avec élégance dans sa jeunesse. Il aimait et cultivait la musique. Le chant même des oiseaux le captivait. Son intelligence et sa mémoire merveilleuses, le son agréable de sa voix et sa profonde érudition prêtaient à sa conversation un charme infini. Tout ce qui était bien et beau excitait son enthousiasme. L'idée d'une rénovation italienne l'électrisait, tant il était patriote. Jaloux de sa dignité personnelle et de son indépendance, il ne cherchait pas la fortune, et parlait avec franchise aux plus grands personnages.

Après sa seconde faute (V. le préambule de la série IV), il maitrisa son tempérament de feu, et, dès l'âge de quarante ans, il s'éloigna des femmes. Sa vie devint

---

[1] *Fête de Pétrarque en Provence.* Aix, 1875, p. 7 et 11. — Pétrarque voulut que sa maison de Vaucluse servit d'hôpital aux « pauvres du Christ. » Il testa, le 4 avril 1370, à la veille d'entreprendre un voyage qu'il n'eut pas la force de continuer. Son intention était d'aller à Rome pour répondre à l'invitation du pape Urbain V, installé au Vatican depuis 1367. Dans l'intérêt de la religion et pour l'honneur de l'Italie, le lauréat du Capitole avait pressé tous les papes et Urbain lui-même de rétablir le saint-siége à Rome. Heureux de la détermination d'Urbain, il se faisait un plaisir de l'en féliciter de vive voix, ne se doutant pas alors que, peu de mois après, le même Urbain, cédant à des considérations politiques, ramènerait la cour pontificale au palais d'Avignon. — N'oublions pas la glorieuse marque de vénération qui fut donnée à ce pape, lors de sa rentrée à Rome, le 21 octobre 1368, au retour d'une villégiature. L'empereur Charles IV, qui l'avait devancé de quelques jours et qui l'attendait à la porte Colline, près du château Saint-Ange, descendit de sa monture à son approche, et, prenant les rênes du cheval blanc sur lequel le Saint Père était monté, le conduisit, toujours à pied, jusqu'à la basilique de Saint-Pierre. (*Mém.*, III, p. 733.) Qu'il y a loin de cet humble et respectueux empereur à Victor-Emmanuel, le spoliateur de Pie IX, et à Guillaume, l'emprisonneur des évêques!

austère. Par sa sobriété, par sa piété, il édifia les fa-
miliers de sa maison. Un peu de vin, beaucoup d'eau,
de la viande ou du poisson salés, des herbes crues, des
fruits, voilà quel était son ordinaire. Il jeûnait trois
jours de la semaine, et ne prenait le samedi que du pain
et de l'eau. Il dormait peu, souvent tout vêtu, et se
levait au milieu de la nuit pour louer Dieu.

Ayant vécu jeune en Toscane et en Provence, il avait
en quelque sorte deux patries et, dans chacune d'elles,
des amis et des souvenirs qui l'attiraient tour à tour.
C'est à cela peut-être qu'il faut attribuer la mobilité de
son existence. Jamais homme, avec un cœur aussi
constant dans l'amour et l'amitié, n'a plus souvent
changé de pays et de domicile. Que de fois il quitta
Vaucluse pour l'Italie et l'Italie pour Vaucluse! Que de
fois, au delà des Alpes, il transporta ses pénates d'une
ville à l'autre! Ce goût des voyages et des transplan-
tations ne l'abandonna jamais. Quatre ans avant sa
mort, il bâtissait une nouvelle demeure; et, depuis
quelques mois seulement, il était de retour d'une mission délicate à Venise, lorsqu'il rendit son âme à Dieu
dans sa campagne d'Arqua, près de Padoue, le 18 juillet
1374, à l'âge de soixante-dix ans.

II. — LAURE.

Laure a-t-elle existé? Etait-elle fille ou mariée? A
quelle famille appartenait-elle? M. Mézières va nous
l'apprendre ; son beau livre sur Pétrarque fait autorité :

« L'existence de Laure ne paraît plus douteuse aujourd'hui à personne, excepté peut-être à quelques-uns
de ces sceptiques endurcis dont aucun argument n'é-
branle l'incrédulité[1]. Nous savons même, grâce aux

1 L'idée d'une Iris en l'air ou d'une personnification du laurier,
c'est-à-dire de la gloire, émise par un ami de Pétrarque, l'évêque de

recherches et aux consciencieux travaux de l'abbé de
Sade, à quelle famille elle appartenait. Elle n'était pas
la fille de Henri Chiabau, seigneur de Cabrières; elle
n'était pas née non plus dans le village de ce nom,
comme le prétendait Velutello en 1520. Les archives
de la maison de Sade renferment des documents qui
prouvent qu'elle s'appelait Laure de Noves, qu'elle
épousa, en 1325, Hugues de Sade, fils de Paul, et
qu'elle dicta son testament en 1348, trois jours avant
de mourir. Si des textes aussi précis laissaient encore
prise au doute, ils seraient confirmés par la tradition
locale et par la découverte qu'on fit, dès 1533, du tombeau de Laure, dans une chapelle de l'église des Corde-
liers d'Avignon, construite par les de Sade et consacrée
à la sépulture de cette famille. Quant au lieu de sa
naissance, Pétrarque l'indique lui-même, lorsqu'il dit
qu'elle naquit là où « la Sorgue et la Durance réunis-
sent leurs eaux limpides et bourbeuses dans un plus
grand vase, » c'est-à-dire à Avignon même ou dans les
environs immédiats de la ville. Un sonnet écrit sur
parchemin, trouvé près des restes de Laure, est plus
explicite encore, puisqu'il la fait naître et mourir à
Avignon. Quoique le curé actuel de Vaucluse ait composé, à l'usage des voyageurs, un petit écrit absolument
dépourvu de critique, où il s'amuse à soutenir, contre
toute vraisemblance, non-seulement que Laure était
née dans un village voisin de Vaucluse, mais qu'elle ne
se maria jamais, aucun esprit sérieux ne met plus en

Lombez, reprise par Boccace dans sa notice sur Pétrarque, et par son
traducteur, M. le marquis de Valori, est aujourd'hui entièrement abandonnée. D'autres sens allégoriques furent imaginés par les pédants
italiens du quinzième siècle : « C'est la Religion chrétienne, disoient
les uns ; d'autres vouloient que ce fût la Pénitence, la Science, la Vertu,
l'Ame, la Poésie, la Philosophie, etc. Enfin, il y en eut quelques-uns
qui pensèrent que c'étoit la sainte Vierge. » (Mém. de l'abbé de Sade,
I, p. xxII.) Deux cependant, Paul Verger et Bernard de Sienne, sou-
tinrent, au quinzième siècle, que Laure était une femme en chair et en
os. — PH. L. D.

doute son mariage. Pétrarque ici encore tranche lui-
même la question en la désignant toujours dans ses
œuvres latines par les mots *mulier* et *fœmina*, jamais
par celui de *virgo;* et dans ses poésies italiennes par
les mots *donna* et *madonna*, jamais par celui de *don-
ʒella*. Il intitule le *Triomphe* qu'il lui consacre non
pas *Triomphe de la virginité*, comme il l'eût fait sans
aucun doute si elle était restée fille, mais *Triomphe de
la chasteté*. Enfin dans ses dialogues *de Contemptu
mundi*, le poëte fait dire à saint Augustin que le corps
de Laure a été épuisé par des couches fréquentes...

« Mais il ne suffit pas d'établir que le *Canʒoniere*
s'adresse à une personne réelle, en indiquant l'origine,
le nom, la date et le lieu de la naissance de la femme
qui y est célébrée. Il se présente à la pensée du lecteur
qui parcourt une première fois, même superficielle-
ment, ce recueil de vers, une objection que la critique
ne peut laisser sans réponse. On se demande tout de
suite si Pétrarque a véritablement aimé, si son
amour est un sentiment sérieux, s'il a réellement
connu les tourments et les douleurs de la passion. Ce
qui rend cette question possible et ce qui oblige à y
répondre, c'est qu'on sent, par moments, de l'affectation,
de la recherche, plus d'une préoccupation de rhéteur
dans le langage amoureux du poëte...

« L'affectation de Pétrarque vient bien en partie de
lui-même, de son penchant prononcé pour la subtilité;
mais elle vient aussi du désir d'être admiré par ses
contemporains, de montrer qu'il savait parler cette
langue raffinée et maniérée dont la mode remontait à
l'origine même de la poésie amoureuse. Ce qu'il y a
chez lui de trop orné et de purement artificiel n'est
donc qu'une question de langage .. Les vers de Pétrarque, loin d'être un jeu d'esprit, expriment au contraire une passion profonde et vraie; ils n'auraient pas
duré, ils ne vivraient pas encore aujourd'hui, s'il ne
s'en exhalait par moments un parfum pénétrant de

sincérité et d'émotion. L'étude attentive du *Canzoniere*
nous le prouvera souvent. Mais, avant même d'en
venir là, nous en trouverons la preuve positive dans
les ouvrages latins de Pétrarque... Il dit d'abord, dans
l'*Epître à la postérité* qui précède ses lettres familières, que, pendant sa jeunesse, il fut « en proie à un
amour très-violent, mais unique et honnête. » Ailleurs
il répond à l'évêque de Lombez, Jacques Colonna, qui
s'était, à ce qu'il semble, un peu moqué de sa passion,
et qui malicieusement feignait de ne pas la croire sérieuse : « Pourquoi dis-tu que je me suis forgé un nom
imaginaire de Laure, afin qu'il y eût une femme dont
je parlasse et à cause de laquelle beaucoup parleraient
de moi, mais qu'en réalité dans mon esprit il n'y a
point de Laure, excepté ce laurier poétique auquel mon
long et infatigable travail atteste que j'aspire ; qu'au
sujet de cette Laure vivante, de la beauté de laquelle
je parais épris, tout a été fait de sa main, mes vers
feints, mes soupirs simulés ? Plût à Dieu que tu eusses
dit vrai dans ta plaisanterie, que ce fût une feinte et
non une fureur ! Mais, crois-moi, personne ne feint
longtemps sans une grande peine, et se donner de la
peine gratuitement pour paraître fou, c'est le comble
de la folie. Ajoute que, bien portants, nous pouvons
simuler la maladie par nos gestes, mais que nous ne
pouvons simuler la pâleur. Tu connais ma pâleur, ma
peine. Aussi je crains qu'avec cette gaieté socratique
qu'on appelle ironie, — et en ce genre tu ne le cèdes
pas à Socrate lui-même, — tu n'insultes à ma maladie. »

« Dans les dialogues *sur le Mépris du monde* qu'aucun biographe de Pétrarque ne consulte assez, auxquels il faut toujours recourir en lisant le *Canzoniere*,
comme au meilleur des commentaires, il caractérise
mieux encore cette maladie dont il a tant souffert. Il
rappelle combien il a versé de larmes, que de soupirs
il a poussés ! Que de nuits passées sans sommeil ! que

de fois il a méprisé la vie et souhaité la mort! Il pâlis-
sait, il maigrissait. Ses yeux étaient constamment hu-
mides, son esprit troublé, sa voix rauque, ses propos
interrompus. Un seul changement du visage de sa
maîtresse changeait tout son être. Il en était arrivé à
dépendre d'un seul de ses regards[1]... »

Nous ne suivrons pas M. Mézières dans le brillant
récit qu'il fait de la passion de Pétrarque pour en montrer la réalité. On ne conteste aujourd'hui ni l'existence de Laure, ni les sentiments de Pétrarque. Mais
il n'en est pas de même de l'identité de Laure. Les
preuves produites par l'abbé de Sade en faveur de
Laure de Noves, mariée à Hugues de Sade, preuves
acceptées par les écrivains les plus compétents, ne
peuvent convaincre les contradicteurs de parti pris.
Ceux-ci, moralistes intempestifs, veulent à toute force,
et pour la plus grande gloire de notre poëte, que son
inspiratrice n'ait pas été mariée. Ils ne réfléchissent pas
que, si Laure était célibataire, Pétrarque serait impar-
donnable. Est-il permis à un honnête homme d'aimer
une jeune fille et de la poursuivre pendant vingt et un
ans de ses chants amoureux, sans exprimer le moindre
désir de l'épouser ni le moindre regret de ne pouvoir
l'épouser? N'est-ce pas un crime de la part du poëte
que de jeter le trouble dans une âme et dans une existence pour le simple plaisir d'exercer sa muse? Avec
une Laure mariée, l'honneur de Pétrarque est in-
tact. Les mœurs de son temps, nous le verrons au
paragraphe III, l'autorisaient à prendre une femme,
aussi bien qu'une jeune fille, pour dame de ses pensées.
Dieu merci, les partisans du célibat de Laure n'ont
pas réussi dans leurs recherches. Plusieurs fois ils ont

---

[1] *Pétrarque, Étude*, 2ᵉ éd., p. 40, 44 et 48.

cru tenir l'objet de leur rêve; mais les Laures de leur
invention se sont toutes évanouies l'une après l'autre.

Il en est jusqu'à cinq que je pourrais citer :

1° Laure de Chiabau, fille du seigneur de Cabrières,
découverte en 1520 par Velutello :

2° Laure des Baux, de la maison d'Orange, découverte en 1819 par l'abbé Castaing de Pusignan ;

3° Laure de Sade, sœur d'Hugues de Sade, découverte en 1841 par l'Anglo-Français Bruce-Whyte. Cet
écrivain ne s'est pas soucié de l'honneur de Pétrarque;
mais un moraliste, nous le verrons dans un instant,
s'est emparé de sa Laure et veut la ressusciter. C'est
pourquoi nous lui donnons rang ici.

4° Laure Isnard, fille d'un coseigneur de Lagnes,
découverte en 1842 par M. d'Olivier-Vitalis ;

5° Laure d'Ancezune, fille du seigneur de Lagnes,
découverte en 1873 par M. Louis de Baudelon (l'abbé
André).

Cette dernière est déjà oubliée. Dans une publication
de 1875, *Fête de Pétrarque en Provence*, l'auteur ano-
nyme de l'Introduction revient à la Laure n° 3. Il dit
que le doute qui existait entre Laure de Sade, sœur
d'Hugues de Sade, et Laure de Noves, sa femme, « paraît décidément tranché dans le sens le plus digne de
la gloire du poëte, » c'est-à-dire, suivant lui, dans le
sens du célibat de Laure, et il renvoie le lecteur à l'*Histoire des Langues romanes*, de Bruce-Whyte.

Est-il possible qu'un ami de Pétrarque invoque une
telle autorité? Le chapitre consacré dans ce livre à Pétrarque et à Laure est un abominable pamphlet. Ce
Bruce-Whyte, torturant à plaisir le texte du *Canʒoniere*, fait du chaste Pétrarque un séducteur vulgaire
et de Laure une fille très-légère, qui ne refuse rien à
son amant[1]. A propos des mots *crebris* PTBS (couches
fréquentes), il va jusqu'à dire que, *même en supposant*

[1] *Hist. des langues romanes*, t. III, p. 356 et 360.

que ce mot PARTUBUS *soit la bonne leçon, il n'en suit pas nécessairement que Laure fût mariée*[1].

Etait-ce d'ailleurs la peine de s'appuyer sur cet injurieux écrit? Quelques mots vont détruire tout l'échafaudage d'arguments sur lequel l'auteur a hissé la sœur d'Hugues de Sade. Nous savons par Pétrarque que Laure était un peu plus jeune que lui. Lorsqu'il la rencontra pour la première fois, en 1327, elle était mariée depuis deux ans et devait avoir vingt ans puisqu'il en avait vingt-trois. Bruce-Whyte lui donne douze à treize ans à cette époque et prétend qu'elle était fille de Paul de Sade et de sa première femme, Jeanne Lartissuti. Or, celle-ci était morte vers 1290[2], et Paul de Sade s'était remarié le 1er février 1300[3]. Leur fille, dont le nom même est ignoré, si elle vécut jusqu'en 1327, comptait alors *trente-sept* printemps au lieu de *douze* à *treize*. Ce n'est certainement pas cette vieille fille qui inspira Pétrarque; et c'est pour cette maladroite hypothèse que Bruce-Whyte calomnie l'abbé de Sade, comme il a calomnié Pétrarque et Laure! Il accuse le digne abbé d'une suppression volontaire dans le testament de Paul de Sade. Il lui reproche aussi d'avoir donné un mari à Laure pour être son descendant direct au lieu d'être son arrière-neveu; et cette sottise est répétée dans la *Fête de Pétrarque en Provence.*

Le doute sur l'identité de Laure n'est donc pas tranché dans le sens du célibat, et c'est heureux pour la gloire de Pétrarque.

Laure de Noves, mariée à Hugues de Sade, est la seule Laure qui concorde de tous points avec les dates et les indications du *Canzoniere*, avec les testaments de

---

1 *Histoire des langues romanes*, t. III, p. 388. — Voir pour le mot *partubus* le commentaire du sonnet CLI.

2 *Mém. de l'abbé de Sade*, I, p. 130.

3 *Id.*, I, p. 41 des NOTES.

Paul et de Hugues de Sade, avec le contrat de mariage
et le testament de Laure, avec le sonnet trouvé dans
son tombeau[1], avec la note écrite par Pétrarque sur
son Virgile[2]. Toutes ces concordances ont été parfai-
tement établies par l'abbé de Sade. Depuis la publication
de ses Mémoires, les auteurs les plus recomman-
dables, Tiraboschi, l'abbé Roman, Baldelli, Ugo Foscolo, Ginguené, Achille du Laurens et Mézières, ont
adopté son opinion sur le mariage de Laure.

La tradition même, qui veut que la Laure de Pétrarque soit de la famille de Sade, n'est pas contraire à
Laure de Noves : n'est-elle pas devenue Laure de Sade
par son mariage ? On a cru longtemps, il est vrai, que
la belle Laure était née de Sade et qu'elle était restée
fille. Mais cette croyance repose sur les dires d'un
vieillard n'ayant que de vagues souvenirs. Ce personnage, *molto antico*, Gabriel de Sade, consulté en 1520
par Velutello, lui répondit qu'il descendait d'Hugues
de Sade, frère de Jean, et que la Laure du *Canzoniere*,
fille de Jean, était d'âge mûr entre les années 1360 et
1370[3]. Or, Hugues était neveu et non frère de Jean,
et la belle Laure était morte en 1348. Comment se fier
à de tels renseignements ? M. du Laurens, partisan du
mariage de Laure, n'inspire pas plus de confiance
quand il la fait naître dans la famille de Sade : « J'incline beaucoup à croire, dit-il, que Laure, comme le
disait Gabriel de Sade à Velutello, fût fille de Jean de
Sade, et épouse de son oncle, Hugues de Sade, frère
de Jean[4]. » Cette hypothèse est inadmissible par deux
motifs : 1° Hugues et ses frères étant nés postérieure-
ment à 1300, date du second mariage de leur père, —
Jean, prétendu frère d'Hugues, ne pouvait avoir en

---

[1] Voir le commentaire des sonnets CCXC et suivants.
[2] *Id.*, CCLXV et suivant.
[3] *Il Petrarca con l'espositione di M. Alessandro Velutello*, Venise,
1579. *Origine di M. Laura*.
[4] *Essai sur la vie de Pétrarque*, p. 253.

1327 une fille de vingt ans ni même de douze à treize;
2° cette fille n'aurait pu épouser son oncle Hugues,
attendu qu'il se maria en premières noces avec Laure
de Noves et en secondes avec Verdaine de Tren-
telivres, laquelle vivait encore en 1364, lorsqu'il fit son
testament à l'âge de soixante ans.

En terminant ce paragraphe, démasquons une insigne déloyauté d'un champion du célibat de Laure.
Le coupable est Antonio Marsand, professeur de Padoue, bien connu par son édition de Pétrarque et par
la vente de sa collection pétrarquesque à notre bibliothèque nationale. Cet érudit ne s'est-il pas avisé de
dire que l'abbé de Sade doutait du mariage de Laure?
Voici ce qu'il s'est permis d'écrire pour soutenir sa
thèse : « *Lo stesso abate de Sade (è pur necessario che
cio tutti sappiano), dopo di aver esposti e corredati di
quella maggior forza di ragionamenti e di prove che
il suo ingegno, la sua erudizione ed il suo amor proprio gli suggerivano, tutt'i suoi argomenti per di-
monstrare che Laura ebbe marito e che questi fu il
signore Ugone de Sade, conchiuse con queste parole,
che si leggono in fine del terzo volume :* Ce ne sont là
après tout que de très-fortes conjectures, qui, réunies
ensemble, entraînent l'esprit, mais n'excluent pas tout
doute. *Ora, se allo stesso abate de Sade rimane il dub-
bio, ed a che voler noi faticare dimostrarlo[3]?* » L'argument est bien trouvé. A quoi bon prendre la peine de
réfuter l'abbé de Sade, puisque, après tant de raisonne-
ments et de preuves, le doute lui est resté? Décidément Laure était fille, voilà ce que doit se dire le lecteur candide. Mais un mot va l'éclairer sur la valeur
dudit argument. La phrase citée en français n'est pas
A LA FIN DU TROISIÈME VOLUME, comme l'indique le peu
scrupuleux Marsand pour lui donner l'air d'une con-

---

[1] *Breve ragionamento interno al celibato di Laura*, dans *Le Rime
di Francesco Petrarca*, édition Didot de 1866, p. 192.

clusion; elle se trouve A LA PAGE 8 DES NOTES DU
TOME I, et elle se rapporte uniquement aux indices qui
précèdent les preuves du mariage de Laure. C'est une
transition des indices aux preuves, et rien de plus.
L'abbé de Sade, loin d'avoir le moindre doute sur le
résultat de ses recherches, affirme dans toutes ses dis-
sertations l'identité de Laure de Noves avec la Laure
de Pétrarque. Le professeur de Padoue a donc sciem-
ment faussé la citation; c'est de la mauvaise foi. Tout
à l'heure Bruce-Whyte avait recours à la calomnie. En
vérité, est-ce avec de telles armes qu'on défend une
bonne cause ?

III. — L'AMOUR DU TEMPS DE PÉTRARQUE.

Notre fragile nature nous suit jusque dans les régions éthérées. Pétrarque l'éprouva en élevant son
âme pour l'unir à celle de la belle et vertueuse Laure.
Les désirs humains se mêlèrent parfois à son adoration
céleste; on en trouve quelques indices dans ses écrits.
Mais la spiritualité n'en reste pas moins le caractère
essentiel de sa passion et de son *Canzoniere*.

Il a donc aimé, il a donc chanté aussi honnêtement,
aussi chastement que possible. Et pourtant nos mœurs
modernes le condamnent. C'est que nos sentiments se
sont perfectionnés. Nous ne voulons pas seulement
que les époux soient fidèles l'un à l'autre dans le sens
ordinaire; nous voulons aussi qu'ils le soient morale-
ment; nous ne permettons pas à un tiers de dérober
au mari la moindre parcelle de l'âme de sa femme. Anciennement les moralistes étaient moins exigeants. Ils
s'inquiétaient peu de la pensée de la femme, pourvu
qu'elle craignît et respectât son mari, comme le pres-
crit saint Paul. Plus anciennement encore, les cours
d'amour répandaient dans le monde des doctrines bien
autrement tolérantes, comme nous le verrons tout à
l'heure.

Aussi, pour juger sainement Pétrarque, il ne faut pas oublier qu'il vécut à cette époque des cours d'amour. Plusieurs de ses biographes l'ont bien compris. Deux, entre autres, quoique prêtres estimables, ne se sont fait aucun scrupule de justifier sa passion platonique pour une femme mariée, en alléguant les mœurs chevaleresques.

« Le siècle où vivoit Pétrarque étoit chaste, dit l'abbé Roman, quoique la ville qu'il habitoit fût corrompue. La galanterie qui régnoit alors n'étoit pas la même qu'on voit de nos jours : c'étoit celle de ces braves chevaliers qui soutenoient au péril de leur vie l'honneur de leurs dames, et qui recevoient de leurs mains le prix de la valeur; c'étoit un sentiment honnête et généreux qui enflammoit le courage, et qui étoit la source des plus belles actions, un penchant avoué pour les femmes les plus vertueuses, l'émotion du cœur et non le trouble des sens : c'étoit enfin cet amour épuré que notre siècle traite de chimère, et dont le siècle de Pétrarque fournit mille exemples[1]. »

L'abbé de Sade est plus explicite : « On le trouvera moins coupable, dit-il de notre poëte, si l'on veut bien jeter un coup d'œil sur les mœurs du siècle dans lequel il vivoit. L'amour n'étoit pas alors ce qu'il est à présent, un arrangement de convenance, ou un commerce de libertinage. C'étoit au contraire une passion honnête qu'on regardoit comme le plus puissant mobile qui remuât les cœurs, et le plus capable de les porter à ces grandes actions de vertu et de courage qui caractérisent les grands hommes.

« On voyoit les guerriers affronter les plus grands périls pour soutenir la beauté et l'honneur des Dames à qui ils se dévouoient. Le désir de se rendre dignes d'elles élevoit leur courage, et les engageoit à former les entreprises les plus hardies. Dans les tournois les

---

[1] *Vie de François Pétrarque.* Vaucluse, 1786, p. 18.

Chevaliers invoquoient leurs Dames avant le combat, et recevoient de leurs mains le prix de leur valeur.

« Les hommes dépravés ne pourront pas croire que l'amour ait jamais été un commerce pur de galanterie et de tendresse, dont on n'eût point à rougir. Cependant rien de plus vrai ; c'est sous cette forme que nous le voyons représenté dans les ouvrages qui nous restent du siècle de Pétrarque.

« Le Cavalier le plus discret avouoit en public la beauté à qui il osoit adresser ses vœux et l'hommage de son cœur. Le Poëte le plus modeste nommoit dans ses vers la Nymphe qui lui servoit de Muse : la Dame la plus honnête ne rougissoit pas d'être l'objet d'une passion épurée, et d'y répondre publiquement.

« Je pourrois prouver ce que j'avance par mille traits de l'histoire de ce siècle ; mais pour ne pas faire un trop grand écart, je me contenterai d'en rapporter un seul que me fournit M. le Comte de Cailus, dans un de ces mémoires sçavans qui ornent le recueil de l'Académie des Belles-Lettres.

« Agnès de Navarre, femme de Phœbus, comte de Foix, aime Guillaume de Machaut, un des meilleurs Poëtes françois du siècle de Pétrarque. Elle fait des vers pour lui, qui respirent la passion : elle veut qu'il publie dans les siens les détails de leur amour. Il est jaloux sans sujet ; elle lui envoie un Prêtre auquel elle s'est confessée, qui lui certifie non seulement la vérité des sentimens qu'elle a pour lui, mais encore sa fidélité et l'injustice des soupçons qu'il a conçus contr'elle. Agnès de Navarre étoit, au milieu de tout cela, une Princesse très-vertueuse, et elle en avoit la réputation.

« Tel étoit le caractère de ce siècle. Il n'est pas possible d'en douter. Ce n'est pas que dans le fond les hommes ne fussent alors peut-être aussi débauchés qu'ils peuvent l'être à présent ; les passions sont toujours les mêmes, et ne varient que dans la manière d'agir. Mais on ne confondoit pas l'amour avec la dé-

bauche. Le cœur et les sens avoient, pour ainsi dire,
une marche séparée : les objets de l'un et de l'autre
étoient rarement les mêmes, et l'on faisoit une grande
différence entre une Dame vertueuse à qui on donnoit
son cœur, qu'on appeloit la Dame de ses pensées ; et
une maîtresse destinée uniquement à satisfaire les désirs de la nature.

« Cette distinction paroîtra sans doute ridicule et
imaginée à plaisir, dans un siècle où l'on regarde
l'amour épuré comme une chimère de Platon, ou
comme un voile honnête pour cacher des désirs qui ne
le sont pas : mais on en voyoit mille exemples dans le
siècle de Pétrarque[1]. »

L'abbé Roman et l'abbé de Sade viennent de nous
dire comment on aimait du temps de Pétrarque. Pour
achever la démonstration, citons les sentences des
cours d'amour et multiplions les exemples d'amants
épris de dames mariées.

Et d'abord, que l'on ne croie pas que les cours d'a-
mour n'aient existé que pour « l'esbattement » des seigneurs et des poëtes ! Les historiens modernes com-
mencent à les prendre au sérieux et à reconnaître leur
action civilisatrice. Les seigneurs du moyen âge étaient
rudes avec leurs femmes et les abandonnaient volontiers pour courir aux croisades, aux pèlerinages et à la
guerre contre leurs voisins. Les châtelaines sentirent
la nécessité de s'unir entre elles, de se créer des protecteurs pour les jours d'isolement, et d'adoucir la bru-
talité sauvage par la récompense des sentiments généreux. Un progrès social fut alors réalisé par l'institution
des cours d'amour et par l'adoption de ces platoniques
amants, — qui se sont en quelque sorte perpétués jusqu'à nos jours sous le nom de *bracciere* en Espagne
et de sigisbée en Italie. — Les arrêts de ces gracieux

---

1 *Mém. pour la vie de François Pétrarque.* Amsterdam, 3 vol. in-4.
1764. Tome I, p. 117.

parlements de dames ne sont donc pas à dédaigner pour l'étude des mœurs.

Du temps de Pétrarque, l'union intime des âmes était d'autant plus permise sans l'union conjugale, qu'elle n'était pas admise entre mari et femme. L'amour et le mariage étaient considérés comme incompatibles, depuis la fameuse sentence prononcée par la comtesse de Champagne, fille de Louis le Jeune. Consultée sur cette question : « Le véritable amour peut-il exister entre des personnes mariées? » elle avait répondu : « Nous disons et assurons, par la teneur de ces présentes, que l'amour ne peut étendre ses droits sur deux personnes mariées. En effet, les amants s'accordent tout mutuellement et gratuitement, sans être contraints par aucun motif de nécessité. Tandis que les époux sont tenus par devoir de subir réciproquement leurs volontés, et de ne se refuser rien les uns aux autres... Que ce jugement, que nous avons rendu avec une extrême prudence et d'après l'avis d'un grand nombre d'autres dames, soit pour vous d'une vérité constante et irréfragable. Ainsi jugé l'an 1174, le troisième jour des calendes de mai, indiction VII° [1]. »

Ce jugement fait comprendre le premier article du code d'amour qu'André le Chapelain nous a conservé dans son livre *De arte amatoria*. Cet article est ainsi conçu : « *Causa conjugii non est ab amore excusatio.* Le mariage n'est pas un obstacle à l'amour [2]. » Il est évident qu'il s'agit de l'amour extra-conjugal, puisque l'amour n'existe pas entre époux.

Comme conséquence d'une telle doctrine, une dame

[1] Raynouard. *Choix des poésies originales des troubadours*, t. II, p. cviii. — Les cours d'amour florissaient dans toutes les provinces aux douzième, treizième et quatorzième siècles. Celle que présidait la comtesse de Champagne réunissait jusqu'à soixante dames les jours de cour plénière. Les chevaliers y plaidaient leur cause ou donnaient leur avis.

[2] *La Vie du temps des cours d'amour*, par Antony Méray, p. 166.

qui avait promis à un chevalier de l'aimer lorsqu'elle
aurait perdu son ami, était tenue d'aimer ledit chevalier si elle épousait son ami; car l'épouser ou le perdre,
c'était tout un. Par contre, l'amant, devenu l'époux de
sa bien-aimée, avait le droit de soupirer aux pieds
d'une autre dame, mais défense lui était faite de porter
plainte devant les cours d'amour contre l'indifférence
de sa femme. Aliénore d'Aquitaine, consultée par un
amant surnuméraire, un *patito*, sur ses droits au cœur
d'une dame qui avait épousé son adorateur en titre,
confirma en ces termes les droits du demandeur :
« Nous n'osons désapprouver la sentence rendue avec
une si judicieuse fermeté par la comtesse de Champagne, laquelle déclare que l'amour ne saurait étendre
son empire sur les conjoints par mariage; nous approu-
vons donc les poursuites du chevalier, et enjoignons
à la dame sollicitée de lui accorder les faveurs pro-
mises[1]. »

Les maris étant ainsi déclarés incapables de parfait
amour sous le toit conjugal, les dames les plus vertueuses recevaient librement les hommages de leurs
amants; et ceux-ci, en prenant place dans le cœur
d'une femme mariée, ne portaient aucun préjudice à
son seigneur et maître. Loin de troubler la paix du
ménage, ils en complétaient l'harmonie, en remplissant
le rôle sentimental refusé au mari.

Fortifions maintenant la théorie par les faits. L'amour
de Guillaume de Machaut pour Agnès de Navarre n'est
pas le seul que l'on puisse donner en preuve. — Thi-
baud le Chansonnier, comte de Champagne, n'aima-t-
il pas en tout bien, tout honneur, la reine Blanche,
mère de saint Louis[2]? — Geoffroy Rudel, prince de
Blaye, ne mourut-il pas d'amour imaginaire pour la

---

[1] *La Vie au temps des cours d'amour*, p. 191.
[2] Pasquier, *Recherches sur la France*, liv. VI, ch. 3.

comtesse de Tripoli [1]? — Raimbaud de Vaqueiras [2], Richard de Barbezieux [3], Bertrand d'Alamanon [4], ne furent-ils pas les très-humbles adorateurs : le premier, de la baronne de Taunay ; le deuxième, de Béatrix, marquise de Montferrat ; et le troisième, de Stéphanette de Romanin, tante présumée de la belle Laure et présidente d'une cour d'amour ? — Mais à quoi bon multiplier les citations ? Un précieux témoignage les rend inutiles ; c'est celui d'un contemporain de Pétrarque, d'un seigneur de Latour-Landry, qui écrivait pour l'instruction de ses filles. « A la fin de son livre, dit M. Le Roux de Lincy, Latour-Landry reproduit une discussion qu'il eut avec sa femme au sujet de l'amour honnête qui, selon lui, peut toujours être cultivé par une dame et même par une demoiselle. Sa femme, en mère prévoyante et sage, lui répond que toutes ces maximes, usitées dans les cours amoureuses, sont bonnes pour l'esbattement des seigneurs, mais qu'elles exposent au plus grand danger les femmes qui veulent s'y conformer [5]. » De cet extrait ne ressort-il pas clairement que les dames et seigneurs vivaient alors sous l'empire de ces maximes d'amour, et que le grave père de famille, dont la pensée définitive est exprimée par sa femme, les signale comme dangereuses sans les critiquer au fond ? De même, saint Augustin blâme Pétrarque dans ses Dialogues fictifs, et le blâme vertement de sa passion malheureuse, qui le rend la fable du peuple, qui nuit à son corps et à son esprit,

---

[1] Pasquier, *Recherches sur la France.* Rudel est cité dans le *Triomphe d'amour*, de Pétrarque.

[2] Pasquier, *Recherches sur la France.* Raimbaud figure aussi dans le *Triomphe d'amour*, de Pétrarque.

[3] Eug. Baret, *Les Troubadours et leur influence sur la littérature du midi de l'Europe*, p. 71.

[4] Le Roux de Lincy, *Les Femmes célèbres de l'ancienne France*, p. 178.

[5] Le Roux de Lincy, *Les Femmes célèbres de l'ancienne France* p. 366.

qui le détourne de travaux sérieux; mais, tout en faisant allusion au mariage de Laure, il ne lui reproche pas une fois d'aimer une femme mariée.

La morale chevaleresque autorisait donc ce genre d'amour. Ce qui le prouve encore, c'est que Pétrarque donne sans crainte à son inspiratrice la qualité de dame [1]; c'est que ses sonnets, connus de tout le monde, ne portèrent nulle atteinte à l'excellente réputation de Laure : il assure que jamais la calomnie, dans une ville qui ne respectait rien, n'osa mordre sur elle.

Si la morale eût été alors ce qu'elle est aujourd'hui, aurait-il bravé le sentiment public en adressant à une femme mariée ses hommages retentissants? Et cette femme mariée aurait-elle été portée aux nues dans les vers du poëte sans déchoir quelque peu dans l'esprit de ses admirateurs?

On n'en peut douter, Pétrarque, en prenant la femme de Hugues de Sade pour dame de ses pensées, ne fit que suivre les lois de la chevalerie, et ne doit pas être jugé avec nos idées modernes. Telle est d'ailleurs l'opinion de Ginguené, Lamartine, Ugo Foscolo, Campbell, Baldelli, Fracassetti, etc. Et voici comment M. Mézières exprime la sienne, à propos du professeur Marsand et de sa dissertation sur le célibat de Laure : « Son principal argument, dit-il, qui est aussi celui de lord Woodhouselee, est une raison de sentiment, non une preuve. Il lui répugne de croire que Pétrarque, chanoine et archidiacre, aima une femme mariée [2]. On pourrait lui ré-

---

1 Si l'on peut réellement attribuer à Laure le *virgo* de certaines idylles latines de Pétrarque, citées avec empressement par M. d'Olivier-Vitalis et l'abbé Castaing de Pusignan à l'appui de leur thèse, il ne faut pas oublier comme eux que *virgo* peut s'appliquer à de jeunes femmes ; qu'on le trouve avec cette signification dans Plaute, dans Térence et même dans Virgile, notamment dans l'églogue VI.

2 Le professeur Marsand, qui était prêtre, ne devait pas ignorer que Pétrarque, gratifié de bénéfices ecclésiastiques par les papes Benoît XII et Clément VI, ne reçut jamais les ordres sacrés. — Ph. L. D.

pondre *que les mœurs de la société chevaleresque autorisaient de semblables liaisons, et qu'aux yeux d'un
troubadour ou d'un trouvère, les liens de l'amour pa-
raissaient beaucoup plus sacrés que ceux du mariage* [1]. »

Ainsi s'explique et se justifie cette célèbre passion
qui, de nos jours, semblerait indigne d'une âme vraiment honnête et délicate. Il n'était donc pas nécessaire,
pour excuser Pétrarque, de le faire amoureux d'une
Laure imaginaire ou célibataire.

Ce point éclairci, nous sommes à l'aise pour admirer
notre poëte. Il est vrai que sa passion pour Laure ne
fut pas toujours éthérée dans le principe, et qu'elle ne
l'a pas préservé de tout écart, puisqu'il fut deux fois
père (V. le préambule de la série II). Mais ces défail-
lances, qui sont dans la nature humaine, — *homines
sumus, non dei* [2], — ne sauraient lui ôter notre estime.
Il aima sincèrement et platoniquement Laure pendant
trente et un ans : vingt et un ans vivante et dix ans
morte. Une telle persévérance, une si profonde affection, se purifiant de plus en plus avec l'âge, donne une
haute idée de son caractère et des mérites de son idole.

En résumé, l'amour de Pétrarque célibataire pour
Laure mariée ne fut pas condamnable en son temps,
comme il le serait aujourd'hui; et cette longue et chaste
adoration, consacrée par d'immortelles poésies, res-
tera, malgré quelques taches, le type de l'amour le
plus vrai, le plus noble, de l'amour immatériel.

---

[1] *Pétrarque, Etude*, p. xv *ad notam*.
[2] *Pétrone*, ch. LXXV.

SONNETS

COMPOSÉS

DU VIVANT DE LAURE

A subdivision par séries, que j'ai introduite, laisse subsister l'ordre des sonnets, tel qu'il est établi dans presque toutes les éditions et dans les anciens manuscrits.

L'abbé de Sade, pour décrire les amours de Pétrarque et de Laure, a produit un certain nombre de pièces du *Canzoniere* et les a mêlées à sa narration dans l'ordre chronologique; ce qu'il annonçait en ces termes:

« En suivant ce plan, je dérangerai fort peu l'ordre qu'on a suivi dans le recueil de ses poésies italiennes, quoiqu'il y en ait plusieurs évidemment hors de leur place, eu égard à la date de l'événement auquel elles font allusion. On ignore le premier auteur de cet arrangement. Gesualdo croit que c'est Pétrarque lui-même. Si c'est lui, il faut qu'il l'ait fait à mesure qu'il corrigeoit ses ouvrages, et qu'il les mettoit au net. Il est clair qu'il n'a pas suivi l'ordre de la composition. et encore moins l'époque des événements qui en avoient fourni le sujet. Tassoni croit que ce désordre vient des premières impressions; il se trompe, on le trouve dans les manuscrits les plus anciens. » (*Mém.,* I, p. 133.)

Les vingt sonnets, étrangers à Laure, qui se trouvent disséminés dans le recueil, ont été réunis par quelques éditeurs et forment une série distincte. Cette division, imaginée par Velutello, ne me semble pas heureuse; je ne l'ai pas adoptée. L'ordre consacré par l'usage offre plus de variété.

PREMIÈRE SÉRIE

ES sonnets de cette série, sauf le premier, se rapportent aux années 1327 à 1333. Dans cet intervalle, Pétrarque quitta deux fois Avignon : la première, en 1330, pour suivre son ami Jacques Colonna dans son évêché de Lombez, au pied des Pyrénées, où il passa, dit-il, *un été délicieux, presque céleste*, et la seconde, en 1333, pour visiter Paris et l'Allemagne.

Le premier sonnet était anciennement placé, comme préface et sans numéro, en tête du *Canzonière*. C'est, en effet, l'humble préface d'un amant poëte devenu grave avec l'âge. Mais tout en demandant pardon au public de lui offrir les folies de sa jeunesse, Pétrarque les recueillait et les retouchait avec un soin paternel (Voir la note du sonnet VI); il paraît même avoir élagué de son recueil un certain nombre de sonnets qu'il jugeait indignes d'en faire partie. Quelques-uns ont été insérés dans plusieurs éditions; d'autres ont été retrouvés à Munich et publiés en 1859 par le professeur Thomas.

Il ne faut pas trop se fier à la modestie des préfaces. Une preuve certaine que Pétrarque vieillissant tenait encore à ses poésies italiennes, c'est qu'il souffrait en les voyant dénaturées par le peuple.

« Voilà, écrivait-il à Boccace en 1359, à l'âge de cinquante-cinq ans, voilà une des raisons qui m'ont fait renoncer au langage vulgaire qui a occupé ma jeunesse. J'ai craint ce que je voyois arriver aux au-

tres, et surtout à celui-ci (Dante), dont j'entendois
déchirer les vers dans les carrefours et sur les théâ-
tres ; n'osant pas me flatter de rendre les langues
plus flexibles et la prononciation de mes vers plus
douce. L'événement m'a prouvé que je n'avois pas
tort. Les vers échappés à ma jeunesse sont livrés au
peuple qui les estropie : ce que j'aimois autrefois me
déplait beaucoup à présent, d'être dans la bouche
de tout le monde. Il est fâcheux d'entendre partout
déchirer mes productions. » (*Mém. pour la vie de
Pétrarque*, p. 511 du tome III.)

L'abbé de Sade croit que Pétrarque n'écrivit ses
premiers sonnets qu'à son retour de Lombez. Il serait donc resté trois ans depuis sa rencontre de
Laure sans la célébrer dans ses vers et n'aurait commencé qu'à vingt-six ans à cultiver la poésie. Cette
conjecture n'est pas d'accord avec le goût prononcé
pour les lettres qu'il manifesta dès sa première jeunesse. Dans ses dialogues avec saint Augustin (*De
contemptu mundi*), Pétrarque dit positivement
qu'il s'est appliqué à la poésie avant d'être amoureux. (*Mém.*, II, p. 122.)

I

PROÈME

Voi ch' ascoltate in rime sparse il suono.

Vous qui prêtez l'oreille aux accents de ma lyre,
Aux soupirs dont mon cœur s'est nourri si longtemps,
Avant d'avoir compris l'erreur de mon printemps
Et ce que Dieu commande à ceux qu'il veut élire :

Si vous avez aimé, vous tous qui daignez lire
Ces rimes, où je pleure et les vœux inconstants
Et les vaines douleurs que dissipe le temps,
Ne me pardonnez pas, mais plaignez mon délire.

Quand maintenant je songe au facile succès
Qu'auprès du peuple ont eu mes frivoles essais,
J'ai honte de lauriers que la sagesse émonde.

Car de quoi m'a servi ce nom dont je suis las,
Si ce n'est d'en rougir et de savoir, hélas!
Que tout rêve de gloire est le jouet du monde.

L'abbé de Sade pose cette question (*Mém.*, I, p. 115) :
« Convient-il de reprocher à un honnête homme les
égarements de sa jeunesse, surtout quand il les a expiés
par un grand repentir et une vie très-régulière ? » Non,
sans doute ; et cependant c'est ce qu'a fait M. Louis
Veuillot dans une méchante satire.

Ce sonnet nous apprend que le *Canzoniere* est une
œuvre de jeunesse. Pétrarque craignait qu'on ne lui
appliquât le mot d'Ovide : *Turpe senex miles, turpe
senilis amor*.

L'abbé Scoppa cite le deuxième vers comme exemple de correction minutieuse. Le poëte ne s'est arrêté
au texte : *Di quei sospiri ond' io nudriva il core*,
qu'après avoir écrit successivement : *Di quei sospir
de' quai... — Di quei sospir di ch' io... — Di quei sospir
ond' io. (Les Vrais Principes de la versification*, I. 542.)
Voir le commentaire du sonnet VI.

Le dixième vers rappelle le *fabula quanta fui* d'Horace, et le dernier, l'*omnia vanitas* de Salomon.

II

COMME IL FUT VICTIME DES PIÈGES D'AMOUR

Per far una leggiadra sua vendetta.

Amour, pour se venger de maint et maint outrage,
Enfin pour m'accabler sous le poids de sa rage,
Prit l'arc furtivement ainsi qu'un spadassin,
Qui choisit temps et lieu pour un mauvais dessein.

J'avais au fond du cœur concentré mon courage
Pour me défendre là de tout cruel orage,
Lorsque le coup mortel pénétra dans mon sein,
Qui résistait naguère au dard de l'assassin.

Dès le premier assaut, troublé par cette offense,
Pour se saisir de l'arme et se mettre en défense,
Mon courage manqua d'espace et de vigueur.

Et je ne pus pas fuir sur la roche escarpée,
Pour me soustraire au dard dont j'ai l'âme frappée,
Dont je veux vainement adoucir la rigueur.

« Après son retour de Bologne, Pétrarque passa près
d'un an à Avignon dans l'indifférence. Parmi les beautés qui y brilloient en grand nombre, il y en eut quelques-unes qui entreprirent sa conquête. Séduit par
leurs attraits, entraîné par la facilité de réussir qu'elles
lui laissoient entrevoir, il leur rendit d'abord quelques
soins; mais *les inquiétudes et les tourments que l'a-*
mour cause, l'effrayèrent au point qu'il abandonna
l'entreprise : il étoit plus farouche qu'un cerf; je me
sers de ses propres termes.

« Enfin son heure vint, il fallut se rendre... » (*Mém.*
pour la vie de Pétrarque, I, p. 121.)

Pétrarque, ayant perdu sa mère en 1325 et son père
en 1326, avait quitté Bologne avec son frère Gérard,
et tous deux étaient retournés en Provence pour recueillir l'héritage de leurs parents. Ce fut au mois de
mai 1326 qu'ils revirent Avignon, et ce fut le 6 avril 1327
que Pétrarque rencontra Laure pour la première fois
dans l'église des religieuses de Sainte-Claire.

III

LE JOUR DE LA MORT DE N. S. FUT SON PREMIER
JOUR D'AMOUR

Era 'l giorno ch' al Sol si scoloraro.

C'était le jour où Dieu d'une sombre couleur
Voulut que le soleil enveloppât sa face,
Quand d'un lien trop doux pour que je m'en défasse,
M'enchaînèrent vos yeux trop beaux pour mon malheur.

Ce n'était pas le jour de m'armer de valeur ;
Mais Amour est perfide ainsi que la surface
D'un abîme, et ce mal, qu'en mon cœur rien n'efface,
Commença dans ce jour de chrétienne douleur.

Amour me trouva faible et n'ayant nulles armes,
Et pour aller des yeux au cœur, source des larmes.
Il n'eut pas à frayer un pénible chemin.

Mais — sans gloire — il perça de ses flèches mon âme.
A vous, prête au combat, à vous, très-belle dame.
Il n'a pas même osé montrer l'arc inhumain !

D'une part, on lit dans le sonnet CLXXVI que Pétrarque s'éprit de Laure le 6 avril 1327 : *Mille trecento ventisette appunto — Su l'ora prima il dì sesto d'aprile.* Et il est contesté par un calcul plusieurs fois vérifié que le 6 avril 1327 tombait le lundi de la semaine sainte. — D'autre part, les périphrases de ce sonnet désignent clairement le vendredi saint, le jour de la mort de N. S.; lequel jour est encore plus formellement indiqué dans le vers suivant du sonnet XLVIII : *Ramenta lor, com' hoggi fosti in croce.* Voici, d'après l'abbé de Sade, ce qu'on a dit de plus raisonnable pour concilier ces textes :

« Pétrarque n'a pas prétendu désigner le jour où l'Église célèbre la passion du Sauveur, mais celui où il fut réellement crucifié, en suivant le calcul des Juifs et comptant comme eux par la lune. En effet, le 15 de la lune de mars, jour où J.-C. fut mis en croix (puisque selon les évangélistes ce fut le lendemain de la Pàque), concouroit avec le lundi-saint de l'année 1327. » (*Mém.*, I, p. 137.)

Cette ingénieuse trouvaille laisse encore à désirer. Pétrarque, dans une église catholique, dut-il penser au calcul des Juifs pour attribuer au lundi saint la qualification de jour de deuil et de commune douleur qui ne convient qu'au vendredi saint ?

IV

IL EXALTE LE BOURG OÙ NAQUIT LAURE

Quel ch' infinita providenza, ed arte.

Celui qui créa tout avec ordre et mystère,
Qui tira du néant ce globe spacieux,
Ces astres suspendus à la voûte des cieux,
Tout ce qui vit dans l'eau, dans l'air et sur la terre :

Quand il vint accomplir son œuvre humanitaire :
Quand il régénéra ce monde vicieux,
Il fit ouvrir le ciel, séjour délicieux,
Aux pêcheurs Pierre et Jean, hommes de vie austère.

De sa naissance à Rome il ne fit pas honneur :
Mais à l'humble Judée il donna ce bonheur :
Grandir l'humilité plut toujours à son âme.

Et voilà qu'en un bourg un soleil nous est né,
Si beau que la nature et ce lieu fortuné
Sont fiers d'avoir vu naître une si belle dame.

Les mots *picciol borgo* du texte italien ont favorisé l'opinion qui fait naître Laure au village de Cabrière. Mais cette expression peu précise de *borgo* peut s'entendre aussi bien d'un faubourg d'Avignon et d'Avignon même. L'abbé de Sade, dans une dissertation copieuse (note VI), s'est appuyé non-seulement sur cette interprétation, mais aussi sur plusieurs passages des œuvres de Pétrarque et surtout sur le sonnet trouvé dans le tombeau de Laure pour faire honneur de sa naissance à la ville d'Avignon. Ce sonnet, dont il démontre aussi l'authenticité (note IV), et qui est attribué soit à Pétrarque soit à un de ses amis, ne laisse aucun doute; le premier tercet porte :

> *Felice pianta in borgo d'Avignone*
> *Nacque e mori...*

On trouvera le texte entier avec traduction dans le commentaire qui commence au sonnet CCXC.

V

JEU SUR LE NOM DE LAURETA

Quand' io movo i sospiri a chiamar voi.

Quand avec les soupirs que ma voix vous adresse
Votre nom de mon cœur sort amoureusement,
A tresser des LAUriers pour votre front charmant
La première syllabe engage ma tendresse.

Vos richesses de REine augmentent mon ivresse,
Quand la seconde vient avec enchantement ;
Mais la troisième dit : TAis-toi, d'un pauvre amant
Voudrait-elle jamais une seule caresse ?

Ainsi votre doux nom et votre noble aspect.
En inspirant l'éloge, exigent le respect ;
Et chacun vous honore, ô dame vertueuse !

Mais peut-être parfois Apollon, dieu des vers,
Des mortels célébrant ses lauriers toujours verts,
Écoute avec dedain la voix présomptueuse.

On a beaucoup critiqué ce *puéril* jeu de mots et les fréquentes allusions que l'on rencontre dans le *Canzoniere* à la similitude du nom de Laure avec celui du laurier. Ces critiques sont exagérées. On ne tient pas assez compte de l'esprit du temps et du goût méridional pour les locutions imagées. Lorsque, pour renverser Rienzi, le comte de Minorbino montait au Capitole avec les amis des Colonna, jouait-il puérilement sur le nom de cette famille illustre, en s'écriant : Vive la Colonne et meure le Tribun! *Viva la Colonna e muoja il tribuno!*

Cette manière de parler, quoique résultant d'un jeu de mots, ne dépare pas, il me semble, le début du sonnet X :

Gloriosa Colonna, in cui s' appoggia
Nostra speranza e 'l gran nome latino...

VI

DE SON DÉSIR INSENSÉ DE SUIVRE LAURE

Si traviato e 'l folle mio desio.

Ah! qu'il s'est fourvoyé mon insensé désir
A poursuivre au milieu de l'ombre bocagère
Celle qui devant moi s'envole si légère
Et qu'Amour en ses lacs ne peut jamais saisir !

Plus, en le rappelant, je lui dis de choisir
Un chemin sûr et non une route étrangère,
Moins il entend ma voix qu'il croirait mensongère,
Et plus Amour l'entraîne à mon grand déplaisir.

Puisqu'il brise le frein comme un coursier sauvage,
Je m'abandonne à lui, je subis son servage ;
Il faut que je le suive au risque de périr.

Et pour atteindre quoi? bien moins qu'une chimère :
La feuille de laurier dont la saveur amère
Augmente la douleur au lieu de la guérir.

« Quoiqu'il ait retouché ses sonnets à plusieurs reprises [1], comme il conste par le fragment original
qu'Ubaldini a donné au public, il est très-vrai que les
premiers sont encore les plus foibles, et cela me paroît tout simple. La lime ne sert qu'à corriger les
fautes de style et le méchanisme de la versification : elle
ne donne pas de la chaleur et de l'âme à des vers qui
en étoient dépourvus en naissant.

« Pétrarque en ce sonnet nous apprend seulement
qu'il couroit après Laure ; et qu'elle le fuyoit comme
Daphné fuyoit Apollon...

« Personne n'ignore la fable de cette Nymphe. Elle
étoit fille du fleuve Pénée : les dieux la changèrent en
laurier pour la mettre à l'abri des poursuites vives
d'Apollon. *Puisque vous ne pouvez pas être ma
femme*, dit-il, *vous serez au moins mon arbre.* » (*Mém.
pour la vie de Pétrarque*, I, 177.)

---

[1] Pétrarque, parlant un jour à cœur ouvert de ses sonnets, en citait
un vers qu'il avait refait trente-quatre fois. (X. Marmier, *Discours de
réception à l'Académie*. — Voir le commentaire du sonnet I.)

VII

A UNE DAME, POUR L'EXHORTER A L'ÉTUDE

La gola, e 'l sonno, e l' oziose plume.

La table et le far-niente, ennemis de l'étude,
Ont banni la vertu de ce monde pervers:
Aussi notre nature en des chemins divers
Egare maintenant sa folle inquiétude.

On a si bien éteint parmi la multitude
Toute clarté bénigne, âme de l'univers,
Qu'au lieu de l'admirer, on prend pour un travers
Le chaste amour des arts et de la solitude.

Hélas! myrte et laurier, qu'êtes-vous devenus?
« Et toi, Philosophie, allons! marche pieds nus! »
Dit la foule qu'anime un intérêt sordide.

Dans la route opposée il ira peu de pas.
D'autant plus, je t'en prie, oh! n'abandonne pas
Ta louable entreprise, esprit noble et candide!

Il y a tout lieu de croire que ce sonnet est adressé à une dame de Sasso-Ferrato, Justine de Levis Perotti, bisaïeule de Clotilde de Surville. (Voir la préface des *Poésies* de Clotilde et l'*Historia mulierum philosopharum* de Ménage.) « Justine, dit l'abbé de Sade, faisoit des vers ; les gens du monde se moquoient d'elle et lui disoient : Le métier d'une femme est de coudre et filer ; cessez d'aspirer au laurier poétique ; laissez la plume ; prenez l'aiguille et le fuseau. » Justine découragée demanda conseil à Pétrarque, en lui adressant un sonnet auquel il répondit sur les mêmes rimes. On peut voir ce sonnet dans les *Mémoires* de l'abbé de Sade, I, p. 190. Cet auteur ajoute, p. 192 :

« On raconte une application assez heureuse de deux vers de ce sonnet (celui de Pétrarque). Un philosophe mal pourvu des biens de la fortune passoit dans la rue assez mal vêtu. Un médecin dit en le voyant passer : *Povera e nuda vai Filosofia.* Le philosophe lui répondit sur-le-champ par le vers qui suit : *Dice la turba al vil guadagno intesa.* »

VIII

IL FAIT PARLER DES OISEAUX QU'IL ENVOIE A UN AMI

A piè de' colli ove la bella resta.

De la colline où Laure en naissant a reçu
A son âme assorti le plus beau corps qu'on voie,
Nous venons prisonniers et vers toi nous envoie
Celui qui chaque nuit pleure un rêve déçu.

Nous allions librement sans avoir aperçu
Que tout près de la bonne est la mauvaise voie,
Sans songer que le piège, où le pied se fourvoie,
Se met, pour mieux tromper, dans le sentier moussu.

Mais en captivité tout réduits que nous sommes,
Nous qui vivions en paix plus heureux que les hommes,
Quelque chose du moins nous console et soutient :

C'est d'être bien vengés de notre méchant maître,
Puisqu'aux rigueurs d'amour contraint de se soumettre,
Une chaîne plus lourde en servage le tient.

Cet ami, à qui Pétrarque envoyait des ramiers vivants, paraît être Jacques Colonna, évêque de Lombez. « Aucun ami, dit M. Mézières, ne lui témoigna ni ne lui inspira une affection plus vive que cet aimable Jacques Colonna, qu'il accompagna à Lombez (en 1330), qu'il retrouva à Rome, auquel il écrivit quelques-unes de ses lettres les plus expansives et qu'il nous représente sous des traits si séduisants, comme un homme doux et modeste, quoique plein d'énergie ; naturellement éloquent, capable d'entraîner une assemblée populaire aussi bien que de satisfaire l'auditoire le plus instruit, et d'une telle sincérité que, sous son langage ou sous son style, on voyait tout de suite la transparence de sa pensée. Il semble que l'évêque de Lombez soit le seul des amis de Pétrarque qui ose lui parler de son amour et essayer de l'en guérir par une raillerie aimable. Pétrarque s'ouvre à lui avec un entier abandon... » (*Pétrarque. Etude*, p. 222.)

IX

EN ENVOYANT DES FRUITS A UN AMI

Quando 'l pianeta che distingue l'ore.

Quand l'astre mesurant les heures fugitives
Ramène avec avril les premières chaleurs, —
Revêtant l'univers de nouvelles couleurs,
Une vertu descend de ses flammes actives.

Non-seulement alors sur les rives plaintives,
Sur les riants coteaux elle sème des fleurs ;
Mais encore au dedans du sol mouillé de pleurs
Elle va remuer les sèves productives.

De là naissent ces fruits qui te sont présentés.
Ainsi celle qui brille à mes yeux enchantés
Est vraiment un soleil près de toute autre dame.

Et ses doux feux pourront m'inspirer désormais
Des paroles, des vœux, des élans d'amour ; mais
C'est fait de mon printemps, de ma jeunesse d'âme.

L'abbé de Sade croit que ce sonnet, comme le précédent, s'adresse à l'évêque de Lombez et qu'il s'agit
d'un présent de truffes. Voici, sur ce dernier point,
comment il justifie son opinion (I, p. 188) :

« Quelques Italiens disent avoir vu écrit de la main
de Pétrarque, à la marge de ce sonnet : *Tuberorum
munus*, présent de truffes. Il y en a qui disent que c'é-
toient des asperges; d'autres des champignons. Tout
cela est dit au hazard : j'ai cru devoir préférer les
truffes, à cause de la note de Pétrarque. »

On a objecté avec raison que les truffes se récoltent
à l'automne et au commencement de l'hiver ; mais on
a répondu que dans les pays chauds on en trouve toute
l'année, surtout des blanches. Cette question, du reste,
n'a guère plus d'importance que celle qui fut tranchée
par le fameux vers de Berchoux :

Et le turbot fut mis à la sauce piquante.

X

A ÉTIENNE COLONNA, EN L'INVITANT A LA CAMPAGNE

Gloriosa Colonna, in cui s' appoggia.

Glorieuse Colonne, en laquelle repose
L'espoir de l'Italie et d'un grand nom latin,
Toi qu'en vain l'ennemi de tout noble destin
Voudrait faire incliner vers le mal qu'il propose!

Ton esprit éminent se trompe s'il suppose
Ici palais, théâtre, et nopces et festin.
Un if, un pin, un hêtre et l'horizon lointain.
Tels sont les seuls attraits dont ce lieu se compose.

De plus, un rossignol qui chante à plein gosier
Ses amours et son nid cachés dans un rosier,
De volupté rêveuse émeut et remplit l'âme.

Oui, dans cette villa tout me charme et me plaît,
Mon bonheur cependant ne peut être complet
Sans toi, mon cher seigneur, que l'amitié réclame.

Voir au sujet de la *Glorieuse Colonne* la note du sonnet V.

« Quelle fut la joie de Pétrarque lorsqu'il vit arriver à Avignon le père de ses maîtres, cet homme célèbre par son courage et ses ressources dans les cruelles extrémités où le réduisit la rage de Boniface VIII, Étienne Colonne, en un mot ! Les troubles de Rome qui continuoient toujours, l'attirèrent cette année (1331) à la cour du pape, où il vint concerter avec lui les moyens de rétablir la paix dans sa patrie... Pétrarque brûloit de connoitre un héros dont il avoit conçu la plus haute idée... Sa présence ne fit qu'accroître l'admiration et le respect de Pétrarque, qui s'insinua dans ses bonnes grâces, au point qu'il en fut bientôt traité comme un de ses propres enfants. » (*Mém.*, I, p. 174.)

Ce héros, que l'on nommait le vieil Étienne, était le père de Jacques, évêque de Lombez, l'ami de Pétrarque et du cardinal Jean, son Mécène.

X (bis)

CONTRE LE VOILE DE LAURE

Lassare il velo o per Sole o per ombra.

Vous ne soulevez plus (c'était trop de bonté!)
Le voile qui vous couvre au soleil comme à l'ombre.
Depuis que vous avez lu dans mon regard sombre
Un désir étouffant toute autre volonté.

Alors que je cachais dans mon cœur mieux dompté
Mes pensers amoureux et mes rêves sans nombre.
Le plaisir d'admirer vos traits sans nul encombre
Comme insigne faveur ne me fut pas compté.

Plus de charmant visage. et plus de blonde tresse!
Autant je fus heureux, ô trop chaste maîtresse,
Autant vous m'affligez et m'inspirez d'effroi.

Comment résisterais-je à cette double guerre?
Le feu de vos beaux yeux me consumait naguère;
Votre voile à présent me fait périr de froid.

Ce sonnet, auquel je donne un numéro *bis*, est la traduction de la première ballade.

« Il est certain, dit l'abbé de Sade, que les commencements de l'amour de Pétrarque ne furent pas heureux... Laure s'étant aperçue qu'il suivoit partout ses traces, prit le même soin à l'éviter qu'il prenoit à la chercher : lorsque par hazard elle se trouvoit avec lui dans un lieu public, s'il faisoit quelque mouvement pour l'aborder, elle fuyoit bien vite. Les regards enflammés qu'il jetoit quelquefois sur elle, la déterminèrent à ne paroître devant lui que couverte de son voile : elle ne le quittoit plus au soleil, à l'ombre, et quelque temps qu'il fît. Si par un hazard fort rare, elle ne l'avoit pas sur le visage, elle se hâtoit de le prendre aussitôt qu'elle voyoit Pétrarque, ou elle se couvroit de sa main... Je ne sais si Pétrarque avoit raison de se plaindre de ces petites affectations de Laure et de les regarder comme des rigueurs. Tacite, en parlant de cette belle Poppée qui sçut toucher le cœur de Néron, remarque qu'elle avoit toujours un voile qui lui cachoit une partie du visage *pour ne pas rassasier les regards*, ou *parce que cela lui alloit bien*. » (*Mém.*, I, p. 182.)

XI

IL ESPÈRE QUE LA VIEILLESSE LUI SERA PLUS PROPICE

Se la mia vita dall' aspro tormento.

Puissé-je vivre encor d'assez longues années.
Malgré l'âpre douleur dont mon cœur est atteint.
Pour voir de vos beaux yeux le regard presque éteint.
Vos cheveux d'or blanchis et vos lèvres fanées!

Puissé-je voir un jour à l'oubli condamnées
Ces parures de prix rehaussant votre teint
Et doublant cet éclat qui dès l'abord retint
Et qui comprime encor mes ardeurs spontanées!

Mon âme alors sans crainte à vous pourra s'ouvrir
Et sans vous offenser ma voix vous découvrir
Combien d'ans et de jours a duré mon supplice.

Et si l'âge est venu qui doit tout assoupir,
Par l'échange tardif d'un regret, d'un soupir
Nos lèvres toucheront à l'amoureux calice.

L'abbé de Sade fait sur le souhait de Pétrarque la réflexion suivante :

« Cette idée se présente assez naturellement à un jeune amant timide et sans expérience. Plusieurs poëtes latins et italiens (entre autres le cardinal Bembo) ont fait en vers ce compliment à leurs maîtresses. J'ignore si elles en étoient bien flattées; mais je suis bien sûr que ce tour de galanterie ne réussiroit pas aujourd'hui en France, où les femmes n'aiment pas qu'on leur annonce d'avance les ravages que le temps fera sur elles. » (Mém., I, p. 185.)

Alexandre Tassoni comparait plaisamment ces tardives faveurs *au secours de Pise, qui arriva quarante jours après que la ville fut prise.*

Ronsard n'a pas été plus galant avec son Hélène en lui disant : *Vous serez au foyer une vieille accroupie.* Et Béranger, dans sa chanson : *Vous vieillirez, ô ma belle maîtresse,* n'a pas dû plaire beaucoup à sa Lise en lui parlant de ses rides futures.

XII

LA BEAUTÉ DE LAURE LE GUIDE AU SOUVERAIN BIEN

Quando fra l'altre donne ad ora ad ora.

Lorsque Laure apparaît dans un cercle brillant,
Autant elle l'emporte en esprit comme en grâce
Sur les autres beautés que sa vue embarrasse,
Autant s'accroît l'amour dans mon cœur tressaillant.

Je bénis le lieu, l'heure où d'un œil bienveillant
Elle a souffert mes pas attachés à sa trace;
Car de dame si belle et de si noble race
C'est un bien de rêver le sourire accueillant.

D'elle vient à mon âme une pensée unique
Qui suffit à ma vie et qui me communique
Le mépris des plaisirs que cherche tout humain.

D'elle me vient aussi ce précieux courage
Qui conduit vers le ciel à travers maint orage:
Et déjà, plein d'espoir, je suis le bon chemin.

« Sans cesse occupé du plaisir de voir l'objet de son amour, Pétrarque alloit à toutes les fêtes ; il se trouvoit dans tous les lieux où les dames avoient coutume de se rassembler : c'étoit la seule façon dont il pût voir Laure. Son mari, qui avoit du penchant à la jalousie, n'auroit pas permis l'entrée de sa maison à un jeune Italien beau et bien fait.

« Laure paroissoit dans ces assemblées parmi les beautés dont la ville d'Avignon était ornée, comme une belle fleur au milieu d'un parterre, qui efface toutes les autres par l'éclat et la vivacité de ses couleurs. Quelle joie pour Pétrarque, quand il pouvait jouir de ce spectacle ! sa passion prenoit de nouvelles forces ; il s'applaudissoit d'avoir fait un si bon choix : rien de plus honorable à ses yeux que d'être attaché à Laure ! Le respect qu'il avoit pour elle, l'admiration que lui inspiroit sa vertu, le faisoient rentrer en lui-même et le détachoient de quelques commerces peu honnêtes, où j'ai dit que sa jeunesse et son tempérament l'entraînoient quelquefois malgré lui. » (*Mémoires* de l'abbé de Sade, 1, p. 186.)

XIII

EN S'ÉLOIGNANT DE LAURE

Io mi rivolgo indietro a ciascun passo.

En m'éloignant de vous, je regarde en arrière,
Distrait à chaque pas par votre souvenir,
Et sitôt que je sens mes forces revenir,
J'essaye, à contre-cœur, de suivre ma carrière.

Mais quand je songe à quoi m'a servi ma prière,
Quel doux bien j'ai perdu que je croyais tenir,
Combien longue est la route et douteux l'avenir,
Le désespoir m'arrête ainsi qu'une barrière.

Alors je me demande avec étonnement
Comment mon pauvre corps peut faire un mouvement
Sans l'esprit qui l'anime. Étrange phénomène !

Mais Amour me répond que l'imprudent mortel,
Qui d'un feu vif et pur brûle sur son autel,
N'est pas soumis aux lois de la nature humaine.

« Pétrarque étoit bien aise de parcourir la France et l'Allemagne, où il se flattoit de trouver plus qu'ailleurs de bons manuscrits des auteurs anciens qu'il cherchoit alors avec beaucoup d'empressement.....

« Il y a tout lieu de croire que Pétrarque n'auroit jamais pu se déterminer à quitter Avignon, s'il avoit été mieux traité de Laure; mais on a vu qu'elle n'avoit pour lui que des rigueurs : il paroit même qu'il ne prit ce temps pour voyager, que parce qu'elle lui avoit défendu de la voir et de lui parler.

« Il partit au commencement de 1333; mais à peine fut-il sorti d'Avignon, qu'il se repentoit déjà du parti qu'il avoit pris : sentant qu'il ne pouvoit vivre sans Laure, peu s'en fallut qu'il ne revînt sur ses pas; il en fut vivement tenté, s'il faut prendre à la lettre la façon dont il s'exprime dans ce sonnet. » (L'abbé de Sade, *Mém.*, I, p. 201.)

XIV

IL SE COMPARE AU PÈLERIN CHERCHANT L'IMAGE DU CHRIST

Movesi 'l vecchierel canuto e bianco

Il s'en va, chauve et blanc, le pauvre pèlerin,
Loin du lieu bien-aimé de son adolescence,
Loin des nombreux parents qui pleurent son absence,
Et lui-même, en son cœur, partage leur chagrin.

Mais de son long rosaire il compte chaque grain
Pour éteindre, en priant, cette réminiscence ;
Il chemine, à pas lents, plein de reconnaissance
Pour Dieu qui lui conserve un front calme et serein.

Puis il arrive au pied du trône de Saint-Pierre
Pour contempler, avant de clore sa paupière,
L'image de Celui qu'il verra dans les cieux.

Madame, ainsi parfois je m'en vais en silence
Cherchant de nobles traits à votre ressemblance,
Quand les vôtres charmants sont voilés à mes yeux.

« Ce sonnet fait allusion à l'usage établi alors d'aller
à Rome, de toutes les parties du monde chrétien, pour
y voir l'image du Sauveur. On en montroit deux qui
excitoient également la curiosité des âmes dévotes.
L'une étoit le saint Suaire ou la Véronique, mouchoir
qu'une femme juive jeta, dit-on, sur le visage de Jésus-Christ lorsqu'il portoit sa croix, pour essuyer le
sang et la sueur dont il étoit couvert. Sa figure y de-
meura empreinte. L'autre étoit celle qui parut miracu-
leusement au haut de l'église de Saint-Jean de Latran, le
jour qu'on célébra la dédicace de cette église, que l'empereur Constantin fit construire peu de temps après
son baptême. Elle est en mosaïque. On assure que les
incendies l'ont toujours respectée...

« On ne sçauroit approuver le parallèle qu'il fait dans
ce sonnet, de l'image de Jésus-Christ avec celle de sa
maitresse. » (*Mém.*, I, p. 204.)

Le bon abbé de Sade ajoute qu'il ne comprend pas
que l'on n'ait pas été choqué de cette espèce de profanation. Cela peut s'expliquer cependant : la plupart
des lecteurs ont vu là sans doute le parallèle de deux
voyageurs et non de deux images.

XV

CE QU'IL ÉPROUVE EN PRÉSENCE DE LAURE ET A SON DÉPART

Piovommi amare lagrime dal viso.

Mes pleurs coulent non moins que l'eau d'une fontaine
Et mes brûlants soupirs courent comme le vent,
S'il advient qu'entraîné par l'espoir décevant,
J'embrasse du regard votre beauté hautaine.

Un sourire parfois, de nature incertaine,
Apaise les désirs qui m'obsèdent souvent,
Et mon trop long martyre est moins cruel qu'avant
Si près de vous je rêve une ivresse lointaine.

Mais, hélas! de nouveau se glacent mes esprits,
Quand je vois au départ tous mes vœux incompris
Et vos beaux yeux fuyant ma morne solitude.

Mon âme alors s'élance et vole sur vos pas,
Et de votre poursuite elle ne revient pas
Sans de cuisants regrets mêlés d'inquiétude.

L'amant qui ne peut toucher le cœur de sa maîtresse est véritablement à plaindre. Il ne sait que faire ; l'espoir l'abandonne. Tout l'inquiète et l'afflige. La présence et l'absence lui sont également pénibles. En toute occasion il souffre, il pleure. Et cependant il trouve quelque douceur à cette situation. *Est quædam flere voluptas.* Ovide a raison : mieux vaut pleurer que d'être libre et de ne rien sentir. Desportes va plus loin quand il dit dans un de ses sonnets à Diane : *Douce est la mort qui vient en bien aimant.* Ce n'est pas une exagération poétique. Au moyen âge, combien de chevaliers s'exposaient à une mort glorieuse dans les batailles et dans les tournois pour plaire à la dame de leur pensée ! De nos jours, au milieu de nos passions égoïstes, n'est-il pas encore de nobles cœurs qui luttent courageusement pour être aimés ? N'en est-il pas qui meurent de désespoir s'ils ne peuvent réaliser leur rêve ? L'amour est le plus puissant mobile des belles âmes. Legouvé l'a dit dans un vers charmant : *Notre gloire est souvent l'ouvrage d'un sourire.*

XVI

QUAND IL FUIT, LA PASSION LE POURSUIT.

Quand' io son tutto volto in quella parte.

Quand mon corps et mes yeux sont tournés du côté
Où comme un astre d'or luit votre beau visage,
Et que jusqu'à mon cœur se frayant un passage,
Un rayon me consume : ô douce cruauté !

Moi qui crains que par vous il ne me soit ôté,
Comme un fou je m'enfuis ou plutôt comme un sage
Qui du sens de la vue aurait perdu l'usage,
Et j'emporte avec moi cet éclair de beauté.

Ainsi je vous échappe et je garde la vie,
Mais non sans qu'il me reste une indicible envie
D'encourir de nouveau votre accueil rigoureux.

Je marche sans parler, comme au sein des ténèbres,
Car si l'on entendait mes paroles funèbres,
Chacun voudrait pleurer sur mon sort malheureux.

« Pétrarque, tout impatience et tout flamme (Laure
ne se départant point de sa réserve. — soit que la jalousie de son mari lui inspirât cette contrainte, soit
qu'une certaine insensibilité fût au fond de sa nature—),
il voit en elle une statue de marbre que lui, triste Pygmalion, est impuissant à réchauffer. A ces mines sévè-
res, à cette implacable raideur, quelle attitude oppo-
ser? Il s'écoute gémir, déplore sa folle erreur, ses espérances déçues, tant de larmes inutilement versées, tant
de peines pour ne rien obtenir! Et l'infortuné, quelle
récompense osait-il donc appeler de ses vœux? Où s'é-
garaient ses rêves, ses désirs? Entre elle et lui le mariage n'a-t-il pas creusé l'infranchissable obstacle? »
(H. Blaze de Bury, *Laure de Noves.*)

Le mariage n'était pas un obstacle à l'amour idéal
dont brûlait Pétrarque et qu'autorisaient les mœurs du
temps. Faute d'avoir compris cet amour, M. Blaze de
Bury s'est fourvoyé dans ses plaisanteries sur l'amant
de Laure. Une passion de trente et un ans ne saurait
être un jeu poétique. Pétrarque a d'ailleurs affirmé
dans sa prose la sincérité de ses vers, comme nous le
verrons maintes fois tout à l'heure, à commencer par
le sonnet XXI.

XVII

II SE COMPARE AU PAPILLON.

Son animali al mondo di sì altera.

Il est des animaux dont la vue impassible
Peut fixer le soleil avec impunité.
Il en est quelques-uns nés pour l'obscurité :
Un rayon blesserait leur paupière sensible.

D'autres enfin qu'entraîne un désir inflexible
S'approchent de la flamme avec témérité.
Au nombre de ceux-ci je dois être cité,
Moi qui cours à ma perte en cherchant l'impossible.

Car je n'ai pas la force, après tant de tourments,
De soutenir l'éclat de vos regards charmants,
Ni de fuir le danger que sans profit j'assume.

Ainsi, quoique mes yeux soient faibles et discrets,
Le désir me conduit à contempler vos traits;
Je poursuis follement le feu qui me consume.

L'allusion, faite en ce sonnet à l'imprudence des papillons, me permet de rappeler la fin de celui dont les aventures ont été racontées par sa gouvernante avec la plume de Stahl et le crayon de Granville.

« L'insensé ne m'écoutait plus ; il avait aperçu la vive lueur d'un bec de gaz qu'on venait d'allumer, et, séduit par cet éclat trompeur, enivré par l'éblouissante lumière, je le vis tournoyer un moment autour d'elle, puis tomber...

« — Hélas ! me dit-il, ma pauvre mie, soutiens-moi, cette belle flamme m'a tué, je le sens, ma brûlure est mortelle ; il faut mourir, et mourir brûlé !..

« — Détrompe-toi, lui dis-je ; on croit mourir, mais on ne meurt pas. La mort n'est qu'un passage à une autre vie.

« Et je lui exposai les consolantes doctrines de Pythagore et de son disciple Archytas sur la transformation successive des êtres, et, à l'appui, je lui rappelai qu'il avait été déjà chenille, chrysalide et papillon. » (*Vie privée et publique des Animaux*, 1867, p. 97. — Voir le sonnet CX.)

XVIII

IL NE PEUT CÉLÉBRER LAURE ASSEZ DIGNEMENT.

Vergognando talor ch' ancor si taccia.

Honteux parfois, Madame, en songeant que mes vers
N'ont pas assez loué votre grâce adorable,
Je voudrais évoquer dans un chant mémorable
Le jour où vos beaux yeux pour moi se sont ouverts.

Mais ce labeur m'expose à des périls divers ;
Cette œuvre exige trop la lime inexorable ;
Mon esprit, qui connaît sa torpeur déplorable,
Craint de voir des écueils et de choir au travers.

Quand je veux publier combien vous êtes belle,
Ma voix reste captive en ma bouche rebelle :
Quel son pourrait monter jusqu'à votre hauteur ?

Quand ma main veut tracer combien vous savez plaire,
Mes doigts brisent bientôt ma plume avec colère.
D'écrits dignes de vous quel peut être l'auteur ?

L'abbé de Sade pense que ce sonnet devrait être placé le premier, parce que Pétrarque dit qu'il n'a pas encore chanté la beauté de Laure. Mais l'estimable abbé a pris trop à la lettre les deux premiers vers :

> *Vergognando talor ch' ancor si taccia,*
> *Donna, per me vostra bellezza in rima.*

Pétrarque avoue plus loin qu'il a plusieurs fois essayé :

> *Più volte già per dir le labbra apersi;*
> *Poi rimase la voce in mezzo 'l petto.*

Il se reproche donc simplement de n'avoir pas encore exalté Laure, comme elle le mérite. C'est ainsi du moins que j'ai compris le texte et que je l'ai traduit. Partant, je crois ce sonnet à sa place ici. Ne perdons pas de vue d'ailleurs que le classement des pièces du *Canzoniere* parait être l'œuvre de Pétrarque.

XIX

SON CŒUR, REJETÉ DE LAURE, N'A PLUS QU'A PÉRIR.

Mille fiate, o dolce mia guerrera.

Je vous l'ai dit cent fois, ô ma douce adversaire :
Prenez mon pauvre cœur : donnez-moi le repos.
Mais il ne vous plaît pas d'ouïr un tel propos :
Votre esprit haut placé dédaigne ma misère.

Ce pauvre cœur, du moins, lui fût-il nécessaire,
Jamais pour autre dame il ne sera dispos;
J'aimerais mieux l'offrir à la parque Atropos
Que de le détourner de son amour sincère.

Oui, si vous persistez dans votre froid mépris,
Comme à l'accueil d'une autre il n'attache aucun prix
Et ne peut se résoudre à rester solitaire,

Il faudra qu'il périsse épuisé de langueur :
Et nous serons blâmés, vous de votre rigueur,
Moi de mon dévouement trop pur et trop austère.

Pétrarque, malgré la rigueur de Laure, lui promet
de n'aimer qu'elle; et, en effet, tant qu'elle a vécu, il
n'a aimé platoniquement, il n'a célébré dans ses vers
nulle autre dame[1]. — Il dit ensuite que son cœur est
réduit à périr. — Enfin il reproche à Laure sa cruauté.

La première pensée a été heureusement exprimée
par Clément Marot :

> Et j'ayme mieux vous aimer en tristesse
> Qu'aymer ailleurs en joye et en lyesse.

La deuxième, par un autre poëte du seizième siècle, Pierrard Poullet :

> Celuy meurt tous les jours qui languit en vivant.

Et la troisième, par Honoré d'Urfé dans ce joli madrigal de *l'Astrée* :

> Je puis bien dire que nos cœurs
> Sont tous deux faits de roche dure :
> Le mien, résistant aux rigueurs,
> Et le vostre, puis qu'il endure
> Les coups d'amour et de mes pleurs.
>
> Mais considérant les douleurs
> Dont j'éternise ma souffrance,
> Je dis en cette extrémité
> Je suis un rocher en constance,
> Et vous l'estes en cruauté.

[1] V. le sonnet CCXXX.

X X

A STRAMAZZO DE PÉROUSE.

Se l' onorata fronde, che prescrive.

Si le feuillage illustre, apaisant Jupiter,
Ne m'avait refusé son feston poétique,
Ornement convoité par quiconque pratique
Ce langage dont l'âme est le seul magister :

Je trouverais charmants tous ces dieux de l'éther
Que vous savez servir sans craindre la critique ;
Mais depuis cet affront un souffle antipathique
M'éloigne de l'Olympe où me portait l'auster.

Et sous l'ardent soleil du ciel de l'Éthiopie,
La poussière bout moins que ma fureur impie
En pensant que je perds le prix que j'ai gagné.

Cherchez donc autre part une source fleurie ;
Car la mienne serait entièrement tarie
Sans les pleurs que répand mon amour dédaigné.

Pétrarque semble attristé de ce qu'il n'a pas obtenu le laurier auquel il a droit. Ses premières poésies ayant été très-admirées, ce n'est pas de l'indifférence du public dont il se plaint. Comme il identifie Laure avec le laurier, il est probable qu'il fait encore allusion à l'insensibilité de Laure. Le dernier vers du moins : *Salvo di quel che lagrimando stillo*, concorde avec cette interprétation. Voici, du reste, un passage du *Triomphe d'Amour*, qui indique clairement le double sens qu'il donnait au laurier :

« Je cueillis ce glorieux rameau, dont peut-être je ceignis mes tempes avant l'heure accoutumée... Mais, hélas ! elle, qui remplit mon cœur de souci, ne m'a jamais laissé moissonner un seul de ses rameaux, une seule de ses feuilles, tant ses racines furent acerbes et impitoyables. » — (Traduction du comte de Gramont, p. 273.)

Le sonnet auquel Pétrarque répond sur les mêmes rimes se trouve à la fin de quelques éditions.

XXI

A UN AMI.

Amor piangeva, ed io con lui tal volta

Amour pleurait, et moi, je pleurais la rupture
Des chers nœuds par lesquels vous vous étiez unis.
Des méchants vous avaient l'un de l'autre bannis,
Et votre âme isolée errait à l'aventure.

Maintenant que l'instinct de sa belle nature
Lui fait vite oublier vos discords aplanis,
Je vous en félicite et du cœur je bénis
Le ciel qui vous aida dans cette conjoncture.

Lorsque vous reveniez à l'amoureuse vie,
Si vous avez trouvé sur la route suivie
Des ronces, des ravins et des escarpements,

Ce fut pour vous montrer qu'en ce monde où nous sommes,
Il n'est pas de chemin qui conduise les hommes,
Sans peine et sans obstacle, aux nobles sentiments.

Pétrarque félicite un ami de s'être réconcilié avec
l'amour, qu'il considère comme le principe de tout bien
moral. Plus tard, il expliqua dans ses Dialogues fictifs
avec saint Augustin l'heureuse influence que ce sentiment avait exercée sur sa vie.

« C'est à Laure que je dois tout ce que je suis. Jamais je ne serois parvenu à ce degré de réputation et de
gloire où je me vois, si les sentiments qu'elle m'a inspirés
n'avoient pas fait germer dans mon cœur les semences
de vertu que la nature y avoit jetées. Elle m'a tiré des
précipices, où l'ardeur de la jeunesse m'avoit entraîné.
Enfin, elle m'a montré le chemin du ciel, et me sert de
guide pour y arriver. C'est un effet de l'amour de trans-
former les amants, et de les rendre semblables à l'objet
aimé. Quoi de plus vertueux que Laure! Quoi de plus
parfait! Dans une ville où l'on ne respecte rien, où il
n'y a rien de sacré, la calomnie a-t-elle osé mordre
sur elle?... Enflammé du désir de jouir comme elle
d'une grande réputation, j'ai forcé tous les obstacles
qui s'y opposoient. A la fleur de mon âge je n'aimois
qu'elle, je ne voulois plaire qu'à elle. Vous sçavez tout
que j'ai fait, tout ce que j'ai souffert pour y parvenir.
Je lui ai sacrifié les plaisirs pour lesquels je me sentois
le plus d'attrait. » (*Mém.* de l'abbé de Sade. II, p. 115.)

XXII

SUR LE MÊME SUJET.

Più di me lieta non si vede a terra.

Quand un navire échappe à la mer en furie,
Les amis, les parents, groupés au bord des flots,
Reçoivent dans leurs bras les braves matelots
Et, joyeux, rendent grâce à la Vierge Marie.

Le captif qu'un geôlier traite avec barbarie
S'éloigne avec bonheur du lieu de ses sanglots.
Ainsi je suis heureux de voir à jamais clos
Les débats dont souffrait votre galanterie.

Vous tous pour qui l'amour est un dieu vénéré,
Rendez, rendez hommage à ce preux égaré
Qui de la bonne voie aujourd'hui se rapproche.

Au royaume des cieux on estimera plus
Un esprit converti mis au rang des élus
Que quatre-vingt-dix-neuf qui furent sans reproche.

L'abbé de Sade ne nous a pas dit ce qu'il pensait de
la parabole de la brebis égarée appliquée au transfuge
de l'amour. Mais on le devine d'après son appréciation
du sonnet XIV.

Celui-ci étant la continuation du précédent, je vais
citer encore quelques mots en faveur de la thèse que
Pétrarque vient de soutenir ; mais je me garderai bien
de faire connaître où je les ai pris, de peur d'éveiller
de respectables susceptibilités.

« Certes l'amour est une grande chose ; l'amour est
un admirable bien, puisque luy seul rend léger ce qui
est pesant, et qu'il souffre avec une égale tranquillité
les divers accidents de cette vie... L'amour... est généreux ; il pousse les âmes à de grandes actions, et les
excite à désirer toûjours ce qui est de plus parfait. L'a-
mour tend toûjours en haut, et il ne souffre point
d'estre retenu par les choses basses... Il n'y a rien ny
dans le ciel ny dans la terre qui soit ou plus doux,
ou plus fort, ou plus élevé, ou plus étendu, ou
plus agréable, ou plus plein, ou meilleur que l'a-
mour... »

XXIII

SUR PHILIPPE DE VALOIS ET LA CROISADE.

Il successor di Carlo, che la chioma.

Le roi Charles n'est plus. Philippe de Valois,
En posant sur son front la couronne de France,
A du tombeau du Christ juré la délivrance,
Et prépare son peuple à de pieux exploits.

Grâce à lui, s'éloignant du pays des Gaulois,
Le vénérable chef de l'Église en souffrance,
Verra dans peu de jours Rome, son espérance,
Et celle des chrétiens soumis aux saintes lois.

Puisse votre brebis sensible et généreuse
Faire des loups cruels périr la race affreuse!
Et qu'il en aille ainsi de tout profanateur!

Prince, consolez-la des lenteurs de nos armes:
De Rome qui languit séchez aussi les larmes.
Ceignez le glaive enfin pour notre Rédempteur!

« Pétrarque voyoit avec indignation le pape sur les bords du Rhône, et le sépulcre de J.-C. *in man de cani*. Les infidèles chassés des lieux saints, le saint-siège rétabli à Rome étoient deux choses qu'il désiroit ardemment...

« Ce sonnet est adressé à tous les seigneurs d'Italie que Pétrarque vouloit mettre en mouvement pour la croisade... Muratori le trouvoit obscur... Je pense que *cette douce brebis* n'est autre chose que l'Eglise même, ou le saint-siège dont les armes avoient d'abord eu quelque succès contre ses ennemis, qui sont *les loups terrassés :* c'est-à-dire les tyrans de Lombardie et de la Romagne, qui s'étoient emparés de son patrimoine.

« C'est dans les mêmes circonstances, et sans doute dans le même temps, que Pétrarque fit sa belle ode sur la Croisade (Canzone II), adressée sans difficulté à l'évêque de Lombez, quoi qu'en puissent dire ses commentateurs... » (*Mém.* de l'abbé de Sade, I, p. 242.)

DEUXIÈME SÉRIE

ETTE série embrasse les années 1334 à 1338. En 1334, Pétrarque va plusieurs fois à Vaucluse. En 1335 le pape lui donne un canonicat à Lombez. En 1336, il fait avec son frère Gérard l'ascension du mont Ventoux, puis il part pour Rome et s'arrête au château de Capranica, chez le comte Orso d'Anguillara. En 1337 il arrive à Rome, séjourne chez les Colonne, visite ensuite les Pyrénées et les côtes d'Espagne, revient en Provence au mois d'août, et, dégoûté d'Avignon, se fixe à Vaucluse. En 1338, il accompagne le dauphin à Paris.

C'est pendant cette période que Pétrarque recueillit le premier fruit de ces amours cachées, auxquelles j'ai fait allusion dans le sonnet qui suit la préface. Il devint père en 1337, et le fut encore une fois quelques années plus tard.

Ce côté mystérieux de la vie de Pétrarque était ignoré avant l'abbé de Sade. Mais cet auteur, étudiant à fond les actes et les écrits de l'amant de Laure, ne pouvait garder le silence sur ce point.

« Je crois devoir, dit-il, révéler un mystère qui a été jusqu'à présent couvert d'un voile si épais, qu'aucun de ses historiens et de ses commentateurs n'a pu le percer.

« Persuadé sans doute qu'une petite diversion est le moyen le plus sûr pour modérer du moins la violence d'une passion dont on est tourmenté, Pétrarque eut une maîtresse qui ne le traita pas avec

tant de rigueur que Laure, puisqu'elle lui donna un
fils au commencement de 1337... Il eut quelques
années après une fille...

« Comment concilier cela avec cette grande passion pour Laure, qui lui faisoit envisager avec dédain tout ce qui n'étoit pas elle? Il semble que ses
exhortations, son exemple, le désir que Pétrarque
avoit de lui plaire auroient dû suffire pour réprimer
les mouvements de la nature. Mais la nature lui
parloit si impérieusement, il étoit environné de tant
d'écueils, traité avec tant de rigueur par l'objet de
sa passion, que je crois qu'il mérite un peu d'indulgence.

« Qui sçait même s'il ne faut pas attribuer ces
deux chutes, les seules qu'on puisse lui reprocher,
aux efforts qu'il faisoit de temps en temps pour se-
couer un joug qui lui paroissoit trop pesant? »
(Mém., I, 313.)

Les contemporains de Pétrarque, qui n'ignoraient
pas ses fautes, les lui ont pardonnées en faveur de
ses grandes qualités; ils ont été touchés d'ailleurs
de son profond repentir et de la violence qu'il s'est
faite pour vivre avec chasteté dès l'âge de quarante
ans. Le pape lui-même accorda, le 9 septembre
1347, des lettres de légitimation pour son fils.
L'abbé de Sade devait-il être plus rigoureux? Quiconque connaît le cœur humain ne saurait lui en
vouloir de son appréciation bénigne.

Pétrarque perdit son fils, nommé Jean, à l'âge
de vingt-quatre ans, et il pleura beaucoup, en 1368,
son cher petit Franceschino, enfant de deux ans et
quatre mois, que sa fille Françoise avait eu de son
mariage avec François de Brossano.

XXIV

POUR LAURE GRAVEMENT MALADE.

Quest' anima gentil, che si diparte.

Si cette âme d'élite abandonne la Terre,
Et que dans l'autre vie elle aille avant le temps,
Dieu la fera placer, cette fleur du printemps,
Dans le plus beau séjour du monde planétaire.

Si l'étoile de Mars est ce lieu de mystère,
Les rayons du Soleil seront moins éclatants,
Quand les anges viendront, en nuages flottants.
Subir de sa beauté le charme involontaire.

Si le globe suivant devient son paradis,
Les trois premiers dans l'ombre erreront engourdis;
Qu'alors le quatrième à toute gloire aspire!

Quant au cinquième cercle, on ne peut l'habiter.
Mais jusqu'à Jupiter si Dieu la fait monter,
Cet astre éclipsera tout le céleste empire.

« Ce sonnet si alambiqué, dit avec raison l'abbé de
Sade, si peu propre à exprimer la douleur d'un amant
qui craint de perdre tout ce qu'il aime, porte sur une
vision de Platon, et avant lui de Pythagore. Ces phi-
losophes croyoient que les âmes heureuses et pures,
après avoir brisé leurs liens terrestres, alloient se placer dans quelque étoile.... V. le sonnet CCXLVIII.)

« La ville d'Avignon essuya cette année (1334) une
espèce de fléau fort singulier. La chaleur et la séche-
resse y furent excessives, au point que les personnes
de tout âge et de tout sexe y changèrent de peau comme
les serpents. Celle du visage, du col et des mains tom-
boit par écailles. La populace, saisie par une espèce de
frénésie, couroit les rues, nue jusqu'au nombril, armée
de fouets dont elle se déchiroit les épaules, demandant
à grands cris la pluie et la fin de cette horrible cala-
mité... La complexion de Laure était trop délicate pour
qu'elle pût soutenir une si grande intempérie de l'air...
Elle fut attaquée d'une maladie violente... » (*Mem.*, 1,
p. 236.)

XXV

IL DÉSESPÈRE DE GUÉRIR DE SA FOLLE PASSION.

Quanto piu m' avvicino al giorno estremo.

Plus j'approche du jour que craignent les humains,
Tant ils sont attachés à ce monde insipide.
Plus je vois fuir le temps d'un pied leste et rapide
Et l'espoir échapper de mes fiévreuses mains.

Je dis à mes pensers : prenez d'autres chemins,
Car celui de l'amour rend mon esprit stupide :
C'est un ravin creusé par une onde intrépide.
Qui ne laisse pousser ni roses ni jasmins.

Plus d'amour et mon cœur n'aura plus de souffrance.
Plus de pleurs, plus de rire et de fausse espérance !
Et je pourrai sentir le calme au fond de moi!

Le péril du passé me sera profitable :
Je saurai désormais que le bien véritable
Est de fermer son âme à tout sensible émoi!

Pétrarque semble avoir écrit ce sonnet sous l'influence de la maladie de Laure et du fléau dont j'ai parlé dans la note précédente. L'idée de la mort et l'incertitude de l'avenir le remplissaient de trouble. « Il voyoit toute la misère de son état, dit l'abbé de Sade, il formoit les plus belles résolutions pour en sortir; mais elles n'aboutissoient à rien; l'amour l'emportoit toujours.

« Dans une situation si triste et si critique, il eut recours à un religieux augustin, nommé Denis de Robertis, né au bourg Saint-Sépulcre, près de Florence, qui passoit pour un esprit universel : en effet, il étoit orateur, poëte, philosophe, théologien, prédicateur et même astrologue.

« Le père Denis lui dit tout ce qu'un habile directeur peut dire à un jeune homme, pour le guérir d'une passion qui le tyrannise : Pétrarque promit tout ce qu'on voulut... Mais qui est-ce qui ne sçait pas qu'un coup d'œil d'une maîtresse suffit souvent pour détruire l'ouvrage de plusieurs années du plus habile directeur? » (*Mém.*, 1. p. 232.)

XXVI

Già fiammeggiava l' amorosa stella.

Vénus faisait pálir l'étoile nébuleuse;
Et celle que j'appelle, à défaut de son nom,
La rivale en clarté de la belle Junon,
Nous envoyait du nord sa lumière frileuse.

Mi-vêtue et pieds nus quelque vieille fileuse
Commençait à tourner son fuseau de linon;
Et les jeunes amants sentaient, heureux ou non,
Les rêves les bercer sur leur couche moelleuse;

Lorsqu'à mes yeux parut ou plutôt à mon cœur,
Car mes yeux étaient clos par le soleil vainqueur,
Celle en qui j'ai placé tout l'espoir de ma vie.

Oh! comme elle était belle en sa triste pâleur!
Sa voix semblait me dire: Allons! moins de douleur;
Laure n'est pas encore à tes regards ravie.

Voici le commentaire de l'abbé de Sade :

« Laure fut très-mal; mais elle ne mourut pas. Pétrarque célébra sa convalescence par un sonnet aussi naturel et aussi simple que le premier (le XXIV) est alambiqué. On a peine à comprendre qu'ils viennent tous les deux de la même source.

« A la description du matin, contenue dans les premiers vers, Pétrarque ajoute une image que j'ai supprimée, parce qu'elle ne m'a pas paru assez noble : *La vieille qui s'étoit levée pour filer avoit allumé son feu; mais elle n'étoit pas encore chaussée et n'avoit pas pris sa ceinture.* » (*Mém.*, I, p. 238.)

L'abbé de Sade a joint à la plupart des sonnets qu'il cite en italien une très-médiocre traduction en vers, qui n'a aucune prétention à la forme du sonnet. C'est dans cette traduction qu'il a supprimé l'image de la vieille filandière comme indigne de la poésie. Je n'ai pas été aussi scrupuleux. Je ne crois pas que ma vieille fileuse dépare mon sonnet.

XXVII

IL RECOMMANDE UN JEUNE LAURIER AU DIEU APOLLON.

Apollo, s' ancor vive il bel desio.

Si tu sens, Apollon, toujours l'ardent désir
Qui t'enflammait le cœur aux champs de Thessalie,
Et si tu te souviens avec mélancolie
Des cheveux que ta main tressait avec plaisir ;

De cet inerte froid qui vient de nous saisir,
Qui t'oblige à cacher ta figure pâlie,
Défends ces rameaux verts qu'en couronne l'on lie
Sur ton front et sur ceux que tu daignes choisir.

Et par cette vertu, cette force amoureuse
Qui te soutint aux jours de chute douloureuse,
Purge l'air au plus tôt de cet âpre élément ;

Afin que nous voyions, véritable féerie,
Notre dame s'asseoir sur l'herbe refleurie
Et de ses beaux bras nus s'ombrager gentiment.

« L'amour avoit si bien lié dans l'âme de Pétrarque l'idée de Laure avec celle du laurier, qu'il ne pouvoit voir cet arbre sans éprouver à-peu-près les mêmes transports, que lui causoit la vue de Laure : aussi aimoit-il à le multiplier, et il en plantoit partout où il pouvoit.

« Il imagina un jour de planter un laurier sur le bord d'un ruisseau, dans un endroit où Laure alloit souvent se promener ; comme cet arbre délicat craint beaucoup la gelée, il crut devoir appeler son rival à son secours, et il l'invoqua par le sonnet [ci-contre].

« Pétrarque alloit souvent s'asseoir au pied de ce laurier sur les bords de ce ruisseau ; la situation étoit charmante ; Laure s'y rendoit quelquefois ; c'étoit sa promenade favorite. Quand elle n'y étoit pas, tout ce qui s'offroit aux regards de Pétrarque lui rappeloit son idée ; sa verve s'allumoit ; il faisoit des vers pour elle. » (*Mém.* de l'abbé de Sade, I, p. 180.)

Velutello a cru devoir commenter *l'onorata e sacra fronde* du septième vers : *onorata*, dit-il, *perche i poeti ne sono coronati, e, al tempo de' Romani, in segno di trionfo, se ne coronavano i trionfanti,* — *sacra, per esser ad esso Apollo sacrata.*

XXVIII

II. CHERCHE LA SOLITUDE. MAIS AMOUR L'Y POURSUIT.

Solo e pensoso i più deserti campi.

Je vais seul et pensif, cherchant la solitude,
Traînant par monts et vaux ma sombre inquiétude;
Et, pour fuir sûrement les êtres animés,
Je regarde leurs pas sur le sable imprimés.

C'est là mon seul moyen, c'est là ma seule étude
Pour dérober ma vie à leur sollicitude;
Car on lit aisément sur mes traits déformés
Les ennuis et les feux dans mon âme enfermés.

Aussi les prés, les champs, les coteaux, les rivages,
Les arbres des forêts et les bêtes sauvages
Savent bien quel je suis et quel nom me donner.

Mais je ne trouve pas de routes si secrètes,
Ni parmi les rochers de si hautes retraites
Qu'Amour n'y vienne encore avec moi raisonner.

« La fraîcheur de la fontaine de Vaucluse, l'ombrage des bois, dont le petit vallon qui y conduit étoit alors environné, lui parurent propres à tempérer l'ardeur qui le dévoroit; il y alloit quelquefois. Les déserts les plus affreux, les forêts les plus noires, les monts les plus inaccessibles étoient pour lui des séjours délicieux; mais ils ne le mettoient pas à l'abri de l'amour qui le poursuivoit partout. Il peint bien vivement cette situation dans le sonnet ci-contre.

« Vaucluse est un de ces lieux où il semble que la nature aime à se montrer sous une forme singulière. Dans cette belle plaine de l'Isle qui ressemble à la vallée de Tempé, du côté du levant, on trouve un petit vallon terminé par un demi-cercle de rochers d'une élévation prodigieuse, qu'on diroit avoir été taillés perpendiculairement. Le vallon est renfermé de tout côté par ces rochers qui forment une espèce de fer à cheval, de façon qu'il n'est pas possible d'aller au delà; c'est ce qui lui a fait donner le nom de Vaucluse, en latin *Vallis clausa*. Il est partagé par une rivière entourée de prairies toujours vertes. » (*Mém.* de l'abbé de Sade, I, p. 231 et 341.)

Ginguené admirait beaucoup ce sonnet et en a donné une traduction en vers.

XXIX

IL NE VEUT PAS SE DONNER LA MORT, MAIS IL LA DÉSIRE.

S' io credessi per morte essere scarco.

Oui vraiment, par la mort si j'avais l'assurance
Que des pensers d'amour j'obtiendrais délivrance,
A la terre déjà mes mains auraient rendu
Ce corps fait de limon et ce cœur éperdu.

Mais comme ce serait, selon toute apparence,
Passer de pleurs en pleurs, de souffrance en souffrance.
Je n'ose faire un pas dans ce passage ardu,
Et je reste en deçà craintif et morfondu.

Il est temps toutefois que la corde fatale
Lance le dernier trait dans la source vitale
Pour qu'un dernier flot rouge en puisse ruisseler.

Ce dont je prie Amour, et la sourde camarde
Qui m'a déjà marqué de sa couleur blafarde
Et qui ne songe pas à venir m'appeler.

« Dans certains accès de misanthropie, plus violents que les autres, il appeloit la mort à son secours, pour sortir plus tôt de l'état affreux où il étoit. Sa santé s'altéroit, il croyoit mourir. Quelquefois même il étoit tenté de hâter ce moment, qu'il regardoit comme le terme de ses maux ; mais la religion lui faisoit envisager un état après la mort, pire que celui où il se trouvoit. » (*Mém.* de l'abbé de Sade, I, p. 232.)

Les amants malheureux invoquent volontiers la mort [1]. Si elle les prenait au mot, plus d'un lui répondrait comme le bûcheron de la fable. La voici, cette réponse, d'après Marie de France, dont les vers sont moins connus que ceux de La Fontaine :

LA MORT ET LI BOSQUILLON.

Tant de loing que de prez n'est laide
La mors. La clamoit à son aide,
Tosjors, ung povre bosquillon
Que n'ot chevance ne sillon :
« Que ne viens, disoit, ô ma mie,
« Finer ma dolorouse vie ! »
Tant brama qu'advint ; et de voix
Terrible : « Que veux-tu ? — Ce bois
« Que m'aydiez à carguer, Madame ! »
Peur et labeur n'ont mesme game.

---

1 Tibulle commence la VIIe élégie du livre II par ces mots : *Jam mala finissem letho...*

XXX

A ORSO, COMTE D'ANGUILLARA.

Orso, e' non furon mai fiumi, nè stagni.

Ce n'est, cher comte Orso, ni la mer orageuse,
Ni le flot qui déborde et le fangeux marais,
Ni les coteaux sans vigne et les monts sans forêts,
Ni le ciel obscurci par la brume neigeuse;

Ni rien de tel qui peut à mon âme ombrageuse
Inspirer une plainte et m'assombrir les traits;
C'est ce voile maudit qui s'abaisse trop près
Des beaux yeux qu'a chantés ma muse louangeuse.

Qu'ils soient cachés par morgue ou par humilité,
Leur éclipse m'ôtant toute félicité
Me prépare avant l'heure une couche mortelle.

Ma peine vient encor d'une blanche main; oui,
D'une main qui me cause un tourment inouï
Quand Laure comme un mur la place devant elle.

Le comte Orso que Pétrarque visita en 1336 dans
son château de Capranica, à dix lieues de Rome, avait
épousé Agnès Colonna, sœur du cardinal et de l'évêque.
C'était un homme de beaucoup d'esprit et qui aimait
les lettres.

Laure se cachait derrière son voile et sa main, comme
Galathée derrière les saules :

> Et fugit ad salices, et se cupit ante videri.

M. Mézières pense que Laure aimait son poëte. « Il
ne paraît pas, dit-il, qu'elle ait été heureuse en ménage. Si, avec ses neuf enfants, elle connut jusqu'à
l'excès les joies de la maternité, elle ne connut pas au
même degré celles de l'amour conjugal. Pétrarque in-
sinue, à deux reprises, que son mari était jaloux et
la traitait durement. En tout cas, il ne l'aimait pas
comme une femme de sa beauté et de son esprit méritait d'être aimée, puisqu'il se dépêcha de l'oublier et
qu'il se remaria sept mois après sa mort. Peu comprise
par Hugues de Sade, Laure ne put guère échapper
à la contagion des sentiments qu'elle inspirait... Son
amour se trahissait malgré elle. Le soin avec lequel,
en tant d'occasions, elle évitait Pétrarque n'indiquait-il
pas qu'elle se défiait d'elle-même. On ne redoute pas à
ce point la tentation quand on sait qu'on ne sera pas
tenté. » (Page 122.)

XXXI

SUR CE QU'IL AVAIT TARDÉ A VISITER LAURE.

Io temo si de' begli occhi l'assalto.

Je crains si fort l'éclat de vos yeux applaudis
Où l'Amour et ma perte ont élu domicile,
Que je les fuis ainsi que l'enfant indocile
Fuit la verge promise à ses jeux étourdis.

Désormais il n'est plus de ces lieux interdits,
Gouffres, marais, ravins, monts d'accès difficile,
Où volontiers mes pas ne cherchent un asile
Pour ne pas rencontrer celle que je maudis.

Donc, si j'ai différé de vous rendre visite,
C'est qu'à me rapprocher de la flamme j'hésite.
Me pardonnerez-vous mon incivilité ?

Oui, le retour tardif de votre humble victime,
Ce cœur s'affranchissant d'une peur légitime,
Sont le gage certain de ma fidélité.

« Pétrarque, ayant formé le projet de guérir de son amour, fuyoit Laure, et dans ce dessein alloit quelquefois se retirer dans les lieux les plus déserts et les plus sauvages. Lorsque par hasard, il la rencontroit dans les rues d'Avignon, il évitoit de l'aborder, et passoit bien vite d'un autre côté. Cette affectation déplut à Laure : soit que par un mouvement de vanité, si naturel aux femmes, elle fût bien aise de conserver un amant, qui avoit déjà acquis une certaine réputation ; soit qu'elle commençât à être moins insensible à l'amour de Pétrarque. L'ayant rencontré un jour, elle jeta sur lui un regard plus doux qu'à l'ordinaire.

« Une si grande faveur et si inespérée fit évanouir tous les projets de Pétrarque : au lieu de fuir comme auparavant, il s'approcha de Laure; elle lui fit sans doute quelques reproches, qui donnèrent lieu au sonnet ci-contre. » (*Mém.* de l'abbé de Sade, I, p. 294.)

Gesualdo, dans son commentaire, cite avec raison le proverbe italien : *Chi ama teme* (qui aime craint). Tel est, en effet, le sentiment qui a inspiré ici Pétrarque.

X X X I I

IL DEMANDE UN LIVRE A UN AMI.

S' Amore o morte non dà qualche stroppio.

Si l'Amour et la mort n'arrêtent pas l'ouvrage
Qu'à présent j'élabore avec un vif attrait,
Et si je ne suis pas de cette œuvre distrait
Par quelque autre labeur plus digne de suffrage :

Je veux au flot public, sans crainte du naufrage,
Lancer un livre neuf qui se lira d'un trait
Et qui fera verdir autour de mon portrait
La feuille de laurier redoublant mon courage.

Mais pour tisser, au gré de mes désirs ardents,
Cette trame, il me faut les fils surabondants
Qui sont dans les écrits de ce bien-aimé Père.

Rends-les-moi donc, ami, toi qu'on ne prie en vain,
Ces trésors d'éloquence et de savoir divin,
Pour que mon nouveau-né te plaise et soit prospère.

Saint Augustin est sans doute le bien-aimé Père dont il est ici question.

« C'étoit de tous les saints, dit l'abbé de Sade, celui que Pétrarque aimoit le plus. Les rapports qu'il avoit avec lui contribuoient sans doute à ce goût, et à la préférence qu'il lui donnoit sur tous les Pères de l'Église. *Quand je lis les* Confessions de saint Augustin, disoit-il, *je crois lire les miennes; j'y trouve l'histoire de ma vie.* » (*Mém.*, II, p. 102.)

Pétrarque écrivit aussi ses confessions, son secret, sous le titre : *De contemptu mundi.* Ce sont trois dialogues dans lesquels il se met en scène avec saint Augustin qui reçoit ses confidences et lui donne des conseils.

« Je ne connois aucun auteur, dit encore l'abbé de Sade, qui écrivait avant la publication des *Confessions* de J.-J., — (je n'en excepte pas même Montaigne), — qui ait découvert son intérieur au public avec plus de franchise et de bonne foi. Je ne crois pas que dans le tribunal même de la pénitence, Pétrarque eût fait à son confesseur des aveux plus forts et plus humiliants. » (*Mém.*, II, p. 101.)

XXXIII

L'ORAGE SE SOULÈVE AU DÉPART DE LAURE.

Quando dal proprio sito si rimove.

Lorsque change de cours cet astre qu'Apollon
Dans son exil aima sous une forme humaine,
En son antre Vulcain soupire et se démène
Pour raviver les traits qui suivent l'aquilon.

Tantôt tonnant, tantôt lançant neige et grêlon,
Jupiter en courroux visite son domaine ;
La terre a froid ; l'air pleure, et Phébus se promène
Sans daigner regarder dans le fond du vallon.

Alors Saturne et Mars, deux cruelles étoiles,
Brisent les avirons et déchirent les voiles
Du malheureux marin qui brave leur pouvoir.

Eole déchaîné fait sentir à Neptune,
A Junon comme à nous que tout est infortune,
Quand nous sommes privés du bonheur de vous voir

Laure fut sans doute très-flattée de la perturbation
que son absence causait dans le monde éthéré. Mais
quelques mots de tendresse et de regrets l'auraient
plus touchée que cet étalage astronomique. En pareil
cas l'émotion du cœur vaut mieux que la recherche
de l'esprit.

Un rimeur burlesque du dix-septième siècle a peint
à sa manière les ennuis de l'absence :

> Les prés n'ont point tant de brins d'herbes
> Les granges n'ont point tant de gerbes,
> La mer n'a point tant de poissons,
> Ni la fièvre tant de frissons,
> Les palais n'ont point tant de marbres,
> Ni les forests tant de pieds d'arbres,
>
> . . . .
> . . . .
>
> Que j'ai d'ennuis et de tristesse,
> Absent de ma chère maîtresse.

Que l'on se figure à la place des points une kyrielle
interminable de dictons et quolibets populaires, plus
de 250 vers jetés dans le moule des six premiers, et l'on
jugera de quelle humeur dut être accueilli le compliment final, si longtemps attendu !

XXXIV

CALME DU CIEL AU RETOUR DE LAURE.

Ma poi che 'l dolce riso umile e piano.

Mais depuis que vos yeux et votre beau visage
Reparaissent ici plus charmants que jamais,
C'est en vain que Vulcain essaierait désormais
D'allumer ses fourneaux comme un triste présage.

De ses traits Jupiter ne veut plus faire usage.
Dans l'azur sont baignés les plus altiers sommets,
Et sous tes chauds regards, Apollon, tu promets
De rajeunir bientôt le morne paysage.

Des bords de l'occident souffle un air embaumé
Qui parsème de fleurs le gazon ranimé,
Qui permet aux vaisseaux de voguer sans alarmes.

De tous côtés s'en vont les astres malfaisants,
Dispersés à l'aspect de vos traits séduisants,
Pour lesquels ont coulé naguère tant de larmes.

Pétrarque chante le retour de Laure, à peu près comme il a chanté son absence. Il semble qu'Eustachio Manfredi se soit inspiré de ces deux sonnets pour célébrer les yeux de sa Phyllis. Son sonnet, dont voici la traduction, peut être cité comme le *nec plus ultrà* du genre madrigal.

L'aube allait des monts bleus dessiner le contour.
J'étais avec Phyllis assis au pied d'un frêne ;
J'écoutais ses accents doux dans la nuit sereine,
Et du jour, pour la voir, j'implorais le retour.

De peur de réveiller les échos d'alentour,
Tout bas je lui disais : Ma jeune souveraine.
Tu verras comme belle est l'aurore, la reine
Devant qui pâlira chaque étoile à son tour.

Ensuite tu verras le soleil qui dans l'ombre
Fera rentrer l'aurore et les astres sans nombre,
Tant est puissant l'éclat de son rayon vermeil !

Mais tu ne verras pas ce qui sera sans voiles
Pour moi seul : tes beaux yeux qui feront du soleil
Ce qu'il fait de l'aurore et des blanches étoiles !

X X X V

DOULEUR DE PHÉBUS EN L'ABSENCE DE LAURE.

Il figliuol di Latona avea già nove.

Par neuf fois Apollon avait du haut des cieux
Regardé s'il verrait la belle créature,
Dont il voulut jadis dénouer la ceinture,
Et qui n'agréa pas ses vœux audacieux.

Après qu'il eut cherché cet objet gracieux
Sans pouvoir recueillir la moindre conjecture,
Il parut affligé de sa mésaventure,
Comme un homme qui perd un bijou précieux.

Et le fils de Latone, attristé, solitaire,
Ne vit pas revenir la reine de la terre
Qui vivra, si je vis, dans des milliers de chants.

Ainsi croyant que Laure était encore absente,
Il voilait de douleur sa face éblouissante,
Et ce voile de deuil s'épandait sur les champs.

« Il faut s'accoutumer, dit l'abbé de Sade, à trouver dans les vers de Pétrarque une allusion perpétuelle entre Laure, le laurier et Daphné.

« Les vers de Pétrarque, où Laure est confondue tantôt avec le laurier, tantôt avec Daphné elle-même, choqueront sans doute les oreilles délicates des beaux esprits de notre siècle. On dit pour excuser cette métaphore un peu outrée, et ce jeu de mots, que Pétrarque, qui avoit adopté dans sa poésie le système de Pythagore sur la transmigration des âmes, paroît avoir feint que l'âme de Daphné, changée en laurier, avoit passé dans le corps de Laure, après une longue suite de transmigrations.

« Depuis qu'Horace a permis aux poëtes de tout oser, on ne doit pas faire un crime à Pétrarque de cette fiction. Cela posé, il est tout simple qu'il confonde Laure avec le laurier, et avec la nymphe qu'Apollon aimoit, et qu'il se déclare le rival de ce dieu. » (*Mém.*, I, p. 178.)

Les sonnets XXXIII, XXXIV et XXXV étaient sans doute liés dans la pensée du poëte ; car ils sont tous trois écrits sur les mêmes rimes dans le texte italien.

XXXVI

LE CŒUR DE LAURE EST SEUL INACCESSIBLE A LA PITIÉ.

Quel ch' in Tessaglia ebbe le man si pronte.

Celui qui fut si prompt aux champs de Thessalie,
A rougir la poussière avec des flots de sang,
Pleura sur son beau-fils en le reconnaissant,
Au moment qu'il fermait sa paupière pâlie.

Au courage souvent la tendresse s'allie.
Le berger, qui tua Goliath en lançant
La pierre de sa fronde à son crâne puissant,
Plaignit du roi Saül la fin et la folie.

Mais vous, dont la pitié n'émut jamais les traits,
Et qui trouvez à point des refuges secrets
Contre le dieu d'amour, mon maladroit complice ;

Vous me voyez périr, périr de mille morts
Et vous n'avez pour moi ni larmes ni remords,
Mais un regard d'orgueil qui me met au supplice.

Le premier quatrain fait allusion à la bataille de
Pharsale et à la mort de Pompée. L'histoire est d'accord avec Pétrarque sur les larmes que versa César,
lorsqu'on lui présenta la tête de son illustre et malheureux gendre. Brébeuf dit aussi dans sa *Pharsale* :

> Celuy qui d'Emathie ensanglanta la plaine.
> Qui marcha sans horreur sur la pourpre romaine.
> Qui d'un hideux carnage assouvit ses désirs,
> N'ose à ce Romain seul refuser ses soupirs.

Mais Brébeuf ne croit pas plus que Corneille à la
sincérité de ses regrets :

> Il verse quelques pleurs que l'artifice envoye ;
> Il pousse des soupirs d'un cœur tout plein de joye.

XXXVII

CONTRE LE MIROIR DE LAURE.

Il mio avversario, in cui veder solete.

Ce miroir ennemi, dans lequel vous voyez
Un visage et des yeux que tout le monde estime,
Vous inspire, Madame, un amour légitime
Pour les charmes divers à ma perte employés.

C'est selon son conseil que vous me renvoyez,
De peur que je devienne un voisin trop intime.
Mérité-je, en effet, moi, votre humble victime,
D'habiter aussi près de vos nobles foyers?

Mais puisqu'à vous m'unit une chaîne durable,
Doit-il, en vous rendant à vous-même adorable,
Vous laisser sans pitié pour ma longue douleur?

Rappelez-vous Narcisse épris de son image :
Son sort sera le vôtre; et pourtant, quel dommage
De voir tomber sur l'herbe une si belle fleur !

« Peut-on s'empêcher de concevoir du mépris pour
les hommes, quand on voit Laure même en butte à la
jalousie d'un mari, et à des procédés injustes?... Il
falloit que Hugues de Sade ne fût pas bien amoureux
d'elle, puisqu'il fut si peu touché de sa mort, qu'il
n'attendit pas la fin de l'année de son deuil pour se
remarier. C'est un fait certain qui ne lui fait pas honneur, et que la vérité de l'histoire ne me permet pas
de cacher. J'espère que sa famille ne s'en offensera pas.
Elle peut dire pour la justification du mari de Laure,
que s'étant si bien trouvé de sa première femme, il ne
pouvoit trop se hâter d'en prendre une seconde, dans
l'espérance d'être aussi heureux.

« Mais que dira-t-on, ajoute en plaisantant l'abbé de
Sade, lorsqu'on entendra Pétrarque se plaindre d'un
amant préféré, et faire des imprécations contre lui?
Plus convaincu que personne de la vertu de Laure, je
ne puis dissimuler cependant que Pétrarque avoit
quelque raison de se plaindre. Il la surprit un jour vis-
à-vis de ce rival heureux qu'elle regardoit avec complaisance. Le dépit lui dicta ce sonnet et le suivant. »
(*Mém.*, II, p. 483.)

XXXVIII

AUTRE INVECTIVE CONTRE LES MIROIRS.

L'oro e le perle, e i fior vermigli e i bianchi.

Les perles, les rubis, l'or et les beaux calices
Des fleurs que les frimas n'osent pas dessécher,
Tout cela n'est qu'épine et ne peut me toucher,
Car je ne prise pas les vulgaires délices.

Aussi mes jours, mes ans passent dans les supplices ;
L'infortune, il est vrai, saura m'en retrancher.
Mais j'en accuse moins votre cœur de rocher
Que ces flatteurs de verre et leurs surfaces lisses.

N'ont-ils pas imposé silence à mon seigneur ?
Que vous aurait-il dit pour moi, pour mon bonheur,
En voyant au miroir vos airs de complaisance ?

Dans les eaux de l'abime instruments fabriqués,
A l'éternel oubli monstres qui provoquez,
C'est de vous que mes maux ont dû prendre naissance.

« Parlons sérieusement, continue l'abbé de Sade :
Laure par sa conduite ne donna point de prise aux
soupçons jaloux. Son amant et son mari avoient tort
s'ils connoissoient d'autre jalousie que celle qui est
inséparable de l'amour. Rien de plus innocent, de plus
simple que la vie qu'elle menoit. Toujours renfermée
dans sa maison, uniquement occupée de l'éducation
de ses enfants, des soins de son ménage, elle ne sortoit
que pour remplir quelques devoirs de société, ou pour
s'assembler avec ses amies avec qui elle faisoit quelquefois des parties de promenade. » (Mém., II,
p. 485.)

Narcisse, dont la métamorphose est rappelée dans le
sonnet précédent, a souvent inspiré les poëtes. Voici
un joli sixain extrait de la Guirlande de Julie par
Habert :

> Epris de l'amour de moi-même,
> De berger que j'étois, je devins une fleur.
> Faites profit de mon malheur,
> Vous que le ciel orna d'une beauté suprême ;
> Et pour en éviter les coups,
> Puisqu'il faut que tout aime, aimez d'autres que vous.

Au neuvième vers, traduit exactement : *Questi poser
silenȝio al signor mio,* seigneur est synonyme d'Amour.

XXXIX

IL SE RÉSOUT A REVOIR LES BEAUX YEUX SANS LESQUELS
IL NE PEUT VIVRE.

Io sentia dentr' al cor gia venir meno.

Déjà semblaient en moi s'éteindre les esprits
Qui reçoivent de vous le feu qui les anime;
Mais à la vie on tient d'un instinct longanime.
Sur le point de la perdre on en sent tout le prix.

Enfin, brisant le joug, mon désir a repris
Le chemin qu'oubliait mon cœur pusillanime
Et dont le détournait mon orgueil magnanime;
Car j'aimais mieux la mort que subir le mépris.

Il m'a donc entraîné, tardif et plein de honte,
Moi, presque l'ennemi du culte d'Amathonte,
A revoir les beaux yeux que je crains d'offenser.

Qu'un seul de vos regards au fond de moi pénètre!
Je vivrai, tant ils ont de pouvoir sur mon étre!
Mais sans cette faveur je n'ai qu'à trépasser.

« Quand Pétrarque, dit l'abbé de Sade, avoit passé
quelques jours sans voir Laure, il sentoit un désir
violent d'aller la chercher dans les endroits où il avoit
coutume de la voir, et il n'y pouvoit pas résister : elle
de son côté, lui faisoit alors meilleure mine qu'à l'ordinaire, par la crainte qu'elle avoit de le perdre. Ce
sonnet le prouve. » (*Mém.*, I, p. 295.)

Cette dernière réflexion est confirmée par les paroles
que Pétrarque prête à sa maîtresse dans son *Triomphe
de la Mort*. Laure lui dit :

« Ce que j'ai laissé voir de moi et ce que j'en ai tenu
caché dans mon âme, ce fut là ce qui maintes fois t'a
ramené et arrêté, comme fait le frein du cheval qui
s'emporte.

« Plus de mille fois la colère s'est peinte sur mon
visage, tandis que mon cœur brûlait d'amour : mais
jamais en moi le désir n'a triomphé de la raison.

« Ensuite, quand je t'ai vaincu par la douleur, j'ai
ramené vers toi mes yeux remplis alors de suaves regards, sauvant à la fois ta vie et notre honneur. » —
Traduction du comte de Gramont, p. 290.

X L

EN PRÉSENCE DE LAURE SON CŒUR S'ENFLAMME ET SA
LANGUE SE GLACE.

Se mai foco per foco non si spense.

Le feu n'est pas éteint par une flamme ardente,
Ni le fleuve tari par la pluie abondante ;
Car la loi générale est que tout élément
De l'élément pareil reçoive accroissement.

Près de celle qui tient mon âme dépendante,
Lorsque ma joie, Amour, devrait être évidente,
Pourquoi m'inspires-tu si malheureusement
Que ma langue se glace et perd le mouvement ?

S'il tombe de trop haut à travers maint obstacle,
Le Nil assourdit ceux qu'attire un tel spectacle.
Le soleil blesse l'œil fixé sur son brasier.

De même, dans l'excès du bonheur de l'atteindre,
Mon désir vers le but s'use et semble s'éteindre.
Trop d'éperon parfois ralentit le coursier.

« Le bon accueil que Laure faisoit à Pétrarque dans ces circonstances (voir la note précédente) dérangeoit ses projets de guérison, ranimoit ses espérances, et lui donnoit du courage. Il vouloit lui parler de son amour, il en cherchoit les occasions; mais plus il en avoit le désir, moins il en avoit la force. Il n'est pas le premier amant qui se soit plaint des mauvais effets que produisent quelquefois des désirs trop ardents. Il cherche dans ce sonnet l. cause d'un effet qui lui paroissoit extraordinaire et qui ne l'étoit pas. » (*Mém.*, I, p. 296.)

L'abbé de Sade a raison : l'amour vrai est timide; l'amour vrai hésite longtemps à se faire connaître par la parole.

« En amour, dit Pascal, un silence vaut mieux qu'un langage. Il est bon d'être interdit, il y a une éloquence de silence qui pénètre plus que la langue ne sauroit faire. Qu'un amant persuade bien sa maîtresse quand il est interdit, et que d'ailleurs il a de l'esprit! » — Discours sur les passions de l'amour.

XLI

SUR LE MÊME SUJET.

Perch' io t'abbia guardato di menzogna.

Toi que j'ai de mensonge et de propos futile
Gardée, ingrate langue, en fuyant l'air des cours,
Loin de me faire honneur par de nobles discours,
Tu ne sais m'attirer que le sourire hostile.

Quand pour dire merci tu me serais utile,
C'est alors que surtout me manque ton concours;
Tu ne trouves alors que des mots froids et courts,
Comme un homme qui rêve ou sans esprit fertile.

Tristes larmes! et vous, mes compagnes des nuits,
Quand je veux être seul vous doublez mes ennuis;
Et vous ne coulez plus quand je suis devant elle.

Et vous, soupirs, si prompts à réveiller mes maux,
Vous vous glissez à peine entre deux ou trois mots;
Mes traits témoignent seuls de ma peine mortelle.

« Un jour, dit l'abbé de Sade, Pétrarque, plus hardi qu'à l'ordinaire, entreprit d'entretenir Laure de sa flamme et de sa souffrance au milieu des rigueurs dont elle l'accabloit, il vouloit lui reprocher la façon dont elle traitoit l'amant le plus fidèle et le plus discret; mais à peine eut-il ouvert la bouche que Laure, connoissant à son air ce qu'il vouloit dire, le quitta sur le champ, et lui défendit de paroître jamais devant elle. » (*Mém.*, I, p. 298.)

L'abbé de Sade a vu cette défense dans la quatrième ballade, dont voici la traduction :

« Bien qu'à tort elle me prive de ce qui m'a séduit, dans mon ferme vouloir je reste inébranlable. — Dans les cheveux d'or elle a caché le lacs avec lequel m'étreint Amour, et des beaux yeux elle a fait jaillir le froid regard qui m'a percé le cœur... — Hélas! de ces blonds cheveux m'a été ravie la douce vue, et, changés pour moi, ces deux flambeaux honnêtes et charmants m'attristent par leur fuite... »

XLII

IL SOUFFRE TANT QU'IL PORTE ENVIE AUX CHOSES
INANIMÉES.

Poco era ad appressarsi agli occhi miei.

Pour peu que de mes yeux veuille se rapprocher
La lumière que j'aime et qui de loin me blesse,
Le bonheur reviendra dissiper ma faiblesse,
Et mes pas désormais ne sauraient trébucher.

Mais si mon sol ingrat ne peut se défricher,
Si mon âpre nature a trop peu de souplesse
Pour obtenir merci par des airs de noblesse,
Plaise à Dieu que mon cœur se transforme ·· rocher!

Comme le diamant, la plus dure des pierres,
Ou le jaspe qui plaît aux vulgaires paupières,
Que ne suis-je insensible et tout matériel!

Je serais délivré des tourments de la vie,
Dont le fardeau croissant fait que je porte envie
Aux épaules d'Atlas qui soutiennent le ciel.

Pétrarque se plaint encore ici de la rigueur de Laure. « Cette rigueur, suivant l'abbé de Sade, fit une telle impression sur lui qu'il en devint malade. La douleur étoit peinte sur son visage, il étoit pâle et défiguré. Quand Laure le vit dans cet état, elle en fut si touchée qu'elle ne put s'empêcher de jeter un regard sur lui; et il n'en fallut pas davantage pour rendre à Pétrarque la joie, la santé et les belles couleurs de son teint. Il avoit fait une ballade pour se plaindre (voir ci-dessus), il en fit une autre [la ve] pour exprimer sa joie et sa reconnaissance. » (*Mém.*, I, p. 299.) Voici cette ballade sauf la dernière phrase :

« En tournant les yeux sur ma nouvelle couleur qui fait souvenir de la mort, vous avez eu pitié : de là ce bienveillant salut qui retient mon cœur à la vie. — La frêle existence qui me reste fut de vos beaux yeux un don manifeste et de votre voix angélique et suave. Je reconnais que je leur dois tout, puisqu'ils ont réveillé mon âme alourdie, comme on réveille avec la verge un animal paresseux. »

XLIII

ESPÉRANCE DÉÇUE.

Sè col cieco desir, che 'l cor distrugge.

Si l'aveugle désir qui me dévore l'âme
Ne me fait pas tromper dans le compte du temps,
Prompts comme la parole échappent les instants,
Les instants de bonheur que ma pitié réclame.

Quelle ombre si cruelle ou quelle ardente flamme
Détruit, prête à s'ouvrir, la fleur de mon printemps?
Quel est dans mon bercail l'ennemi que j'entends?
Qui porte en ma moisson une tranchante lame?

Ah! je l'ignore. Mais, ce dont je suis certain,
C'est qu'Amour m'a leurré d'un fortuné destin
Pour aggraver la peine en mon cœur solitaire

Aussi je me rappelle avoir lu quelque part
Que l'homme, avant le jour du suprême départ,
Ne peut se dire exempt des maux de cette terre.

« Laure vouloit bien être aimée de Pétrarque ; mais elle ne vouloit pas qu'il lui parlât jamais de son amour. Elle le traitoit avec rigueur toutes les fois qu'il entreprenoit de déclarer ses feux : mais quand elle le voyoit au désespoir, elle le ramenoit bien vite par quelque faveur légère. Un regard, un geste, un mot suffisoit pour cela.

« Cette alternative de grandes rigueurs et de petites faveurs est la clef de la conduite de Laure ; c'est par cet innocent artifice qu'elle trouva moyen de retenir dans ses fers, pendant plus de vingt ans, l'homme le plus ardent et le plus impétueux, sans faire la moindre brèche à son honneur...

« C'est bien mal la connoître que d'alléguer ce sonnet, comme ont fait quelques auteurs, pour prouver que Pétrarque obtint de Laure les dernières faveurs... Il est difficile de sçavoir ce qu'elle lui avoit fait espérer... Il y a apparence qu'elle lui avoit promis de se trouver à quelque promenade, à quelque assemblée où elle ne parut pas. » (*Mém.* de l'abbé de Sade, I, p. 300.)

On reconnaît dans les deux derniers vers un fameux axiome de Solon, que Montaigne a paraphrasé (liv. I, ch. 18). Ovide l'avait déjà mis en vers dans sa métamorphose d'Actéon :

> *Scilicet ultima semper*
> *Exspectanda dies homini est dicique beatus*
> *Ante obitum nemo supremaque funera debet.*

7

XLIV

L'AMOUR A BEAUCOUP D'AMERTUME ET PEU DE DOUCEUR.

Mie venture al venir son tarde e pigre.

Les beaux jours sont pour moi paresseux à venir.
S'ils approchent un peu, mon espérance augmente;
La crainte, le désir, tout alors me tourmente;
Puis ils partent soudain quand je crois les tenir.

On verra la mer vide et les monts s'aplanir;
La neige deviendra noire, tiède et fumante;
Le soleil descendra dans sa gloire charmante
Sur les lieux où l'Euphrate au Tigre va s'unir;

Avant que ma douleur trouve ni paix ni trêve,
Avant qu'Amour et Laure, accueillant mon doux rêve,
Veuillent bien me traiter avec moins de mépris.

Si j'ai quelque douceur après tant d'amertume,
De l'aigreur et du mal la funeste coutume
Ne laisse pas mon cœur en goûter tout le prix.

M. Blaze de Bury ne croit pas aux soupirs de Pétrarque, et s'en moque :

« Pétrarque, dit-il, n'est qu'un admirable troubadour : il se monte la tête ; ces sonnets palpitants d'amoureux délire, son cœur ni sa main ne tremblent lorsqu'il les écrit, et parmi tant de cruels soupirs, il n'en est guère dont il n'ait d'avance combiné l'harmonie... Cet amour, composé bizarre de poésie et de mysticisme, où l'antique littérature classique se confond dans l'art des Provençaux ; cet amalgame des éléments les plus hétérogènes : sensualité, christianisme, fantaisie arabe, théologie aristotélique, cléricalisme et troubadourisme, — bien subtil qui l'analysera, — mais, tenons-nous-le pour dit, c'est un peu tout cela qui s'appelle Laure, *madonna Laura !* Et quand Pétrarque, altéré de solitude, quitte Avignon pour s'enfuir à Vaucluse, c'est avec tous ces éléments qu'il cohabite, s'imaginant de bonne foi ne vivre qu'avec le souvenir d'une femme. »

Verbiage fantaisiste. L'auteur avoue plus loin que le poëte fut ému à la mort de Laure. L'aurait-il pleurée s'il n'avait aimé qu'une allégorie ? (Voir le commentaire du sonnet XVI.)

XLV

A MESSER AGAPITO AVEC QUELQUES PRÉSENTS.

La guancia, che fu già piangendo stanca.

Mon cher seigneur, sur l'un des dons de ma tendresse
Reposez votre front que les pleurs ont lassé,
Et soyez désormais instruit par le passé
Qu'il faut craindre l'Amour et sa flèche traîtresse.

Puis, le second, de peur de nouvelle maîtresse,
Fermera le chemin de votre cœur blessé :
Alors les faux regards qui vous ont caressé
Exerceront en vain leur ruse et leur adresse.

Buvez dans le troisième avec empressement
Le suc, doux à la fin, âpre au commencement,
Dont la vertu vaincra l'ennui qui vous résiste.

Pour moi, veuillez me mettre en quelque lieu secret
Où le nocher du Styx oubliera que j'existe,
Si toutefois mon vœu ne vous semble indiscret.

Ce sonnet est peut-être adressé au quatrième fils du vieil Etienne Colonna, qui se nommait Agapito. Il fut évêque de Luna en 1344 et mourut la même année. Il n'avait que la tonsure lorsqu'il fut promu à l'épiscopat. Selon toute apparence il n'avait pas encore embrassé l'état ecclésiastique, lorsque Pétrarque lui envoya trois présents. (1336?)

Quels étaient ces présents? On peut supposer que le premier, destiné à reposer la joue (*la guancia*), était un coussin ou un fauteuil. On ne peut se méprendre sur le troisième; c'était évidemment un calice ou une coupe. Quant au second, je ne devine pas sa nature. Voici le quatrain tout entier avec la traduction littérale. Comprendra qui pourra:

> Con l'altro richiudete da man manca
> La strada a' messi suoi ch' indi passaro,
> Mostrandovi un d' agosto e di gennaro:
> Perch' alla lunga via tempo ne manca.

> Avec l'autre fermez du côté gauche
> Le chemin à ses messagers qui par là passèrent,
> En vous montrant le même en août qu'en janvier,
> Pour qu'à la longue route le temps ne manque pas.

Selon l'opinion commune, au dire de Velutello, les trois présents étaient un coussin, un bréviaire ou missel et un calice.

XLVI

IMPRÉCATION CONTRE LE LAURIER.

L'arbor gentil che forte amai molt' anni.

L'arbre divin si cher à mes jeunes années,
Tant qu'autour de ma tête il a daigné verdir,
Dans les leurres d'amour fit croître et resplendir
Les inspirations que Dieu m'avait données.

Mais depuis que mon rêve a les ailes fanées,
J'ai vu ce bois si doux contre moi se roidir,
Et vers l'unique objet que je veuille applaudir,
Mes plaintes sans espoir se sont dès lors tournées.

Que dira de mes vers l'amoureux palpitant,
Qui n'y trouvera pas l'ivresse qu'il attend,
Mais le reflet des maux que pour Laure j'endure ?

Que personne, ó laurier, ne t'aime désormais !
Qu'un rayon de soleil ne t'echauffe jamais,
Pour que l'ombre et le froid détruisent ta verdure !

Dans ses dialogues *De contemptu mundi* écrits vers 1343, Pétrarque se fait adresser par saint Augustin de vifs reproches sur sa passion pour Laure et le laurier.

« Vous avez fait faire son portrait par un peintre habile, lui dit le saint, et vous le portez toujours avec vous. Aviez-vous peur que la source de vos larmes ne tarit? Mais n'est-ce pas le comble de la démence d'avoir étendu cette passion jusqu'aux choses mêmes dont le nom a quelque rapport à celui de Laure? Depuis que vous l'aimez vous n'avez que le laurier en tête et dans la bouche, comme si vous étiez un prêtre d'Apollon ou un habitant des rives du fleuve Pénée : vous ne faites point de vers où il n'en soit question. Pourquoi avez-vous recherché avec tant d'empressement cette couronne de laurier, qui étoit autrefois la récompense des poëtes? Pourquoi vous êtes-vous donné tant de mouvements pour l'obtenir? Avouez-le de bonne foi; n'est-ce pas plutôt le nom que la chose qui vous tentoit? » *Mém.*, II. p. 122.)

C'est le 8 avril 1341 que Pétrarque fut couronné au Capitole. (Voir l'introduction, I.)

XLVII

IL BÉNIT TOUTES LES CIRCONSTANCES DE SON
innamoramento.

Benedetto sia 'l giorno e 'l mese e 'l anno.

Bénis soient l'an, le jour, le mois et la saison,
Le temps, l'heure, l'instant et l'heureuse contrée,
L'endroit, la place même où je l'ai rencontrée,
Celle dont les beaux yeux enchaînent ma raison !

Et bénis soient Amour et notre liaison !
Car j'aime la rigueur que ce dieu m'a montrée ;
J'aime la flèche aiguë en mon sein pénétrée
Et la profonde plaie où tombe le poison !

Qu'ils soient aussi bénis les accents de tendresse,
Les plaintes, les soupirs qu'à ma dame j'adresse,
Les pleurs que j'ai versés en invoquant son nom !

Qu'ils soient enfin bénis les écrits que m'inspire
Le charme de penser à son cruel empire !
Puissent-ils pour sa gloire avoir quelque renom !

Antoni Deschamps a traduit ce sonnet avec élégance
et fidélité. Desportes l'a imité en prenant le contre-
pied. Voici cette imitation :

Mal-heureux fut le jour, le mois et la saison
Que le cruel Amour ensorcela mon ame,
Versant dedans mes yeux, par les yeux d'une dame,
Une trop dangereuse et mortelle poison.

Hélas ! je suis tousjours en obscure prison :
Hélas ! je sens tousjours une brûlante flamme :
Hélas ! un trait mortel sans relâche m'entame,
Serrant, brûlant, navrant esprit, ame et raison.

Que sera-ce de moy? Le mal qui me tourmente,
En me désespérant, d'heure en heure j'augmente,
Et plus je vay avant, plus je suis mal-heureux.

Que maudicte soit donc ma dure destinée,
L'heure, le jour, le mois, la saison et l'année
Que le cruel Amour me rendit amoureux.

(*Diane*, liv. I, sonnet XLVII.)

XLVIII

ONZIÈME ANNIVERSAIRE DE SON AMOUR.

Padre del ciel, dopo i perduti giorni.

Père du ciel, pardon des jours et nuits stériles
Perdus à concevoir des choses puériles,
Perdus à contempler avec un fol désir
Le fantôme charmant que je ne puis saisir !

Permets que désormais de ces rêves fébriles
Ta grâce me ramène aux études viriles,
Si bien qu'avec ses rets ne pouvant réussir,
Mon ennemi si fier ait mortel déplaisir.

Pour la onzième fois voici finir l'année,
Depuis qu'au joug cruel ma vie est condamnée,
Et que mon front d'agneau subit son poids de fer.

Mais qu'importe aujourd'hui mon indigne souffrance !
Aujourd'hui que Jésus pour notre délivrance
Sur la croix des méchants a lui-même souffert.

On lit dans une lettre de Pétrarque ce qu'il éprouvait après dix ans d'amour :

« Le feu dont je brûlois depuis dix ans avoit pénétré jusque dans la moëlle de mes os : ma santé étoit altérée, je n'étois plus le même ; un poison lent me minoit, à peine avois-je la force de porter des membres desséchés. Je voulus sortir de cet état et recouvrer ma liberté. La chose n'étoit pas aisée : chasser une maîtresse d'un cœur où elle règne despotiquement depuis dix ans, c'est un très-grand ouvrage. Comment attaquer un ennemi redoutable avec des forces affoiblies ? » (*Mém. pour la vie de Pétrarque*, I, p. 310.)

Pétrarque fit donc de sérieux efforts pour combattre sa passion. L'abbé de Sade attribue même ses voyages de Rome et des Pyrénées en 1336 et 1337 à son désir d'assurer sa guérison par l'absence. Mais on voit par ce sonnet, écrit le 6 avril 1338, que le remède le plus efficace ne lui avait pas réussi, puisqu'il avait recours à Dieu à la fin de la onzième année. Inutile de dire que le nouvel effort dont témoigne cet acte de repentir ne fut pas plus heureux.

XLIX

LAURE EST PRIÉE DE NE PAS HAÏR SA DEMEURE, QUI EST LE
CŒUR DU POËTE.

Se voi poteste per turbati segni.

Laure, si vous pouvez par vos airs de colère,
En secouant la tête, en détournant les yeux.
Même en me dérobant vos traits si gracieux
Par la fuite ou l'emploi d'un voile tutélaire ;

Si vous pouvez ainsi, ne sachant vous y plaire,
Sortir jamais du cœur, à vous dévotieux,
D'où surgira peut-être un laurier précieux,
La cause qui vous meut me paraît juste et claire.

La plante délicate est sans attachement
Pour le terrain aride, et naturellement
Elle accueille avec joie un changement de gîte.

Mais puisque le destin ne vous a pas permis
D'habiter dans un cœur qui vous soit plus soumis,
N'ajoutez pas la haine à l'émoi qui l'agite.

« Laure. qui ne vouloit ni se donner à lui. ni le perdre, n'eut pas plus tôt aperçu les nouveaux efforts qu'il
faisoit pour briser ses fers, qu'elle mit en usage pour
l'y retenir les petites ruses qui lui avoient jusqu'alors
si bien réussi : air moins sévère, regards plus doux, petits mots en passant, etc. » (*Mém.*, I, p. 311.)

L'abbé de Sade que je viens de citer dit spécialement
à l'occasion du sonnet XLIX :

« Quand Laure avoit quelque sujet de se plaindre de
Pétrarque. il étoit aisé de s'en apercevoir. Dès qu'il paroissoit, elle avoit l'air troublé, elle baissoit les yeux,
ou détournoit la tête pour ne pas le voir ; enfin elle étoit
toujours prête à fuir.

« Pétrarque se plaint amèrement de toutes ces ma-
nières dans le sonnet suivant (celui ci-contre) ; mais je
ne sais s'il avoit raison de se plaindre. Je crois que
Laure n'auroit pas eu l'air troublé en le voyant. et
n'auroit pas tant fait de simagrées. s'il lui avoit été tout
à fait indifférent. » (*Mém.*, I, p. 302.)

Le dernier tercet semble imité d'Ovide (*Ex Ponto*,
II, 8) :

Denique, quæ mecum est, et erit sine fine, carete
Ne sit in inviso vestea figura loco.

L

IL DEMANDE QUE SA FLAMME SOIT COMMUNIQUÉE A LAURE.

Lasso, che mal accorto fui da prima.

Hélas! combien d'abord je fus malavisé
Lorsque Amour est venu troubler ma quiétude!
Par son air séducteur troublant ma solitude,
Il entra dans mon âme et j'en fus maîtrisé.

Je n'avais pas prévu qu'il lui serait aisé
D'abattre mon courage et ma ferme attitude.
Par malheur c'est ainsi qu'il en va d'habitude
De qui s'estime plus qu'il doit être prisé.

A quoi bon désormais tenter la résistance?
Est-ce avec la prière et la plus vive instance
Que l'on peut retenir une flèche qui part?

Je n'ai plus qu'un désir : non pas qu'Amour tempère
La flamme qui me brûle et qui me désespère ;
Non, mais bien que du feu Laure ait aussi sa part.

Pour montrer à quel point Pétrarque fut repris d'a-
mour, l'abbé de Sade dit, d'après un madrigal, qu'il
trembla de tous ses membres à la vue d'une fille des
champs qui lavait un voile de Laure, qu'il se sentit
alors dans l'impossibilité de résister à sa passion et qu'il
en fit l'aveu dans le sonnet ci-contre. (*Mém.*, I, p. 3o5.)

Voici le madrigal en question; c'est le premier du
recueil:

> Diane à son amant dut plaire,
> Quand il la vit dans l'onde claire.
> Ainsi, malgré ses rudes chants,
> Me plut cette fille des champs.
> Lavant le voile qui de *l'aure* [1]
> Tient les blonds cheveux à couvert :
> Si bien qu'en la saison de Flore
> Mon corps trembla comme en hiver.

Ce sonnet finit comme le précédent, par une imitation d'Ovide (Mét. de Scylla) :

> *Nec medeare mihi, sanesque hæc vulnera mando,*
> *Fine nihil opus est : partem ferat illa caloris.*

« Je ne demande pas un remède qui guérisse ma
blessure. Il ne s'agit pas d'éteindre mon amour, mais
de le faire partager à Scylla. »

---

[1] C'est l'*aura* de l'italien (zéphir, vent agréable), francisée pour conserver le double sens : l'*aura* et *Laura*.

L I

LA CHUTE.

Del mar Tirreno alla sinistra riva.

De la mer de Tyrrhène à la sinistre rive
Où gémissent les flots sous les baisers du vent,
J'ai vu soudain verdir le feuillage mouvant
De l'arbre dont il faut que si souvent j'écrive.

Et je pleurais les biens dont ma dame me prive,
Quand Amour, au hasard me poussant en avant,
Dans un ruisseau caché me fit choir tout rêvant.
Avec ce dieu malin rien de bon ne m'arrive.

Seul et plus mort que vif, dans un vallon désert,
Je rougis de moi-même et de mon aventure.
La honte d'éperon heureusement nous sert.

Les pensers de mon cœur changèrent de nature,
Mes yeux devinrent secs, tandis qu'à la torture
Mes deux pieds tout mouillés sanglotaient de concert.

Ce sonnet et les deux suivants se rapportent au premier voyage de Rome, que l'abbé de Sade fixe aux années 1336 et 1337. Les commentateurs ne sont pas d'accord sur cette époque.

« Le vaisseau qui portoit Pétrarque, dit l'abbé de Sade, ayant abordé sur la côte de Toscane, il aperçut un laurier. Son premier mouvement fut d'y courir. Trop hors de lui pour faire attention où il portoit ses pas, il tomba dans un ruisseau qu'il falloit passer pour arriver à l'objet de son empressement : cette chûte le fit évanouir.

« Voilà le sujet du sonnet (ci-contre), qui prouve combien Pétrarque étoit occupé de Laure, malgré tous ses projets, puisque la vue seule d'un laurier lui causoit des émotions si vives, dont il n'étoit pas le maître.

« Je n'ai pas traduit les trois derniers vers de ce sonnet parce que je n'y ai rien compris. Pétrarque s'applaudit *d'avoir les pieds mouillés au lieu des yeux*; il désire *qu'un avril plus doux vienne sécher ses yeux*. Qu'est-ce que cela veut dire? » (*Mém.*, I, p. 316.) Je n'ai guère mieux compris et j'ai laissé l'*avril plus doux*.

M. P. Leroux croit qu'il s'agit d'une chute symbolique, d'une allusion à la liaison coupable mentionnée dans la note préliminaire de cette 2ᵉ série. Pourquoi ne pas voir tout simplement dans cette chute un accident physique faisant diversion à une douleur morale?

LII

L'aspetto sacro della terra vostra.

Rome avec son aspect de capitale austère
M'inspire le regret du passé douloureux :
Reste ici, me dit-elle ; où cours-tu, malheureux ?
Vois ici le chemin du ciel et du mystère.

Mais un autre penser survient involontaire
Et me crie à son tour : O poëte amoureux,
Pourquoi ne fuis-tu pas ? Si ton âme est d'un preux,
Retourne aux lieux aimés où Laure est solitaire.

A ce nouvel avis je sens incontinent
Tout mon être glacé, comme un homme apprenant
Un sinistre imprévu qui l'atteint ou menace.

Puis la première idée à l'instant reparaît,
Et combat la seconde au moins aussi tenace.
Laquelle prévaudra ? C'est encore un secret.

« Qui pourroit exprimer la joie qu'il ressentit, — c'est toujours l'abbé de Sade que je cite, — lorsque du haut du vaisseau qui le portoit il put découvrir l'Italie, cette chère patrie après laquelle il soupiroit depuis si long-temps? Il l'avoit quittée dans un âge, où l'âme uniquement occupée des besoins du corps, ne voit rien au delà.

« A son aspect il sentit s'élever dans son cœur des remords sur une passion mal éteinte, qui le dégradoit en l'attachant à une terre barbare, pour qui il avoit conçu le plus grand mépris.

« C'est à la vue de l'Italie qu'il fit le sonnet (ci-contre), où il peint si bien l'état de son âme, déchirée par les combats que l'amour et la raison se livroient encore. Je ne doute pas qu'il ne soit adressé à l'évêque de Lombez. » (*Mém.*, I, p. 314.)

La plupart des auteurs croient que ce sonnet a été composé, non pas à la vue de l'Italie, mais à la vue de Rome. C'est pourquoi je me suis permis d'introduire dans ma traduction le nom de cette ville, qui n'est pas dans le texte.

LIII

II. FUYAIT L'AMOUR ET IL EST TOMBÉ ENTRE LES MAINS DE
SES MINISTRES.

Ben sapev' io che natural consiglio

Amour, je savais bien qu'en vain l'esprit raisonne
Quand le cœur a goûté ton fol enchantement ;
J'avais déjà subi l'incroyable tourment
D'être percé des traits que ta mère empoisonne.

N'en puis-je pas parler d'ailleurs mieux que personne,
Moi qui de leur atteinte ai souffert récemment ?
Voici ce qui m'advint sur l'humide élément
Que l'île d'Elbe avec la Toscane emprisonne.

Je voulais par la fuite échapper à tes mains,
Et comme un inconnu j'allais par les chemins
Où m'agitaient les flots, et le ciel et l'orage ;

Quand tes ministres par un assaut clandestin
Me firent bientôt voir qu'à ton fatal destin
Mal fait qui se dérobe ou résiste avec rage.

« Le vaisseau fut agité par la tempête sur cette côte de Toscane, entre l'Elbe et le Giglio, deux petites isles situées vis-à-vis Sienne et Orviette. Comme Pétrarque craignoit extrêmement la mer, cette tempête le fit beaucoup souffrir. »

L'abbé de Sade ajoute à propos du second tercet :

« Ces ministres qui venoient, dit Pétrarque, je ne sais d'où (*Quand'ecco i tuoi ministri, i'non so d'onde*), ont beaucoup embarrassé les commentateurs. Pour moi j'avoue de bonne foi que je ne sçais pas deviner; ce qui me paroît de plus vraisemblable, c'est qu'il veut parler des charmes de Laure, que l'amour retraçoit à son imagination, pour le tenter de retourner à elle. » (*Mém.*, I, p. 317.)

Pétrarque entendait-il par ministres d'amour Bel-Accueil, Déduyt, dame Oyseuse, tous ces personnages allégoriques du *Roman de la Rose*, ressuscités par Clément Marot et perfectionnés par Mademoiselle de Scudéry ?

Velutello dit en parlant de ces ministres : *Intesi per gli amorosi pensieri.* Gesuoldo croit aussi qu'il s'agit du souvenir de Laure et du désir de la revoir. Mais il rapporte une autre opinion : *Alcuni dicono che il Poe. navigando se innamorasse di una leggiedra fianciulla che era in mare.*

LIV

PAR QUEL PRODIGE IL TROUVE POUR L'AMOUR TANT DE
PENSERS, DE SOUPIRS ET DE VERS.

Io son già stanco di pensar si come.

Comment puis-je sur vous concentrer mes pensers,
Sans me sentir le cœur brisé de lassitude?
Comment puis-je encor vivre en votre servitude,
Après tant de soupirs vainement dépensés?

Comment pour tant d'écrits si mal récompensés,
Quoiqu'à votre louange ils soient tous d'habitude,
La parole et le souffle et le goût de l'étude
Assez abondamment me sont-ils dispensés?

Comment mes pieds ont-ils la force nécessaire
Pour vous porter partout mon hommage sincère
Et pour suivre sans but votre morne étendard?

Que d'encre et de papier j'use pour vous déplaire!
Si du moins en cela j'encours votre colère,
C'est la faute d'Amour et non le défaut d'art.

L'absence et les voyages n'avaient pas guéri Pétrarque; il en convient lui-même dans un de ses dialogues avec saint Augustin (*De contemptu mundi*):

« La liberté, dit-il, a toujours été le véritable motif
de tous mes voyages, et de mes retraites à la campagne.
J'ai été la chercher partout, au couchant, au nord, jusqu'aux bornes de l'océan. Vous voyez à quoi cela m'a
servi; je suis comme la biche de Virgile, qui court les
forêts et les champs, traînant partout avec elle le trait
fatal qui l'a blessée. » Saint Augustin lui répond :

« Le voyage fait plus de mal que de bien à celui qui
porte son mal avec lui. On pourroit vous appliquer la
réponse de Socrate à un jeune homme, qui se plaignoit
du peu de profit qu'il avoit retiré de ses voyages : —
Cela vient de ce que vous voyagiez avec vous. *Tecum
enim peregrinabaris.* — Avant d'entreprendre des
voyages, il faut préparer votre âme [déposer le poids
de l'âme, comme dit Sénèque; et ne jamais regarder
derrière soi.] Sans quoi on iroit en vain au bout du
monde. Vous savez ce vers d'Horace : *Cœlum non ani-
mum mutant qui trans mare currunt.* » (*Mém.* de
l'abbé de Sade, II, p. 125.)

Le conseil paraît sage : mais se défait-on d'une idée
comme d'un vêtement ?

L V

I begli occhi ond' i' fui percosso in guisa.

Les beaux yeux qui m'ont fait cette douleur sauvage
Dont, sans leur doux regard, il me faudra mourir,
Dont nulle autre vertu ne pourra me guérir :
Ni pierre d'outremer ni magique breuvage ;

Ces beaux yeux m'ont si bien réduit en esclavage
Qu'il n'est plus qu'un penser dont j'aime à me nourrir
Et qu'à d'autres liens je ne puis recourir,
Pas plus qu'un chaste époux fidèle à son veuvage.

Ceux-ci sont les beaux yeux qui font contre mon sein
De mon seigneur Amour triompher le dessein,
Quel que soit le secours que la raison me prête.

Ceux-ci sont les beaux yeux à ma perte animés,
Qui jettent dans mon cœur leurs brandons enflammés.
Aussi pour en parler ma voix est toujours prête.

Dans le *Canʒoniere* ce sonnet suit de près les trois *canʒone* à la louange des yeux. L'abbé de Sade dit que les Italiens les appellent : les trois sœurs, les trois grâces, les divines; et, après avoir cité quelques appréciations, il ajoute qu'il ne peut entreprendre de rapporter tous les éloges donnés à ces trois chansons « devant lesquelles toute l'Italie se met à genoux. »

Quelques extraits de ces chefs-d'œuvre doivent naturellement trouver place ici :

« Ma noble dame, je vois, quand se meuvent vos yeux, une douce lumière qui me montre la route pour me conduire au ciel, et, par la longue habitude que j'en ai, dans cette région secrète où seul je réside avec Amour, votre cœur rayonne pour moi presque visiblement. C'est cet aspect qui m'anime à bien faire et qui me guide au but glorieux ; c'est lui qui me sépare du vulgaire : et jamais la langue humaine ne pourra raconter ce que me font éprouver les deux divines lumières. » (*Canʒone*, IX.)

« Je ne saurais imaginer non plus que dire les effets que les yeux suaves ont produits dans mon cœur. Tous les autres plaisirs de cette vie sont pour moi bien audessous. » (*Canʒonè*, X. Traduction de M. de Gramont.)

TROISIÈME SÉRIE

Es sonnets de cette série semblent composés de 1338 à 1343. Pétrarque passe en Provence et surtout à Vaucluse les années 1339 et 1340. En 1341 il fait son second voyage à Rome. Le 8 avril, il est couronné au Capitole et déclaré citoyen romain. Après cette cérémonie, il repart pour Vaucluse, tombe entre les mains des voleurs, leur échappe par miracle, rentre à Rome; puis se remet en route, s'arrête à Pise, traverse la Lombardie et arrive à Parme, le 22 mai, où il achète une maison et obtient un archidiaconat, en faveur duquel il se démet de son canonicat de Lombez. Le cardinal Colonna le rappelle en 1342. Le sénat romain le délègue avec Rienzi et seize autres députés pour demander à Clément VI le rétablissement du saint-siège à Rome. En 1343, le pape le charge d'une mission à Naples; Pétrarque, à cette occasion, voit Rome pour la troisième fois.

Son couronnement au Capitole, le fait le plus saillant de cette période de sa vie, a été raconté dans l'introduction. Théophile Gautier, qui excelle dans le genre descriptif soit en prose, soit en vers, s'est inspiré de cette solennité dans son *Triomphe de Pétrarque*. Ne pouvant citer que quelques-uns des cinquante tercets de cette pièce, je choisis ceux qui peignent le caractère poétique de l'illustre lauréat:

Tu viens du Capitole où César est monté :
Cependant tu n'as pas, ô bon François Pétrarque,
Mis pour ceinture au monde un fleuve ensanglanté.

Tu n'as pas, de tes dents, pour y laisser ta marque,
Comme un enfant mauvais, mordu ta ville au sein.
Tu n'as jamais flatté ni peuple ni monarque.

Jamais on ne te vit, en guise de tocsin,
Sur l'Italie en feu faire hurler tes rimes;
Ton rôle fut toujours pacifique et serein.

Loin des cités, l'auberge et l'atelier des crimes,
Tu regardes, couché sous les grands lauriers verts,
Des Alpes tout là-bas bleuir les hautes cimes.

Et penchant tes doux yeux sur la source aux flots clairs,
Où flotte un beau reflet de la robe de Laure,
Avec les rossignols tu gazouilles des vers.

Car, toujours dans ton cœur vibre un écho sonore.
Et toujours sur ta bouche on entend palpiter
Quelque nid de sonnets éclos ou près d'éclore.

Pétrarque sut oublier dans sa vieillesse la joie de
son triomphe. « Ces lauriers qui vinrent ceindre
mon front, écrivit-il dans une lettre, étaient trop
verts: si j'avois été plus mûr d'âge ou d'esprit, je ne
les aurois pas recherchés. Les vieillards n'aiment
que ce qui est utile; les jeunes gens courent après
tout ce qui brille, sans regarder la fin. Cette couronne ne m'a rendu ni plus sçavant, ni plus éloquent; elle n'a servi qu'à déchaîner l'envie contre
moi, et à me priver du repos dont je jouissois. »
(*Mém. pour la vie de Pétrarque*, II, p. 5.)

LVI

LA PRISON D'AMOUR LUI EST CHÈRE.

Amor con sue promesse lusingando.

Amour, en me leurrant d'un bonheur mensonger,
A reconduit mon âme en sa prison traîtresse,
Puis il en a remis les clefs à la maîtresse
Qui dans le désespoir se plaît à me plonger.

Je me suis laissé prendre, hélas! sans y songer,
Et maintenant, après mille cris de détresse
(Il est vrai que ma chaîne est une blonde tresse),
J'aime mon esclavage et veux le prolonger.

On ne me croira pas, pourtant je suis sincère :
S'il fallait renoncer au lien qui m'enserre,
Le chagrin de mon cœur se lirait sur mon front.

Bientôt l'on pourrait dire en voyant mon visage :
Celui-ci n'est pas loin, sa pâleur le présage,
De l'heure solennelle où ses jours s'éteindront.

D'autres prisons que celle de l'Amour ont aussi leur charme. Wordsworth l'a dit dans un gracieux sonnet que je traduis. L'éloge qu'il fait de cette forme poétique sera d'ailleurs bien à sa place dans ce recueil de sonnets :

La nonne habite en paix sa cellule proprette,
L'ermite s'habitue à sa hutte de jonc,
L'étudiant se plaît dans son morne donjon,
L'ouvrière gaîment travaille en sa chambrette.

L'abeille, qui vit d'air et vole guillerette
Aussi haut que la tour où niche le pigeon,
Aussi haut que le pic où croît le sauvageon,
Bourdonne une heure entière au sein d'une fleurette.

La prison, qu'on se fait par goût ou par vertu,
Vraiment n'en est pas une, et, loin d'être abattu,
L'on bénirait plutôt l'heureux temps qu'on y passe.

Pour moi, c'est un plaisir, je suis toujours charmé
Quand je me sens l'esprit ou le cœur enfermé
Dans le champ du sonnet, quoiqu'il ait peu d'espace.

(Traduit de l'anglais.)

LVII

LE PORTRAIT DE LAURE.

Per mirar Policleto a prova fiso.

Quand les peintres fameux et Polyclète même
Pour la représenter regarderaient mille ans,
Leurs yeux ne verraient pas, fussent-ils excellents,
La plus petite part de la beauté que j'aime.

Mais mon Simon sans doute eut le bonheur extrême
De voir au paradis ses traits étincelants :
C'est là qu'il la peignit de ses pinceaux galants
Pour nous offrir d'un ange un immortel emblème.

L'œuvre fut en effet de celles que l'esprit
Croit faites dans le ciel où l'art du beau fleurit,
Non sur la terre où l'âme est par le corps voilée.

L'artiste était là-haut certain de réussir.
Mais le froid d'ici-bas aurait pu le transir,
Une fois descendu de la voûte étoilée.

PORTRAIT DE LAURE. « Son visage, sa démarche, son air avoient quelque chose de céleste. Sa taille étoit fine et légère, ses yeux tendres et brillants, ses sourcils noirs comme l'ébène. (Pour la couleur des yeux, voir la note du sonnet CXXIV.)

« Des cheveux couleur d'or flottoient sur ses épaules plus blanches que la neige. L'or de cette chevelure paroissoit filé et tissu des mains de l'amour.

« Elle avoit le col bien fait et d'une blancheur admirable. Son teint étoit animé par ce coloris de la nature, que l'art s'efforce en vain d'imiter. Quand elle ouvroit la bouche, on ne voyoit que des perles et des roses.

« Elle avoit de jolis pieds, de belles mains plus blanches que la neige et l'ivoire. Elle étoit pleine de grâces. Rien de si doux que sa physionomie, de si modeste que son maintien, de si touchant que le son de sa voix. Son regard avoit quelque chose de gai et de tendre, mais en même temps si honnête qu'il portoit à la vertu. » (Détails empruntés aux œuvres mêmes de Pétrarque par l'abbé de Sade, I, p. 122.)

Telle est la Laure du muséum d'Avignon, peinture du quatorzième siècle.

LVIII

MÊME SUJET.

Quando giunse a Simon l'alto concetto

Lorsque Simon conçut le généreux dessein
De prendre en ma faveur sa palette admirable,
Que ne sut-il donner à son œuvre durable,
La voix, l'intelligence ainsi que le dessin !

Il m'aurait délivré d'un nuage malsain
Et de bien des soupirs qui me font misérable ;
Car, loin qu'elle me montre un air inexorable,
Son doux aspect promet le repos à mon sein.

Bien plus, quand je lui parle avec ma voix plaintive,
Elle semble écouter d'une voix attentive ;
Mais la réponse, hélas ! ne doit jamais venir.

Combien fut plus heureux l'amant de Galathée !
Mille fois il obtint de sa lèvre sculptée
Ce qu'une seule fois je ne puis obtenir.

Le portrait qui donna lieu à ce sonnet et au précédent est aussi mentionné dans les dialogues *De contemptu mundi*, écrits vers 1343. (V. la note du sonnet XLVI.) Le peintre Simon de Sienne ou Simon Memmi était-il aussi sculpteur? Un gentilhomme de Florence, académicien de la Crusca, M. Bindo Peruzzi, découvrit dans sa maison, au siècle dernier, un bas-relief portant la date de 1344 et le nom de Simon de Sienne :

SIMION DE SENIS ME FECIT SUB ANNO DOMINI M.CCC.XLIIII.

Ce marbre, « d'un pan de haut et deux pans de large, » représente Laure et Pétrarque en regard l'un de l'autre, Pétrarque à gauche, vu de profil, et Laure à droite, vue de face. La figure plate et large de Laure ne répond pas à la description ci-contre. Aussi l'abbé de Sade a-t-il eu soin d'accompagner de l'observation suivante la vignette qui reproduit cette sculpture en tête de son troisième volume : « Si Laure avoit été telle qu'elle est ici représentée, je doute qu'elle eût inspiré une si grande passion à Pétrarque, et qu'il l'eût menée avec lui à l'immortalité. »

Tout porte à croire que le bas-relief est apocryphe. Simon de Sienne n'est pas connu comme sculpteur ; il est mort en 1344; la Laure sculptée n'a aucun rapport avec la Laure peinte ; et, ce qui est plus concluant, elle ne justifie, ni la passion du poëte, ni ce qu'il dit de sa beauté. L'authenticité du marbre a été naturellement soutenue par la famille Peruzzi. Voir les *Notizie*, publiées à Paris, en 1821, par V. Peruzzi, père du syndic actuel de Florence.

Conférez le second tercet avec le sonnet XCVII.

LIX

DANS LA QUATORZIÈME ANNÉE DE SON AMOUR.

S' al principio risponde il fine e 'l mezzo.

Au début si répond la fin de cette année,
La quatorzième, hélas ! que la douleur me point,
L'ombrage et le zéphyr ne m'apaiseront point,
Tant s'accroît chaque jour mon ardeur obstinée.

Amour tient tellement ma pensée enchaînée,
Tellement sous son joug m'a lié pieds et poing,
Que ma prunelle, au lieu de fuir ce fatal point,
Sur la cause du mal est sans cesse tournée.

Ainsi, de jour en jour, je vais dépérissant,
Et nul ne s'aperçoit de mon corps languissant,
Hors celle dont le cœur pour moi s'est fait de roche.

A peine ai-je gardé mon âme, et Dieu sait seul
Quand elle fera place au funèbre linceul !
Mais la vie est précaire et le trépas est proche.

Pétrarque a trouvé dans son cœur l'amertume de l'amour et la pensée de la mort. Un vieux poëte français a trouvé la même chose en jouant sur les mots *Aimer* et *Amour* :

> Otez un *i*, vous trouverez amer
> Au mot d'*aimer* ; aimer *amer* s'appelle.
> Et de l'*amour* ôtant *u* la voyelle,
> Vous pourrez bien l'amour la *mort* nommer.

Ce quatrain est cité dans les *Apanages d'un cavalier chrétien* par le père Matthieu Martin, livre curieux publié pour la première fois en 1628.

Les rigueurs de Laure produisaient le même effet que celles de Béatrice ; on peut s'en assurer en lisant les sonnets de la *Vie nouvelle*. Pétrarque s'est naturellement inspiré de son devancier ; peut-être même doit-on attribuer à l'influence dantesque cette poésie nuageuse et tourmentée que l'on rencontre parfois dans ses sonnets et souvent dans ses *canzone* et sextines.

LX

IL VOUDRAIT SE DONNER A DIEU.

Io son si stanco sotto 'l fascio antico.

Je me sens si brisé sous le poids grossissant
Des fautes dont j'ai pris la funeste habitude.
Que je crains de tomber de honte et lassitude
Aux mains de l'ange impur qui me suit menaçant.

Il est vrai qu'un ami, pour moi donnant son sang,
Est venu me défendre avec sollicitude.
Par malheur il a fui par mon ingratitude,
Et depuis lors mon cœur le cherche en gémissant.

Mais sa voix ici-bas se fait encore entendre :
« O vous tous qui souffrez avec une âme tendre,
« Venez à moi, dit-il, voici le bon chemin. »

Ah ! qui donc, me voyant égaré, solitaire,
Qui donc me donnera, pour m'élever de terre,
L'aile de la colombe, et me tendra la main ?

D'après cette traduction, il est évident que l'ami du second quatrain n'est autre que Notre Seigneur. Le texte est moins précis. Mais j'ai suivi le sentiment de la plupart des commentateurs. L'abbé de Sade prétend qu'ils se trompent, et qu'il s'agit simplement du directeur de Pétrarque, le père Denis. (*Mém.*, I, p. 421.) Je crois qu'il se trompe lui-même. Le texte, selon moi, ne peut s'appliquer qu'à Jésus-Christ :

Ben venne a dilivrarmi un grande amico
Per somma ed ineffabil cortesia :
Poi volò fuor della veduta mia
Si qu' a mirarlo indarno m' affatico.
   Ma la sua voce ancor quaggiù rimbomba :
O voi che travagliate, ecco 'l cammino ;
Venite a me, se 'l passo altri non serra.
   Qual grazia, qual amore o qual destino
Mi dara penne in guisa di colomba,
Ch' i' mi riposi, e levimi da terra !

Le dernier tercet rappelle ces mots du psalmiste : *Quis dabit mihi pennas sicut columba, et volabo et requiescam.*

LXI

II. PRIE LAURE D'ÊTRE MOINS CRUELLE.

Io non fu' d' amar voi lassato unquanco.

Madame, je vous aime, et tant que j'aurai vie
Je ne cesserai pas de vous être attaché.
Mon âme est sans espoir à la vôtre asservie ;
De mes pleurs cependant un roc serait touché !

Voulez-vous que je meure? Avez-vous donc envie,
Laure, de votre nom que mon nom rapproché,
Pour témoigner comment la paix me fut ravie,
Soit inscrit sur le marbre où je serai couché?

Ah ! comprenez plutôt qu'il est une autre ivresse
Que celle de briser un cœur plein de tendresse ;
Ayez pitié du mien et laissez-vous fléchir.

Mais si votre fierté compte sur ma souffrance,
Vous verrez mon amour tromper votre espérance,
Et de vos airs cruels le trépas m'affranchir.

« Laure, dit l'abbé de Sade à propos de ce sonnet, ne pouvoit se résoudre à perdre un amant de cette trempe, qui l'aimoit depuis quatorze ans sans se rebuter, et qui faisoit de si beaux vers pour elle. Le rencontrant un jour dans les rues d'Avignon, elle jeta sur lui un de ces regards qui sçavoient si bien le ramener, et lui dit : *Pétrarque, vous avez été bientôt las de m'aimer.* C'est pour répondre à ce petit reproche qu'il fit le sonnet [ci-contre].

« Pétrarque prend dans ce sonnet un ton avec Laure qu'il n'avoit jamais pris, et qui ne lui étoit pas naturel. On voit d'abord que c'est le ton d'un homme rebuté par des rigueurs, qui veut se persuader qu'il est guéri, et qui ne l'est pas en effet : *il offre toujours son cœur,* et demande seulement qu'on *le traite avec plus de douceur.* Quand on compose avec une maîtresse, on retombe bientôt dans ses filets. Voici encore un sonnet [le suivant], où Pétrarque peint bien son état, au moins tel qu'il le croyoit. » (*Mém.*, I, p. 383.)

LXII

II. VEUT DEVENIR INSENSIBLE.

Se bianche non son prima ambe le tempie.

Tant que je n'aurai pas mes deux tempes cernées
De cheveux blancs marquant le déclin des années,
Je me garderai bien d'aller où je craindrais
De rencontrer l'Amour et ses perfides traits.

Que dis-je ? N'ai-je pas de ses flèches damnées
Les pointes dans mon cœur par ruse enracinées ?
Blessé comme je suis, dévoré de regrets,
Puis-je me laisser prendre à de nouveaux attraits ?

A peine de mes yeux s'il s'échappe une larme ;
Je deviens insensible à ce douloureux charme
D'en verser de tristesse et d'attendrissement.

Mes sens seront troublés par une froide image,
Et de cruels regards recevront mon hommage ;
Mais rien n'interrompra mon engourdissement.

« Je le répète encore, dit toujours l'abbé de Sade, ce ton léger et dégagé ne convenoit pas à Pétrarque; aussi ne le conserva-t-il pas longtemps. On voit même par le sonnet LXVIII que sa liberté lui pesoit, et qu'il ne pouvoit pas soutenir cet état, après lequel on l'a vu soupirer si souvent.

« Ce sonnet est adressé aux amies de Laure avec qui il avoit coutume de la voir à la promenade ou aux assemblées; je l'ai déjà dit, c'étoit l'usage, un certain nombre de dames alloient toujours ensemble. » (*Mém.*, I, p. 385.)

Un cœur vraiment épris ne peut feindre longtemps la froideur et l'indifférence. A peine a-t-il juré de ne plus aimer qu'il s'écrie comme André Chénier :

> Un autre! ah! je ne puis en souffrir la pensée!
> Riez, amis, nommez ma fureur insensée.
> Vous n'aimez pas, et j'aime; et je brûle, et je pars
> Me coucher sur sa porte, implorer ses regards...

LXIII

DIALOGUE DU POËTE AVEC SES YEUX.

Occhi, piangete; accompagnate il core.

— *Pleurez, mes yeux ; calmez mon cœur qui se torture,*
Puni pour un méfait que vous avez commis.
— *Nos larmes coulent ; mais, bien à tort compromis,*
Nous ne sommes qu'à plaindre en cette conjoncture.

— *C'est par vous que l'Amour, en usant d'imposture,*
Est entré dans ce lieu comme en pays soumis.
— *Nous livrâmes passage à ses traits ennemis,*
Supposant qu'ils étaient de tout autre nature.

— *Si c'est là votre excuse, elle a peu de valeur :*
N'est-il pas évident que de votre malheur
Et du mien tout d'abord vous fûtes trop avides ?

— *Hélas ! dans les arrêts il n'est plus d'équité :*
La douleur, châtiment par autrui mérité,
Nous rougit et nous ceint de deux cercles livides.

Ce sonnet a dû servir de modèle à celui de Desportes
que je vais transcrire. Le poëte dialogue, non pas avec
ses yeux, mais avec son cœur à l'occasion des yeux de
sa maîtresse. Pétrarque a aussi dialogué avec son âme :
sonnet CXVII.

— Arreste un peu, mon cœur, où vas-tu si courant ?
— Je vay trouver les yeux qui sain me peuvent rendre.
— Je te prie, atten-moi. — Je ne te puis attendre,
Je suis pressé du feu qui me va dévorant.

— Il faut bien, ô mon cœur ! que tu sois ignorant,
De ne pouvoir encor ta misère comprendre :
Ces yeux d'un seul regard te réduiront en cendre :
Ce sont tes ennemis, t'iront-ils secourant ?

— Envers ses ennemis si doucement on n'use :
Ces yeux ne sont point tels. — Ah ! c'est ce qui t'abuse :
Le fin berger surprend l'oiseau par des appas.

— Tu t'abuses toy-mesme ou, tu brûles d'envie,
Car l'oiseau mal-heureux s'envole à son trespas,
Moy je volle à des yeux qui me donnent la vie.

                    (*Amours de Diane*, liv. II, sonnet II.)

LXIV

EN REVOYANT LE PAYS DE LAURE.

Io amai sempre, ed amo forte ancora

J'aimai toujours et j'aime encor sincèrement,
J'aime de jour en jour avec plus de mystère
Le lieu cher où, plaintif, je reviens solitaire,
Toutes les fois qu'Amour me suscite un tourment.

Oui, j'ai fait vœu d'aimer le temps et le moment
Qui m'ont débarrassé des vils soins de la terre,
Et surtout ces traits purs et cette grâce austère
Qui ne m'ont inspiré que noble sentiment.

Mais aurais-je pensé que pour me troubler l'âme,
Pour éblouir mes yeux, pour activer ma flamme,
Tous ces doux ennemis seraient là m'entourant?

Qu'à me combattre, Amour, tu mets de violence!
N'était qu'un peu d'espoir me soutient en silence,
Aux pieds de mon vainqueur je tomberais mourant.

Lorsque Pétrarque fut rappelé en Provence par le cardinal Colonna, il ne se rendit qu'à contre-cœur à son invitation et se plaignit en ces termes à son ami Barbate de Sulmone :

« Je suis forcé de traverser les Alpes, avant que le soleil ait fondu les neiges qui les couvrent : il faut que je retourne sur les bords du Rhône dans ces lieux infâmes qui sont le réceptable de tous les maux. Quelle destinée! Si la fortune m'envie un tombeau dans ma patrie, qu'il me soit permis d'en chercher un sous le pôle : je consens de vivre et mourir dans l'Afrique au milieu des serpents, sur le Caucase ou sur l'Atlas, pourvu que pendant ma vie je puisse respirer un air pur, et trouver après ma mort un coin de terre où je dépose mon corps ; je n'en demande pas davantage et je ne puis pas l'obtenir! toujours errant, partout étranger. » (*Mém.* de l'abbé de Sade, II, p. 37.)

Mais il changea bien de langage lorsque le 6 avril, il revit les lieux où il avait rencontré Laure pour la première fois. Sa passion se ranima; et cette ville d'Avignon qu'il détestait lui apparut sous des couleurs riantes.

LXV

NE POUVANT MOURIR, IL MAUDIT SA PASSION.

Io avro sempre in odio la fenestra.

Je maudirai toujours ce foyer de lumière
D'où l'Amour m'a lancé, sans me faire mourir,
Mille traits déchirants dont j'ai tant à souffrir.
Il est beau d'expirer dans sa candeur première.

La terrestre prison, soit palais, soit chaumière,
M'environne de maux que rien ne peut guérir.
Ah ! si l'âme du moins pouvait aussi périr
Et d'être unie au cœur n'était pas coutumière !

Bientôt la malheureuse aurait pris son essor ;
Car le monde agité réserve un triste sort
A qui se désespère et vieillit avant l'heure.

Mais en vain je la gronde et lui dis de partir.
Elle reste et m'inspire un profond repentir
Des jours que j'ai perdus en poursuivant un leurre.

Laure avait l'habitude de se mettre à sa fenêtre dès le matin; Pétrarque ne manquait pas cette occasion de la voir. C'est donc de cette fenêtre que partaient les traits qui blessaient son cœur et dont il se plaignait au point de désirer la mort. Ici, comme au sonnet LXXIX, *la fenestra* du texte doit être prise en son sens naturel.

Les amants abusent volontiers de la mélancolie comme moyen de séduction. Ils espèrent fléchir les cruelles en parlant de leur désespoir et de leur dégoût de la vie. Plus d'une pourrait leur répondre comme dans une ballade de Charles d'Orléans : Je crois bien que vous m'aimez, mais vous vous aimez trop vous-même pour que je puisse croire à votre fin prochaine.

> N'a pas longtemps qu'escoutoye parler
> Ung amoureux, qui disoit à s'amye :
> De mon estat plaise vous ordonner,
> Sans me laisser ainsi finer ma vie.
> Je meurs pour vous, je vous le certiflie.
> Lors respondit la plaisante aux doulx yeux .
> Assez le croy, dont je vous remercie,
> Que m'aymez bien, et vous encores mieulx.

LXVI

LES YEUX DE LAURE VEULENT SA PEINE ET NON SA MORT.

Si tosto come avvien che l' arco scocchi.

Aussitôt que la corde a frémi sous sa main
Et qu'il voit fuir dans l'air la flèche décochée,
Le bon archer connaît si sa proie est touchée
Ou si la pointe aiguë a pris un faux chemin.

Madame, c'est ainsi que votre œil inhumain
S'aperçut qu'il blessait mon âme effarouchée.
Depuis lors à mon cœur l'angoisse est attachée
Et ne me quittera qu'au jour sans lendemain.

— « Ah! malheureux amant, jusqu'où va ta folie! »
Dites-vous en riant de ma mélancolie;
« Contre les traits d'Amour les pleurs sont superflus. »

Et, maintenant dompté par la douleur terrible,
Vos yeux, mes ennemis, par un calcul horrible,
Me laissent vivre afin que je souffre encor plus.

Sans soupçonner les sentiments de Pétrarque, il est bien permis de penser qu'il ne voulait mourir d'amour que dans ses vers. Son désir de la mort était d'autant moins sérieux qu'il devait tenir à la vie. Le tonnerre lui faisait peur; il avoue même qu'une des raisons pour lesquelles il aimait tant le laurier, c'est que les anciens attribuaient à son feuillage la vertu d'éloigner la foudre. (*Mém.*, I, p. 180, *ad notam.*) Voir sonnet XXIX.

Le sonnet précédent resta sans effet ; Laure ne parut pas inquiète des jours de son amant. Alors, changeant son système d'attaque. Pétrarque lui reprocha de vouloir le laisser vivre pour jouir de ses tourments. En la comparant ainsi à ces barbares qui prolongent la vie de leurs victimes pour se repaître de la vue des tortures, il s'imaginait que son cœur outragé se révolterait à l'idée de cette comparaison et qu'elle se départirait de sa rigueur pour ne pas la justifier. Mais Laure connaissait tous les artifices de la passion et, à en juger par le sonnet suivant, elle n'eut pas la moindre honte de sa réputation d'inhumaine.

LXVII

II. CONSEILLE AUX AUTRES DE FUIR L'AMOUR.

Poi che mia opeme è lunga a venir troppo.

Puisqu'à me rendre heureux l'espérance est si lente,
Et que sans fraîches fleurs mon printemps va finir,
Je voudrais être vieux et ne me souvenir
Que des plaisirs trop courts de l'époque brûlante.

Déjà vers le passé mon âme chancelante
Pour adoucir ses maux se plaît à revenir ;
Mais les rudes combats que j'ai dû soutenir
M'ont fait une blessure à tout jamais sanglante.

Aussi, veuillez m'en croire, ô vous qui courtisez,
Revenez sur vos pas avant d'être embrasés ;
N'attendez pas pour fuir que votre cœur soupire.

Loin de vous l'assurance, en pensant que je vis !
A peine en est-il un sur mille poursuivis
Qui sorte sain et sauf de l'amoureux empire.

Pétrarque se dédommage ici de l'inefficacité de ses plaintes poétiques, en prêchant contre l'amour. Il aurait pu compléter son sermon en disant avec Lucrèce :

« Les voluptueux convertissent les biens de leurs ancêtres en voiles, en ornements, en meubles somptueux; ils les transforment en parures de débauches, de festins et de jeux. Ils respirent de suaves parfums, ils se parent de guirlandes et de couronnes; mais, du milieu de la source des plaisirs surgit l'amertume, et l'épine déchirante sort du sein brillant des fleurs. Le remords crie au fond du cœur, et leur reproche des jours oisifs et honteusement perdus...

« Ah! si tant de peines accompagnent l'amour fortuné, les innombrables tourments d'un amour sans succès ne frappent-ils point tous les yeux?.. Celui à qui la demeure de son amante est interdite vient suspendre des guirlandes de fleurs sur sa porte dédaigneuse : il y brûle des parfums, et, plaintif, il imprime ses baisers sur le seuil... » (Livre IV, traduction de Pongerville.)

Mais à quoi bon? Les amoureux sont aussi sourds que l'amour est aveugle.

LXVIII

II. NE SAIT PLUS VIVRE EN LIBERTÉ APRÈS AVOIR ÉTÉ
L'ESCLAVE D'AMOUR.

Fuggendo la prigione ov' Amor m' ebbe.

En quittant la prison où pour son bon plaisir
L'Amour me tint captif pendant maintes années,
Qui l'aurait cru jamais? à l'ennui condamnées
S'écoulèrent dès lors mes heures de loisir.

Avec ma liberté je ne pus ressaisir
Les prémices du cœur qu'hélas! j'avais données ;
Puis, sous les fleurs cachant ses flèches forcenées,
Reparut le perfide escorté du désir.

Que de fois donc tournant mon regard en arrière,
Je me suis dit : Mieux vaut la chaîne meurtrière
Et mourir en aimant que vivre sans aimer !

Malheureux que je suis ! trop tard j'ai pu connaître
Cette funeste erreur qui trouble tout mon être,
Et mon cœur craint encor de se laisser charmer.

A propos de ces chaînes d'amour qui ont tant de charmes, il faut relire les élégies d'André Chénier. Voici un fragment de la XXVIᵉ où Vaucluse est nommé.

Quel mortel, inhabile à la félicité,
Regrettera jamais sa triste liberté,
Si jamais des amants il a connu les chaînes ?
Leurs plaisirs sont bien doux et douces sont leurs peines...
Auprès d'eux tout est beau ; tout pour eux s'attendrit.
Le ciel rit à la terre, et la terre fleurit.
Aréthuse serpente et plus pure et plus belle ;
Une douleur plus tendre anime Philomèle.
Flore embaume les airs ; ils n'ont que de beaux cieux
Aux plus arides bords Tempé rit à leurs yeux...
O rives du Pénée, antres, vallons, prairies,
Lieux qu'amour a peuplés d'antiques rêveries !
Vous, bosquets d'Anio, vous, ombrages fleuris,
Dont l'épaisseur fut chère aux nymphes de Lyris :
Toi surtout, ô Vaucluse, ô retraite charmante !
Oh ! que j'aille y languir aux bras de mon amante.
De baisers, de rameaux, de guirlandes lié,
Oubliant tout le monde, et du monde oublié !

LXIX

L'AMOUR SURVIT A LA BEAUTÉ QUI L'A FAIT NAÎTRE.

Erano i capei d' oro a l' aura sparsi.

Les cheveux d'or épars, jouant avec la brise,
Flottaient sur son épaule en mille nœuds charmants.
La brillante clarté de ses regards aimants
Pénétrait jusqu'au fond de mon âme surprise.

Et son visage, à moins de cruelle méprise,
Me semblait animé des plus doux sentiments.
Moi, ne rêvant alors que tendresse et serments,
Pouvais-je de mon cœur conserver la maîtrise?

Son port d'une immortelle avait la majesté;
Sur son front rayonnait l'angélique beauté;
Tout en elle était pur : la voix et la pensée.

Telle elle m'apparut; et son aspect en vain
Perdrait subitement son prestige divin :
Le temps affaiblit l'arc, l'âme est toujours blessée.

« Les vers de Pétrarque, dit l'abbé de Sade, qui s'étoient répandus partout, avoient rendu Laure célèbre, il ne venoit personne à Avignon qui ne fût curieux de la voir ; mais quoi qu'elle n'eût guère que trente ans, elle étoit déjà un peu changée, soit par ses couches, soit par quelque maladie ou des chagrins domestiques : elle n'avoit plus cette fraîcheur, cet éclat qui avoit surpris Pétrarque la première fois qu'il la vit.

« Un grand personnage qui vint à Avignon cette année [1342], fut empressé de voir une beauté, qui avoit inspiré de si beaux vers, et une si grande passion. Comme il s'attendoit à quelque chose d'extraordinaire, il ne put s'empêcher de dire en la voyant : *Est-ce là cette merveille qui fait tant de bruit, et qui a tourné la tête à Pétrarque?* Le poëte lui répondit par le sonnet [ci-contre]. » (*Mém.*, II, p. 60.)

Ce sonnet est très-admiré de Tassoni et Muratori. Le dernier vers :

Piaga per allentar d' arco non sana.

fut pris pour devise par le roi René, après la mort d'Isabeau de Lorraine, sa première femme.

L X X

A SON FRÈRE GÉRARD SUR LA MORT D'UNE DAME
QU'IL AIMAIT.

La bella Donna che cotanto amavi.

Celle qui te fut chère et dont tu fus aimé
A prématurément abandonné la terre,
Et de la mort du moins n'a pas craint le mystère.
Jamais être ici-bas ne fut plus estimé.

De mystiques désirs désormais animé,
Et maître de ton cœur devenu plus austère,
Tu peux vivre à présent comme un saint solitaire.
Et suivre le chemin qu'elle avait embaumé.

Puisque te voilà libre et que de la fortune
Tu ne redoutes plus l'inconstance importune,
Tu seras tout entier aux heureux que tu fais.

Pour atteindre d'ailleurs jusqu'au parvis céleste.
Il faut, tu le comprends, qu'un pèlerin soit leste
Et des soins de la vie ait secoué le faix.

Gérard, désolé de la perte qu'il venait de faire, suivit
le conseil donné dans ce sonnet et alla s'enfermer dans
la chartreuse de Montrieu. La quiétude qu'il trouva
sous l'habit religieux tenta Pétrarque; mais Laure vivait.

Pendant la peste de 1348, Gérard montra un courage
et un dévouement que la charité chrétienne peut seule
inspirer. Le prieur, qui prit la fuite et mourut néanmoins, essaya vainement de l'entraîner; il resta dans
son couvent, « où la peste le respecta et le laissa seul,
après avoir enlevé en peu de jours trente-quatre religieux, qui étoient restés avec lui. Gérard leur rendit à
tous jusqu'à la mort toute sorte de services, reçut leurs
derniers soupirs, lava leurs corps, et les porta sur ses
épaules, pour les mettre en terre, lorsque la mort eut
enlevé ceux qui étoient préposés à ces fonctions. » —
« Je rougis, disait plus tard Pétrarque, de voir un cadet,
autrefois si inférieur à moi, me laisser si loin derrière
lui; mais en même temps quel sujet de joie et de gloire
d'avoir un frère si vertueux ! » (*Mém.* p. la vie de Pétr.,
III, p. 99 et 293.)

LXXI

SUR LA MORT DE CINO DE PISTOIE.

Piangete, donne, e con voi pianga Amore.

Pleurez, dames, pleurez ; qu'avec vous Amour pleure !
Amants de tous pays, pleurez aussi, pleurez :
La mort vient sans pitié de ravir avant l'heure
Le poëte érudit qui vous a célébrés.

S'il est des esprits froids que la douleur effleure,
Je ne suis pas du nombre et soyez assurés
Que je sens autrement, que j'ai l'âme meilleure,
Et n'ai pu retenir mes cris désespérés.

Pleurent encor les vers, pleurent encor les rimes !
Cino qui nous charma, Cino que nous comprîmes
Ne dira plus les chants que nous aimions ouïr.

Pleurez aussi, pleurez, habitants de Pistoie,
Sur le bon citoyen que chacun s'apitoie !
Le ciel qui l'a reçu doit seul se réjouir.

« Pétrarque connaissait Cino de Pistoie, auquel il
assigne la seconde place parmi les poëtes italiens dans
son *Triomphe de l'Amour*, dont il avait dû d'ailleurs
trouver le souvenir vivant encore à l'université de Bologne, où il ne l'eut cependant point pour maître,
comme le croyait à tort l'abbé de Sade. Il estimait son
talent et regretta sa mort dans un sonnet aimable. Cela
ne veut pas dire qu'il l'ait imité, ainsi que l'affirme un
peu légèrement Ugo Foscolo. Sauf quelques images
qui n'appartiennent point au poëte de Pistoie, qui
viennent d'une source plus ancienne, comme par exemple, la comparaison de l'amour avec le soleil qui fond
la neige, il y a bien peu de ressemblance de détail entre
le recueil des vers de Cino, tel que nous le possédons
aujourd'hui, et le *Canzoniere*. Seulement, lui et Pétrarque, sous le coup d'une passion non plus sincère, mais
plus réelle que celle de Dante, éprouvent presque en
même temps le besoin de s'arracher au symbolisme qui
étouffait la poésie amoureuse. » (Mézières, *Pétrarque*,
étude, p. 38.)

LXXII

IL ÉCRIT CE QU'AMOUR LUI A DIT D'ÉCRIRE.

Più volte Amor m' avea già detto : Scrivi

Souvent Amour déjà m'a dit d'une voix dure :
« Ecris en lettres d'or ce qu'ont pu voir tes yeux,
« Comment je désespère un amant tout joyeux,
« Et soudain le guéris du tourment qu'il endure.

« Un temps fut où ton cœur du chaud, de la froidure
« A lui-même souffert sous tes habits soyeux ;
« Puis, demandant le calme au labeur ennuyeux,
« Tu partis ; mais ton pied glissa sur la verdure.

« Malheur, malheur à toi si les regards brûlants
« Où je repose, alors que tu te bats les flancs,
« Gourmandent ma torpeur et me rendent mes armes !

« Tu n'auras bientôt plus ton visage serein :
« Il sera défloré, creusé par le chagrin :
« Tu ne l'ignores pas, je me nourris de larmes.

Dans ses dialogues sur le mépris du monde, déjà plusieurs fois cités, Pétrarque se fait dire par saint Augustin : « Rappelez-vous les effets de l'amour. Dès que cette peste fut entrée dans votre âme, vous ne fîtes plus que gémir : vous vous repaissiez de larmes et de soupirs avec une sorte de volupté : vous passiez toutes les nuits sans dormir : l'ennui de la vie, les désirs de la mort, la fuite des hommes, la recherche des déserts les plus affreux vous rendoient semblable à Bellérophon, tel que le peint Homère : *Il erroit dans les champs. rongeant son cœur, évitant les traces des hommes.* De là ce teint pâle et flétri avant le temps; ces yeux éteints par les larmes ; cette voix enrouée à force de crier ; ces sanglots perpétuels qui excitent la pitié. Votre idole vous gouvernoit à son gré : d'elle dépendoit votre bonheur ou votre malheur : dès qu'elle paroissoit, le soleil se levoit pour vous : quand elle disparoissoit, vos yeux étoient couverts du voile de la nuit. L'air seul de son visage décidoit de votre joie ou de votre tristesse. » (*Mém.* de l'abbé de Sade pour la vie de Pétrarque, II, p. 121.)

LXXIII

STUPEUR DE L'AMANT DEVANT LA PERSONNE AIMÉE.

Quando giugne per gli occhi al cor profondo.

Quand aux yeux de l'amant son doux rêve apparaît,
Une autre chère image est loin de lui chassée,
Sur ses lèvres sa voix s'arrête embarrassée,
Son cœur perd sans souffrir la vigueur qu'il montrait.

Ce prodige est suivi d'un second plus abstrait :
Dans le sein de l'amante, au fond de sa pensée,
Doucement s'établit cette image expulsée
Qui de l'émoi jaloux se délecte en secret.

De là cette pâleur de sinistre présage
Qui des deux amoureux assombrit le visage ;
De là leur défaillance et leur aspect transi.

Un jour je vis un couple en pareille attitude ;
Mais qu'avais-je besoin d'un tel sujet d'étude ?
Devant ma dame, hélas ! je suis toujours ainsi.

Cette description du trouble qu'éprouvent parfois les amants est très-alambiquée. Je ne me flatte pas d'avoir bien saisi le sens du texte.

Pétrarque veut-il faire naître l'amour par la jalousie? Veut-il faire croire qu'il aime une autre dame, qu'il oublie cette autre dame en présence de Laure, et que l'image de cette rivale passe de sa pensée dans celle de Laure pour lui inspirer la crainte de perdre son amant?

Si telle est l'idée subtile que Pétrarque a voulu exprimer, son langage poétique est par trop nuageux. Par exemple, pour dire que l'image rivale passe dans l'esprit de Laure et s'y complait par malice, il dit littéralement *que la partie chassée, d'elle-même fuyant, arrive dans la partie où elle se venge et trouve un exil agréable.* Et voici, mot à mot, comment il explique la pâleur des amants : *De là sur deux visages une couleur morte apparaît, parce que la vigueur qui les montrait vivants n'est plus d'aucun côté au lieu où elle résidait.*

LXXIV

IL EST MARTYR DE SA FOI AMOUREUSE.

Cosi potess' io ben chiuder in versi.

Si mes chants révélaient le conflit indicible
Des pensers dont mon cœur ne peut se départir,
Personne à mes tourments ne serait insensible,
A moins d'être barbare et de ne rien sentir.

Vous pourtant dans mon sein, vous, toujours inflexible,
Vous plongez vos beaux yeux dont je suis le martyr ;
Vous voyez que je souffre autant qu'il est possible
Et vous ne voulez pas à mes maux compatir.

Puisqu'en moi resplendit votre regard sévère
Comme le rayon d'or dans le prisme de verre,
Mon intime désir est compris sans discours.

La foi fit le bonheur de Marie et de Pierre ;
Celle que je vous garde a mouillé ma paupière ;
Et de vous seule, hélas ! j'attends quelque secours.

Si l'abbé de Sade s'était occupé de ce sonnet, il aurait blâmé peut-être, et avec raison, la mention que le poëte fait ici des noms de Marie [Magdeleine] et de Pierre. Convient-il en effet de comparer la foi amoureuse à la foi chrétienne? Pétrarque, homme sincèrement religieux, n'a pu commettre que par mégarde une telle irrévérence. On peut dire, il est vrai, pour son excuse qu'à l'époque où il composa ce sonnet, son amour, dégagé de tout désir terrestre, avait pris un caractère de spiritualité qui rendait le rapprochement plus acceptable. En effet, de cette époque (1343) datent les dialogues *De contemptu mundi* dans lesquels il dit :

« C'est l'âme de Laure et non pas son corps que j'aime. En voici une preuve sans réplique. Plus elle avance en âge et plus je sens mes feux redoubler. Dans son printemps même, la fleur de ses charmes a commencé à se faner ; mais la beauté de son âme augmentoit dans le même temps, et ma passion aussi. Si je n'avois aimé que son corps, j'aurois éprouvé le contraire, et j'aurois changé, il y a longtemps. » (*Mém.* de l'abbé de Sade, II, p. 117.)

Gesualdo sauve les apparences avec une réflexion subtile : « Nous n'avons pas à voir, dit-il, si la foi du poëte fut aussi louable que celle de Marie et de Pierre, mais seulement, qu'en brûlant de l'honnête feu que les platoniciens et les théologiens recommandent, il eut en cet amour de la créature une foi aussi vive que Marie et Pierre dans l'amour divin. » (*Il Petrarcha.* Venise, 1553, f. 114.)

LXXV

LA LIBERTÉ PERDUE.

Io son dell' aspettar omai si vinto.

Les regrets et les pleurs me font si rude guerre,
Si tristement l'attente absorbe mon loisir,
Que j'ai pris en dégoût l'espoir et le désir
Et tous ces lacs trompeurs qui me plaisaient naguère.

Mais du visage heureux qui ne me sourit guère
L'image me poursuit, me torture à plaisir.
Amour contre mon gré vient donc me ressaisir,
Et je reprends son joug comme un amant vulgaire.

Je vais sans savoir où, nul ne me tend la main,
Et de la liberté m'est fermé le chemin.
Ah! qu'on a tort de croire aux belles apparences!

Pour une illusion, pour un instant d'oubli,
Pour une seule fois que mon cœur a faibli,
Me voici retombé dans les mêmes souffrances.

« Quand Pétrarque, dit l'abbé de Sade, croyoit jouir
de sa liberté, il regrettoit ses chaînes, il regrettoit sa
liberté ; c'est l'état ordinaire des amants ; ils veulent et
ne veulent pas ; ils ne sçavent ce qu'ils veulent. Voici
deux sonnets [celui ci-contre et le suivant], où Pétrarque peint vivement l'état de son cœur à cet égard. »
(*Mém.*, I, p. 388.)

Dans ses dialogues Pétrarque se faisait donner par
saint Augustin d'excellents conseils qu'il ne suivait
pas : « Croyez-moi, Pétrarque, vous n'êtes plus jeune ;
la plus grande partie de votre espèce n'arrive pas à
l'âge où vous êtes (39 ans). Rougissez d'être amoureux ;
cela vous rend le jouet du public. Si la vraie gloire ne
vous touche pas, si le ridicule ne fait pas sur vous
l'impression qu'il devoit faire, épargnez du moins à vos
amis la honte de mentir pour vous : vous avez plus à
perdre qu'un autre : étant devenu plus célèbre, vous
devriez ménager davantage votre réputation. Quoi ! vous
n'êtes pas honteux de faire l'amour avec des cheveux
blancs ? » (*Mém.*, II, p. 131.)

Dès l'âge de vingt-cinq ans ses cheveux commencèrent à blanchir. Quand son ami, l'évêque de Lombez, le plaisantait sur cette marque de vieillesse, il
avait coutume de répondre : Ce qui me console, c'est
que j'ai cela de commun avec les plus grands hommes
de l'antiquité, Numa Pompilius, César, Virgile, Domi-
tien, Stilicon, etc.

LXXVI

MÊME SUJET.

Ahi, bella libertà, come tu m' hai.

Ah ! belle liberté, combien, en te perdant,
J'ai compris que tu fais le bonheur de la vie !
Adieu fleurs et gaieté quand tu nous es ravie !
Plus de candide émoi pour l'esclave imprudent !

Depuis qu'un premier trait blessa mon cœur ardent,
Que de fois j'ai pleuré ma jeunesse asservie !
Que de fois, en voyant ma flamme inassouvie,
J'ai lutté, mais en vain, pour être indépendant !

Maintenant, je ne prête une oreille attentive
Que lorsqu'on applaudit celle qui me captive,
Dont le nom est si doux à faire résonner.

L'aimer est mon seul but, la suivre est mon seul rêve ;
C'est elle à qui mes chants s'adresseront sans trêve,
C'est elle que de fleurs je voudrais couronner.

« Rentrez encore en vous-même, disait encore saint
Augustin; réfléchissez sur la noblesse de l'âme, la bas-
sesse du corps, sa corruption, ses misères; la brièveté
de la vie, la certitude de la mort et l'incertitude de son
heure. Pensez combien il est honteux de se voir montrer au doigt, d'être la fable du peuple; combien l'amour
jure avec votre état[1]; combien cette passion a nui à
votre esprit, à votre corps, à votre fortune.

« Rappelez-vous les tourments que vous avez soufferts,
les dégoûts que vous avez essuyés, l'inutilité de vos
larmes, de vos soupirs, de vos déclarations jetées au
vent. Représentez-vous l'air altier, les regards dédai-
gneux, les tons méprisants de votre souveraine. Si quelquefois elle traite son esclave avec un peu plus de bonté,
vous le sçavez bien, cela ne va pas loin et ne dure pas
longtemps. Je compare les faveurs légères que vous
obtenez d'elle de temps en temps à ces petits vents
frais de l'été, qui ne rafraîchissent l'air que pour un
moment. Représentez-vous, d'un côté, tout ce que
vous avez fait pour la gloire de cette femme, pour ré-
pandre son nom partout et le rendre immortel; et, de
l'autre, combien elle a été peu touchée de votre état et
des tourments qu'elle vous faisoit souffrir. » (*Mém.*, II,
p. 131.)

---

[1] Pétrarque avait pris la tonsure, il était clerc, ce qui ne l'obligeait
pas au célibat. Il n'entra jamais dans les ordres sacrés. La tonsure suffisait alors pour parvenir aux plus hautes dignités de l'Église. (*Mém.*,
I, p. 56.)

LXXVII

LA JOUTE. — A ORSO, COMTE D'ANGUILLARA.

Orso, al vostro destrier si può ben porre.

Un coursier, qui s'élance et bondit sur l'arène,
Avec un mors puissant peut être maîtrisé;
Mais comment retenir le cœur électrisé?
Il n'entend plus la voix et ne sent pas la rêne.

Sois fier du tien, Orso : c'est l'honneur qui l'entraîne;
Nul ne peut lui ravir le prix qu'il a visé;
De la faveur publique il est favorisé;
Ne crains pas qu'on attente à sa gloire sereine.

Le jour où tes amis combattront saintement,
Qu'il soit au milieu d'eux comme encouragement,
Et qu'il adjure ainsi la cohorte vaillante :

« Je brûle, croyez-moi, d'un belliqueux désir :
« Mais mon noble seigneur (ô cruel déplaisir!)
« Doit rester étranger à la joute brillante. »

« La guerre, dit l'abbé de Sade, étoit allumée depuis
longtemps entre les Ursins et les Colonnes. Ces deux
maisons puissantes et rivales se disputoient le gouver-
nement de Rome en l'absence du pape et de l'Empereur. » Berthold et François des Ursins furent tués
dans un combat. Le cardinal Gaëtan, leur oncle, pour
les venger, prit et ruina entièrement le château de
Giovi, qui appartenait à Etienne Colonna ; puis il se
rendit à Rome pour assiéger les Colonna dans leur
quartier. Etienne fit appel à sa famille. Orso, beau-
frère d'Etienne, ne put se rendre à son invitation et
en fut désespéré. C'est dans cette circonstance, d'après
l'abbé de Sade, que Pétrarque lui adressa le sonnet ci-
contre pour le consoler. En même temps il félicitait
Etienne sur ses premiers succès et l'encourageait à
combattre contre le cardinal Gaëtan : « Vous faites la
guerre, comme Théodose, aux ennemis de la croix, qui
usurpent le nom de chrétiens. *Cet ecclésiastique*, devenu tyran et loup, d'agneau qu'il étoit, ne suit-il pas
les traces du tyran Eugène, en opprimant et dépouil-
lant les églises ? Vengez la querelle d'un Dieu offensé,
et la vôtre en même temps. Qu'un excès de confiance
sur ce que vous avez fait ne vous aveugle pas sur ce
qui vous reste à faire. N'imitez pas le chef des Cartha-
ginois qui s'amusa à jouir de sa victoire au lieu d'aller
en recueillir le fruit. Prenez César pour modèle ; il suivoit avec ardeur ce qu'il avoit entrepris, et croyoit n'a-
voir rien fait, tant qu'il lui restoit quelque chose à
faire. » (*Mém.*, I, p. 222 et 228.)

LXXVIII

A UN AMI POUR LE DÉTOURNER DE L'AMOUR MONDAIN.

Poi che voi ed io più volte abbiam provato.

Puisque souvent déjà vous avez éprouvé
Combien l'événement de nos désirs diffère,
Au delà de ces biens que le monde préfère,
Il faut que votre cœur vers Dieu soit élevé.

Le bonheur ici-bas vainement est rêvé;
L'âme comme les sens ne peut se satisfaire;
Plus d'une belle fleur porte un suc léthifère,
Et du serpent sous l'herbe on n'est pas préservé.

Si vous désirez donc terminer votre vie,
Exempt d'inquiétude, à l'abri de l'envie,
Observez l'homme sage afin de l'imiter.

Vous pouvez, il est vrai, me répondre : « Mon frère,
Vous avez pris vous-même une route contraire. »
Hélas ! oui, je l'ai prise et ne puis la quitter.

Pétrarque donnait des conseils sans se donner pour exemple ; il avait le sentiment de sa faiblesse, tout en s'efforçant de vaincre ses passions et de devenir meilleur. M. Mézières a loué avec raison la peine qu'il prenait pour perfectionner son être moral : « Né avec d'heureux instincts qu'il n'avait pas besoin de contenir, il se sentait d'un autre côté assailli par des passions qui le troublaient profondément, dont il eût voulu s'affranchir et contre lesquelles s'unissait, sans réussir à les dompter toujours, tout ce qu'il avait en lui de raison et de piété. Il dit quelque part, et je l'en crois volontiers, qu'il avait de l'inclination naturelle pour la vertu. Cette inclination très-réelle lui inspire généralement le désir plutôt qu'elle ne lui donne la force d'être vertueux. Elle ne l'empêche pas de commettre des fautes, mais elle l'avertit qu'il les a commises et le le pousse à s'en repentir. Il lui doit de ne pas s'abuser sur lui-même, de ne pas se croire meilleur qu'il n'est et de travailler, par conséquent, à le devenir. » (*Pétrarque, étude*, p. 398.)

Velutello et Gesualdo signalent dans ce sonnet plusieurs imitations de Virgile, Cicéron et Dante. La plus flagrante est celle de Virgile : *Latet anguis in herba*.

LXXIX

SOUVENIRS AMOUREUX.

Quella fenestra ove l' un sol si vede.

Cette fenêtre où luit la lumière dorée
Où mon plus beau soleil, Laure, brille souvent,
Et cet autre vitrail où résonne le vent
Dans les jours nébuleux que tourmente Borée ;

Et dans le frais vallon cette roche ignorée
Où ma dame, l'été, s'est assise en rêvant ;
Et ce sentier fleuri dont le sable mouvant
Reçut ses pas divins et son ombre adorée ;

Et ce rude passage où m'atteignit Amour,
Et la verte saison qui vient, à pareil jour,
Raviver tous les ans mes premières alarmes ;

Et les traits enchanteurs, le sourire et la voix,
Ce dont je me souviens, ce que j'entends et vois,
Tout dispose mes yeux à se remplir de larmes.

Nous avons déjà vu Laure à sa fenêtre, sonnet LXV. Il paraît, d'après un sonnet rejeté, que Pétrarque avait prié son ami Sennuccio de le prévenir lorsque Laure, sa voisine, respirait l'air matinal. « Les mœurs et les usages de ce siècle, dit l'abbé de Sade, étaient bien différents de ceux de celui-ci. Où trouverait-on des dames qui se mettent à leur fenêtre au lever du soleil? » (*Mém.*, II, p. 489.)

J'ai traduit *sasso* par roche, comme le comte de Gramont. Tassoni l'a compris dans le sens de banc de pierre. Je fais rêver Laure dans un vallon, et Tassoni devant la porte de sa demeure. Le texte ne précise pas le lieu : *E'l sasso ove a gran di pensosa siede — Madonna, e sola seco si ragiona.* Tassoni critique Pétrarque de ce qu'il représente Laure assise et rêvant sur le banc de sa porte, il prétend « que cela lui donne un air de fainéantise qui ne lui fait pas honneur. » L'abbé de Sade justifie le poëte en disant que s'asseoir ainsi pour prendre le frais était un ancien usage, qui existait encore de son temps à Avignon. (*Mém.*, II, p. 478.)

LXXX

IL PENSE A LA MORT ET NE CESSE D'AIMER.

Lasso, ben so che dolorose prede.

Hélas! nous savons tous que la mort nous attend,
Qu'il n'est aucun de nous à qui sa faux pardonne,
Qu'à l'instant du trépas chacun nous abandonne
Et que l'oubli bientôt sur nos mânes s'étend.

Voilà pourquoi l'on vit, pourquoi l'on souffre tant!
Loin de me délivrer des chaînes qu'il me donne,
Amour les serre encore, et durement m'ordonne
De payer de mes pleurs le tribut qu'il prétend.

Je sais comment les jours, les heures fortunées
Et les heures d'angoisse emportent les années,
Mais je suis le jouet d'un prestige vainqueur.

Depuis sept et sept ans je rêve et je raisonne;
De frayeur et d'espoir tour à tour je frissonne;
Que Dieu m'accorde enfin la douce paix du cœur!

La pensée que nous devons mourir, si bien exprimée par Malherbe, se présente souvent sous la plume des écrivains. Aucun peut-être ne l'a rendue avec plus de pittoresque et de force que le père Matthieu Martin, déjà cité, sonnet LIX.

« La mort, cette cruelle parque, ne pardonne à personne. Mais, de grâce, comme quoi et à qui pardonneroit-elle, la pauvre sotte ? Elle n'a ni cœur, ni entrailles, ni yeux, ni oreilles, ni cerveau, ni bouche, rien que dents pour mordre et déchirer ; puis une grande faux à la main dont elle moissonne tout ce qu'elle rencontre, papes, rois, princes, ducs, marquis, comtes, nobles et roturiers, riches et pauvres, jeunes et vieux, hommes et femmes, tous pêle-mêle, et de tout cela elle fait de la poussière et quasi rien. Ne me voulez-vous croire ? Faites ouverture des tombeaux ; brisez-moi ces lames de cuivre ; évoquez ces cendres ; faites en sorte que ces os décharnés vous parlent. Hé bien ! pauvres carcasses, vous y voilà !.. Où sont maintenant vos bonheurs et délices ? Où vos couronnes, sceptres et trônes ? Où vos robes brochées d'or, grêlées de pierreries, herminées de martres ?.. Qu'est devenu tout cela ? des vers, de la pourriture, un peu de poussière, un beau rien. » (*Les Apanages d'un cavalier chrestien*, ch. I.)

LXXXI

L'APPARENCE EST TROMPEUSE.

Cesare, poi che 'l traditor d'Egitto.

César, quand il reçut la tête glorieuse
De son noble rival tué par un forfait,
Feignit d'être navré, quoiqu'au fond satisfait,
Et baissa sa paupière humide et sérieuse.

Annibal, quand il vit l'aigle victorieuse
Et son pays réduit sous le joug d'un préfet,
Pour cacher la douleur qu'il sentait en effet,
Au peuple ému parla d'une bouche rieuse.

Ainsi l'âme, qui craint de laisser voir comment
Elle est atteinte au fond par chaque événement,
Prend un extérieur tantôt clair tantôt sombre.

Donc, si parfois je suis enjoué dans mes vers,
C'est pour dissimuler, sous des masques divers,
Mes tristesses, mes pleurs et mes soupirs sans nombre.

Pétrarque aimait à citer César et Annibal. Nous avons déjà vu le premier pleurant la mort de Pompée au sonnet XXXVI et nous verrons encore le second dans le sonnet suivant. Pétrarque les a aussi nommés dans son *Triomphe d'Amour* et dans son *Triomphe de la Renommée.*

Les vers de Brébeuf et Corneille sur César pleurant Pompée ont été cités au sonnet XXXVI ; voici ceux de Lucain :

> Non primo Cæsar damnavit munera visu,
> Avertitque oculos; vultus, dum crederet, hæsit,
> Utque fidem vidit sceleris, tutumque putavit
> Jam bonus esse socer : lacrymas non sponte cadentes
> Effusit, gemitusque expressit pectore læto.

Quant à la dissimulation d'Annibal, elle est moins bien constatée. Vaincu par Scipion, il n'aurait pas ri de sa propre défaite, comme Pétrarque le suppose, mais de l'avarice et des vilaines grimaces des sénateurs de Carthage, lorsqu'ils furent obligés de livrer aux Romains leurs richesses.

LXXXII

A STEFANO COLONNA, POUR QU'IL ÉCRASE LES ORSINI.

Vinse Annibal, e non seppe usar poi.

Annibal fut vainqueur, mais dormit trop longtemps ;
A rien ne lui servit sa brillante aventure.
Sachez, mon cher Seigneur, en telle conjoncture,
Mettre mieux à profit vos succès éclatants.

L'ourse, pour consoler ses oursons mécontents,
A qui mai n'a fourni qu'une maigre pâture,
Se recueille et s'apprête à troubler la nature
En aiguisant sa griffe émoussée au printemps.

Tandis que vous sentez cette douleur récente,
Tenez ferme l'épée en votre main puissante ;
Marchez où vous conduit l'étoile du bonheur.

Suivez tout droit la route où votre âme ravie
Pourra gagner sans doute et, même après la vie,
Garder mille et mille ans le repos et l'honneur.

Pétrarque donnait le même conseil en prose et en vers. Dans cette lettre dont j'ai cité un passage, sonnet LXXVII, il disait à Etienne :

« Jeune héros ! vous avez vaincu. Tirez parti de votre victoire en homme sage. Qu'on ne puisse pas vous faire le reproche que Maharbal fit à Annibal après la bataille de Cannes. Vous sçavez ce qui seroit arrivé si ce vainqueur avoit tourné tout de suite vers Rome ses drapeaux couverts de notre sang ; tous les historiens sont d'accord sur ce point.

« Le Dieu Protecteur de l'Italie, qui s'opposa aux impies projets d'Annibal, n'abandonnera pas vos étendards victorieux et les conduira lui-même. Votre cause est aussi juste que celle de Théodose : celui qui le fit triompher de tant de légions barbares vous promet de nouvelles victoires, et la destruction entière de vos ennemis...

« La première victoire a été glorieuse ; mais elle ne vous a rien rendu : celle que vous allez remporter sera aussi riche qu'aisée. Allez donc plutôt à un triomphe certain qu'à un combat équivoque... » (*Mém.* de l'abbé de Sade, I, p. 227.)

Le début du sonnet est emprunté à Tite Live : *Vincere scis, Annibal, victoria uti nescis.*

LXXXIII

A PANDOLFO MALATESTA, SEIGNEUR DE RIMINI.

L'aspettata virtù, che 'n voi fioriva.

Cette vertu qu'en vous je vis fraîche et fleurie,
Lorsque Amour commença d'occuper vos pensers,
Donne aujourd'hui les fruits qu'elle avait annoncés,
Et les donne plus beaux que dans ma rêverie.

Aussi sur le papier je veux sans flatterie
Écrire votre gloire et vos exploits passés.
Le marbre, où des héros les grands noms sont tracés,
Ne les garde pas mieux qu'une page chérie.

Croyez-vous que jamais le ciseau, le burin
Nous eussent conservé sur la pierre ou l'airain
César et Marcellus tels qu'ils sont dans l'histoire?

Pandolphe, avec le temps ces œuvres périront,
Mais pour l'éternité nous attachons au front
Les lauriers du génie et ceux de la victoire.

Pandolphe II, seigneur de Rimini, Pesaro, Fano et Fossombrone, avait acquis de la gloire à la tête des armées florentines.

Pétrarque s'est inspiré ici de l'*ære perennius* d'Horace. Le temps détruit, en effet, les monuments de marbre et de bronze, tandis que les livres se perpétuent par les copies. Mais, à ses yeux, ce n'est pas là seulement ce qui fait la supériorité de la poésie sur les œuvres artistiques. La poésie leur est encore supérieure en ce qu'elle fait connaître en détail la vie et les exploits des héros tandis que l'art ne conserve que leurs traits et des inscriptions laconiques.

Tous les poëtes paraphrasent l'*ære perennius* pour donner l'immortalité à celles qu'ils chantent. Lamartine l'a fait avec un charme infini dans sa IIIᵉ Méditation :

Oui, l'Anio murmure encore
Le doux nom de Cinthie aux rochers de Tibur :
Vaucluse a retenu le nom chéri de Laure...

LXXXIV

LES YEUX DE LAURE ENCORE PLUS PUISSANTS APRÈS
QUINZE ANS D'AMOUR.

Non reggio ore scampar mi possa omai.

Où porter désormais mes pas aventureux ?
La guerre que me font les yeux de ma maîtresse
Est telle que toujours cette crainte m'oppresse
De voir mon cœur périr dans ses tourments affreux.

Je veux fuir, mais en vain : les rayons amoureux,
Qui brûlent mon esprit de leur flamme traîtresse,
Ont tant, après quinze ans, de flamme enchanteresse,
Que j'en suis ébloui comme aux temps plus heureux.

Et dans moi leur image est si bien répandue
Que vouloir l'en ôter serait peine perdue,
Et mon regard ne s'ouvre à nulle autre clarté.

D'un seul laurier naît donc une épaisse verdure
Où se cache la voix harmonieuse et dure
Qui me charme et se joue avec ma liberté.

La quinzième année de l'amour de Pétrarque correspond à l'année 1342, qui suivit celle de son couronnement. Le dernier tercet fait allusion à ce triomphe littéraire; le poëte dit galamment qu'il préfère l'amour à la gloire.

Dans le recueil italien ce sonnet suit de près une canzone bizarre (la XIe) que l'on a intitulée *Badinages énigmatiques*. C'est une suite d'adages et locutions proverbiales qui n'ont pas de lien apparent. Voici le premier couplet :

« Je ne veux plus chanter comme j'avais coutume : car les autres ne me comprenaient pas, ce dont j'étais honteux. On peut être gêné dans une belle demeure. En soupirant toujours, on ne répare rien. Déjà sur les Alpes il neige de tout côté; et déjà le jour est près de poindre : c'est pourquoi je m'éveille. Un maintien doux, honnête, est une charmante chose : et dans une dame amoureuse ce qui m'agrée encore, c'est une allure altière et dédaigneuse, mais non superbe et revêche. Amour régit son empire sans épée. Que celui qui a perdu son chemin retourne en arrière ! que celui qui est sans gîte se repose sur l'herbe ! que celui qui n'a pas d'or ou qui le perd, étanche sa soif avec un beau verre ! »

Les quatre autres couplets sont aussi incohérents. Il semble que Pétrarque ait voulu simuler le langage de la folie pour peindre son amour.

LXXXV

LE RETOUR.

Avventuroso più d' altro terreno.

Salut, terre d'exil plus que toute autre aimée,
Où mon cœur a senti son premier battement,
Où j'offris à Madame un entier dévouement,
Vaincu par les beaux yeux dont elle était armée !

Combien par son regard mon âme fut charmée !
Le temps amollira le plus dur diamant
Avant que je consente à trahir mon serment ;
Rien n'éteint une flamme aussi bien allumée !

Provence, cher pays, je ne te revois pas
Sans chercher incliné la trace de ses pas,
Sans penser à ces jours d'espérance et d'alarme.

Puisque Amour en mon sein ne s'est pas endormi,
Ne m'abandonne pas, Sennuccio, mon ami ;
Donne-moi, s'il te plait, un soupir, une larme.

Senquccio del Bene, confident de Pétrarque et attaché comme lui au cardinal Jean Colonna, était d'une famille illustre de Florence. L'abbé de Sade rapporte sur lui l'anecdote suivante :

« Sennuccio prit le parti des Gibelins, ce qui donna lieu à un trait d'ingratitude de Charles de Valois à son égard, que les Florentins racontent avec indignation. Ce prince étant à Florence, envoyé par le pape Boniface VIII pour y rétablir la paix, se plaisoit beaucoup à la chasse au faucon. Sennuccio avoit une maison de campagne près de la ville, où Charles alloit souvent se rafraîchir quand il faisoit cette chasse. Sennuccio le traitoit le mieux qu'il pouvoit, et comme il convenoit à un gentilhomme. Ces bons traitements n'empêchèrent pas le prince de le faire mettre en prison, et condamner à quatre mille livres d'amende. Il sortit de la ville, et ses biens furent confisqués.

« Sennuccio rendit de si grands services à l'Eglise et à l'Italie, que Jean XXII qui l'aimoit, écrivit à la république de Florence pour demander son rétablissement... et on lui rendit ses biens. » (*Mém.*, II, p. 57.)

Pétrarque était-il en Italie ou à Vaucluse lorsqu'il écrivit ce sonnet? Le texte italien se prête aux deux suppositions. J'ai adopté la seconde.

LXXXVI

IL PENSE A LAURE ET A DIEU.

Lasso, quante fiate Amor m' assale.

Toutes les fois qu'Amour vient me tyranniser,
Et cent fois nuit et jour le fourbe me harcèle,
Je me tourne où jaillit la divine étincelle,
Où le feu de mon cœur peut s'immortaliser.

Oui, de Laure avec Dieu j'aime en paix deviser.
Que l'ombre soit au chœur ou que l'aube y ruisselle,
En priant ou chantant que la foi se décèle,
Je ne songe partout qu'à la diviniser.

Sa voix harmonieuse et sa suave haleine
Dissipent les vapeurs dont ma tendresse est pleine,
Et l'air est tout empreint de sa sérénité.

Comme un charmant esprit de nature angélique,
Elle semble venue en ce monde agité
Pour donner plus de vie au cœur mélancolique.

Dans ses dialogues Pétrarque se fait admonester assez vertement par saint Augustin sur son aspiration à Dieu par la pensée de Laure :

« St. A. Vous dites qu'elle vous a fait quitter le monde pour vous élever à la contemplation des choses célestes : voici dans le vrai à quoi cela se réduit. Plein de confiance et de bonne opinion de vous-même, occupé d'une seule personne qui absorbe toutes les facultés de votre âme, vous méprisez le reste du monde ; vous le haïssez, et il vous le rend bien. Le meilleur effet que cette personne ait produit, est peut-être de vous avoir rendu avide de gloire, vous sçaurez bientôt si vous lui devez beaucoup de reconnoissance sur ce chapitre ; pour moi je soutiens que cette femme, à qui vous croyez avoir tant d'obligation, a donné la mort à votre âme. — P. Ciel ! que dites-vous ? Et comment prouverez-vous ce que vous avancez ? — St. A. En remplissant votre cœur de l'amour de la créature, elle vous a empêché d'aimer le Créateur, voilà en quoi consiste la mort de l'âme. — P. Au contraire, c'est l'amour dont je brûle pour elle qui m'a élevé à l'amour de Dieu. — St A. Cela peut être ; mais vous avez interverti l'ordre ; il faut aimer d'abord le Créateur pour lui-même, ensuite la créature comme son ouvrage... » (*Mém.*, II, p. 116.)

LXXXVII

LE SALUT.

Perseguendomi Amor al luogo usato.

Amour me poursuivait pour avoir murmuré.
Moi, comme un spadassin qui veut se mettre en garde,
Et qui de tous côtés se retourne et regarde,
J'attendais prudemment, et l'esprit assuré;

Quand, soulevant les yeux vers le ciel azuré,
Je vis le soleil prendre une face hagarde,
La dame que j'honore et qui du mal me garde
Faisait ombre sur lui, pâle et défiguré.

Je m'effrayais déjà d'un si grand phénomène
Quand devant elle alors, qui devint plus humaine,
Je me trouvai soudain, et mon respect lui plut.

Comme la foudre suit l'éblouissante flamme,
De même, coup sur coup, je fus frappé dans l'âme
Par ses yeux éclatants et par son doux salut.

Dante raconte minutieusement dans la *Vie nouvelle* comme quoi Béatrice lui refusa un jour « sa douce salutation dans laquelle résidait toute sa félicité; » et pour mieux faire comprendre sa douleur il décrit les merveilleux effets du salut de sa maîtresse. Voici cette description avec son patois et son pathos psychologiques. Le salut de Béatrice servira de commentaire aux deux saluts de Laure :

« Je veux même m'écarter un instant de mon sujet principal, pour faire apprécier tout le bien que son salut opérait en moi. Quand je la voyais paraître quelque part, dans l'espérance où j'étais de recevoir sa merveilleuse salutation, je n'avais plus d'ennemi; je sentais au contraire une ardeur charitable qui me portait à pardonner à tous ceux dont j'avais reçu des offenses; et si en pareille occasion on m'eût demandé quoi que ce soit, ma seule réponse eût été *Amour*, que j'aurais prononcé avec un visage modeste. Et quand elle était sur le point de saluer, un *esprit d'amour*, anéantissant tous les autres *esprits sensitifs*, faisait paraître au dehors les faibles *esprits de la vue*, et leur disait : « Allez honorer votre dame, » et lui seul (l'esprit d'Amour) demeurait à leur place. Qui aurait voulu connaître Amour l'aurait pu facilement en observant le tremblement de mes yeux ; et quand cette très-noble dame faisait son salut, non-seulement Amour n'avait pas le pouvoir de cacher l'excessive félicité que j'éprouvais, mais lui-même devenait tel par l'effet de la douceur de cette salutation, que mon corps soumis entièrement à sa puissance se remuait souvent comme un corps

LXXXVIII

AUTRE SALUT DE LAURE.

La Donna che 'l mio cor nel viso porta.

Ma dame m'apparut lorsqu'en ma solitude
J'avais avec Amour un très-doux entretien.
Désirant la toucher par mon grave maintien,
Je pris l'air d'un amant qui vit d'inquiétude.

Elle, au premier aspect de ma morne attitude,
Me promit du regard un si tendre soutien,
Qu'oubliant son courroux et la foudre qu'il tient,
Jupiter eût souri, plein de mansuétude.

De la voir et l'entendre il fallut m'abstenir,
N'ayant pu supporter une telle allégresse ;
Et pendant mon émoi partit l'enchanteresse.

Ce salut néanmoins plaît à mon souvenir.
Quand j'y pense, j'espère un meilleur avenir ;
Je sens moins vivement la douleur qui m'oppresse.

grave inanimé ; ce qui me démontre évidemment que dans cette salutation résidait mon bonheur, lequel fort souvent était trop grand pour que j'eusse la force de le supporter et d'en jouir. » (Tr. Delécluze dans le *Dante* de Brizeux, p. 16.)

Cette démonstration bizarre n'est rien encore à côté de celle qu'il fait, page 47, pour établir, comme une vérité mathématique, que Béatrice « était un NEUF, c'est-à-dire un miracle dont la racine est l'admirable Trinité. »

Quoi qu'en dise Bruce-Whyte, qui n'a guère mieux jugé les œuvres que la vie de Pétrarque, la Béatrice de Dante n'est pas le type de Laure. L'amour des deux poëtes diffère essentiellement, et le style du *Canzoniere* est rarement aussi obscur que celui de la *Vie nouvelle*. Pétrarque imitait plus volontiers les poëtes latins, dont il était l'admirateur passionné. Ainsi, dans quelques vers du sonnet ci-contre, il semble s'être souvenu de l'ode charmante de Catulle, imitée de Sapho :

Ille mi par esse deo videtur.

LXXXIX

A SENNUCCIO DEL BENE.

Sennuccio, i' vo' che sappi in qual maniera

Je veux, mon Sennuccio, te confier mon cœur,
Et que tu saches bien quelle est mon existence :
Je brûle encore, et rien n'ébranle ma constance ;
L'amour que j'ai pour Laure est toujours mon vainqueu

Ici je la vis douce et pleine de rigueur,
Tour à tour m'attirant, me tenant à distance,
Tantôt riant, tantôt s'exprimant par sentence,
Bienveillante parfois, et parfois l'air mou̥ ₋ur.

Ici dans un chant pur sa voix se fit entendre ;
Ici son pied léger glissa sur l'herbe tendre ;
Ici ses yeux brillants ont éclairé mes jours.

Ici sa lèvre a dit un mot d'heureux présage ;
Ici le frais sourire anima son visage.
Voilà de quels pensers je me nourris toujours.

Sennuccio était aussi poëte : mais sa lyre était mon-
tée sur un ton plus léger. Il mettait dans ses vers plus
d'esprit que de sentiment.

Parmi les sonnets que Pétrarque a rejetés, il en est
un qui méritait un meilleur sort. Il est aussi adressé à
Sennuccio : l'abbé de Sade l'a traduit de la manière
suivante :

« Eh bien ! mon cher Sennuccio, que dites-vous de
cette guirlande couleur de perles et de grenats qui
couronnoit ce beau front ? N'avez-vous pas cru voir un
ange sur la terre ? Avez-vous vu cet air, ces façons, ce
maintien, cette chevelure ? Voilà ce qui me blesse et
me guérit ; voilà ce qui chasse de mon âme toute pensée vile et grossière. Avez-vous entendu cette voix,
dont le son est si doux, si flatteur ? N'avez-vous pas
admiré cette démarche noble, fière et pleine de grâces ?
Avez-vous pu soutenir ce regard dont le soleil est
jaloux ? Vous sçavez à présent pour qui je brûle, je vis.
je désire et j'espère ; mais je n'ai pas la force de demander ce que je veux. » (*Mém.*, II, p. 59.)

XC

AU MÊME.

Qui, dove mezzo son, Sennuccio mio.

En ces murs, Sennuccio, demeure hospitalière,
(Puissé-je près de toi m'y reposer souvent!)
Je suis venu pour fuir la tempête et le vent
Qui portent sous mon ciel la lutte journalière.

Ici je ne crains plus leur fureur singulière :
Si la foudre m'effraye en effet moins qu'avant,
Si je cède moins vite au désir décevant,
J'en dois rendre à ce lieu grâce particulière.

Dès que je suis entré dans cet heureux séjour,
Où Laure a pris naissance, où Laure nuit et jour
Répand sa douce haleine et conjure l'orage ;

Son charmant souvenir, secouant ma torpeur,
A rallumé ma flamme et dissipé ma peur.
Si je voyais ses yeux, quel serait mon courage !

On croit que Pétrarque se félicite de son retour à Avignon et qu'il regrette de n'y pas rencontrer Sennuccio. Les troubles de l'Italie qu'il semble désigner par *la tempête et le vent*, et l'accueil de Laure, moins rigoureuse peut-être depuis son couronnement au Capitole, l'avaient momentanément réconcilié avec la ville pontificale, contre laquelle il se passionnera tout à l'heure. (V. le sonnet suivant et les sonnets CV, CVI et CVII.) Il était heureux de se réfugier auprès de Laure qui, à cause de son nom, avait la vertu d'éloigner la foudre. J'ai déjà dit, sonnet LXVI, qu'il craignait le tonnerre; il en convient dans une de ses lettres : *Quod adversus fulminis fragorem timidior sim negare non possum.* Comme Tibère, il se serait volontiers couronné de lauriers pendant l'orage ; aussi disait-il : *Non ultima causa lauri diligendæ quod arborem hanc non fulminari traditur.*

Avignon n'est pas autrement indiqué que par *amorosa reggia* dont j'ai fait un *heureux séjour*, et l'abbé de Sade *le temple de l'amour,* parce que c'était la résidence de Laure.

XCI

HORS D'AVIGNON.

Dell' empia Babilonia, ond' è fuggita.

Refuge du mensonge, abîme de douleurs,
Indigne Babylone à la honte asservie,
Où le crime est caché sous de belles couleurs,
J'ai fui loin de tes murs pour prolonger ma vie.

Ici je cueille seul, comme Amour m'y convie,
Tantôt rimes et vers, tantôt brins d'herbe et fleurs.
Cette douce habitude est du calme suivie:
Mon esprit librement rêve à des temps meilleurs.

Le monde et ses plaisirs ne m'intéressent guère ;
Des biens de la fortune encor moins j'ai souci :
Je hais de tout mon cœur ce qui plaît au vulgaire.

Je voudrais seulement deux personnes ici :
Que l'une vînt à moi, le regard adouci,
Et l'autre avec des pieds plus fermes que naguère

Ce dernier vers désigne le cardinal Colonna, qui avait la goutte.

Pétrarque nous a laissé d'Avignon de très-laides peintures au physique et au moral. Voici la description physique ; je garde la description morale pour le commentaire des trois sonnets mis à l'index (CV, CVI et CVII) :

« J'habite une ville sale et bruyante, qui est comme la sentine et l'égout de toutes les ordures de ce monde. Tout y donne du dégoût et des nausées : c'est un assemblage de rues étroites et mal-propres, où l'on ne sauroit faire un pas sans trouver des cochons puants, des chiens enragés, des charriots qui étourdissent par leur fracas, des attelages de quatre chevaux qui barrent le passage, des mendiants défigurés qu'on ne peut voir sans horreur, des visages extraordinaires de tous les pays, des riches insolents, yvres de plaisirs et de débauches, une populace effrénée toujours en querelle. Est-il possible de jouir dans un pareil séjour de cette tranquillité si nécessaire aux muses ? Pour moi, je ne puis m'y accoutumer. » (*Mém.*, II, p. 110.)

XCII

LE PETIT NUAGE.

In mezzo di duo amanti onesta altera.

Je vis belle et hautaine entre ses deux amants
Une dame, et l'Amour souriait auprès d'elle :
Elle avait d'un côté — moi, l'esclave fidèle,
De l'autre — le soleil, le roi des éléments.

Quand elle se sentit dans ses rayons charmants,
Heureuse de jouir d'un éclat sans modèle,
Elle tourna sur moi, plus prompts que l'hirondelle,
Ses regards imprégnés des plus doux sentiments.

Aussitôt à la joie, à l'allégresse intime
Fit place heureusement la crainte légitime
Que m'avait inspirée un si grand ennemi.

Quant à lui, n'osant plus montrer sa face altière,
D'un vaporeux nuage il la couvrit entière :
Sa défaite apparut sur son disque blémi.

« Après avoir pleuré pendant quelques jours [le roi
Robert], Pétrarque, dit l'abbé de Sade, revint à
Avignon, où il est certain qu'il passa la plus grande
partie de l'hiver de cette année (1343), faisant seulement de temps en temps de petits voyages à Vaucluse.

« Un jour qu'il avait formé le projet d'y aller, il vit
Laure dans un endroit, où se trouvant tout à coup
surprise par les rayons du soleil, elle se tourna du côté
où étoit Pétrarque pour les éviter. Dans le même
instant parut un nuage qui éclipsa le soleil. Il n'en
falloit pas tant pour échauffer la veine de Pétrarque ;
il ne fut pas plus tôt arrivé à Vaucluse, qu'il y fit ce
sonnet où, suivant l'usage des poëtes, il donne à un
événement naturel et tout simple une tournure bien
avantageuse pour lui. » (*Mém.*, II, p. 85.)

En citant le sonnet à Phyllis d'Eustachio Manfredi
(commentaire du sonnet XXXIV), j'ai dit que c'était le
nec plus ultrà du genre madrigal. J'ai peut-être eu tort :
la galanterie de celui-ci n'est guère moins hyperbo-
lique.

XCIII

Pien de quella ineffabile dolcezza.

O l'ineffable émoi qu'un beau visage éveille !
Combien de traits si purs mes yeux furent charmés :
Volontiers depuis lors je les eusse fermés
Pour ne pas regarder une moindre merveille.

Laure m'est si présente et le jour et la veille,
Mes désirs les plus chers, mes rêves parfumés
Sont à son joug cruel si bien accoutumés
Qu'il n'est qu'elle ici-bas pour qui je prie et veille.

Dans un vallon perdu, de toutes parts enclos,
Solitude qui sied à mes tristes sanglots,
Je suis venu chercher la paix délicieuse.

Là je trouve, à défaut de dames et plaisirs,
Des rochers, des ruisseaux, de champêtres loisirs,
Et surtout du passé l'image gracieuse.

Le début de ce sonnet fait allusion à la petite scène décrite dans le précédent et si bien dépoétisée par l'abbé de Sade.

L'idée du second quatrain se retrouve dans un passage des dialogues avec saint Augustin.

« P. S'il n'y a de remède pour moi que d'aimer une autre femme, c'est fait de moi, je suis mort. Mon cœur est plein de Laure ; il ne peut s'attacher à un autre objet. Mes yeux accoutumés à la voir trouvent affreux tout ce qui n'est pas elle. — Saint A. Il faut donc vous chercher des remèdes externes. Pouvez-vous fuir, vous éloigner des lieux où est la cause de votre mal ? — P. Quoique les liens qui m'y attachent soient bien forts, je sens cependant que je puis m'en arracher. — Saint A. Si cela est, j'augure bien de votre guérison ; il n'y a que le changement de lieu qui puisse l'opérer. Vous n'êtes pas en sûreté dans le pays que vous habitez : tout y renouvelle vos plaies : la présence des objets, le souvenir des choses passées, le temps, les lieux ; vous le disiez vous-même dans vos sonnets » (Mém., II. p. 124.)

XCIV

LE ROCHER DE VAUCLUSE.

Se 'l sasso ond' è più chiusa questa valle.

Si le rocher qui clôt ce vallon retiré
Et qui donne son nom à ce lieu solitaire
Vers Rome allait soudain tourner sa face austère.
Mes soupirs iraient mieux vers le but désiré.

Oui. les souhaits ardents de mon cœur déchiré
Arriveraient sans peine où j'aime avec mystère ;
Pourtant nul ne s'égare : un souffle de la terre
Par un détour les porte au rivage admiré.

Là, sans doute pour eux les rigueurs s'affaiblissent,
Même avec bienveillance on les doit recevoir,
Puisque sans revenir de mes lèvres ils glissent.

Laure donc jusqu'ici me tient en son pouvoir :
Car, sitôt qu'il fait jour, mes yeux voudraient revoir
Le fleuve et la cité que les siens embellissent.

Pétrarque nous a dit lui-même en prose, sonnet XXVIII, ce qu'était le vallon de Vaucluse. Il va
nous dire ici comment il y vivait. Je regrette d'être
obligé de couper son récit.

« Ici je fais la guerre à mes sens, et je les traite
comme mes ennemis... La seule femme qui s'offre à
mes regards est une servante noire, sèche et brûlée
comme les déserts de la Lybie... Je n'entends ici que
des bœufs qui mugissent, des moutons qui bêlent, des
oiseaux qui gazouillent, et des eaux qui murmurent. Je
garde le silence depuis le matin jusqu'au soir, n'ayant
personne à qui parler... Je me contente souvent du
pain noir de mon valet, et je le mange même avec une
sorte de plaisir... Mon valet, qui est un homme de fer,
me reproche quelquefois la vie trop dure que je mène,
et m'assure que je ne pourrai pas la soutenir longtemps.
Pour moi je pense au contraire qu'il est plus facile de
s'accoutumer à une nourriture grossière qu'à des mets
délicats et recherchés : des figues, des raisins, des noix,
des amandes, voilà mes délices... Je ne parle pas de
mes habits : tout est changé! Vous me prendriez pour
un laboureur ou un berger. Ma maison ressemble à
celle de Fabrice ou de Caton. Tout mon domestique
consiste en un chien et un valet... » (Mém., I, p. 346.)

XCV

DANS LA SEIZIÈME ANNÉE DE SON AMOUR.

Rimansi addietro il sestodecim' anno.

Voilà seize ans passés dans les gemissements.
Et je touche, j'espère, à la dernière année.
Comme le temps a fui! ma jeunesse est fanée:
Et d'hier on dirait que datent mes tourments.

Quelque douce que soit la douleur des amants.
Je voudrais de ma mort que l'heure fût sonnée:
Car ce serait pour moi peine d'âme damnée
Que de survivre à Laure après tous mes serments.

Maintenant, quoique en paix, je rêve une autre place.
En vain je veux agir, ma volonté se lasse:
Du plus simple labeur je suis découragé.

Et je sens à mes pleurs dont s'accroit l'amertume
Que je suis tel ici qu'ailleurs j'avais coutume:
Tout change autour de moi sans que je sois change.

La solitude de Vaucluse ne guérissait pas Pétrarque de sa passion. L'image de Laure le poursuivait partout. Trois fois, la nuit, elle lui apparaissait ; et le matin, il fuyait en vain dans les bois et sur les rochers. « Lorsque je me flattois d'être seul, disait-il, je la voyais sortir du tronc d'un arbre, du bassin d'une fontaine, du creux d'un rocher, d'un nuage, je ne sais d'où. » L'abbé de Sade dit avec justesse : « Il avoit tort de croire que cette solitude seroit un port qui le mettroit à l'abri des tempêtes de l'amour. Pouvoit-il ignorer ces vers d'Ovide, qui étaient alors, il en convient lui-même, dans la bouche de tous les écoliers : *Quisquis amas, loca sola nocent, loca sola caveto.* — *Quo fugis ? in populo tutior esse solis.* » Le même abbé indique plaisamment un autre remède : « Si Pétrarque avait aimé comme on aime à présent, il auroit bien fait de se rapprocher de sa maîtresse et de la voir souvent pour se guérir de sa passion : le remède est infaillible à ce qu'on prétend. Mais la passion de Pétrarque étoit trop forte et son caractère trop ferme pour qu'un pareil remède lui convînt. » (*Mém.*, 1. p. 354.)

QUATRIÈME SÉRIE

ONNETS de 1343 à 1346. — Au retour de son troisième voyage à Rome et de sa mission à Naples, Pétrarque s'arrête à Parme, de la fin de décembre 1343 au 23 février 1344. Ce jour-là il part au coucher du soleil, tombe à minuit dans une embuscade de voleurs, fait une chute de cheval en leur échappant et poursuit néanmoins sa route. A Bologne, il prend quelque repos, et, arrivé en Provence, il achève l'année 1344 soit à Avignon soit à Vaucluse. Au printemps de 1345, décidé à s'établir en Italie, malgré les remontrances du cardinal Colonna, il se rend à Parme, et de là va conduire à Vérone son fils Jean, âgé de huit ans, dont il confie l'éducation à son ami Renaud de Villefranche. Pressé par le cardinal et son ami Socrate (Louis de Bois-le-Duc), il renonce à l'Italie et rentre dans la ville pontificale à la fin de l'année. Il passe à Vaucluse la belle saison de 1346, tout occupé à faire la guerre aux nymphes de la Sorgue qui lui avaient pris son jardin.

Pendant le séjour qu'il fit à Parme en 1344, il fut frappé de l'état de guerre dans lequel se trouvait toute l'Italie et surtout des ravages que commettaient les troupes allemandes, laissées par l'empereur Louis de Bavière et le roi Jean de Bohême. C'est pour engager les seigneurs italiens à ne plus s'égorger les uns les autres et à ne plus enrôler ces barbares, qu'il écrivit sa belle canzone *Italia mia*.

L'abbé de Sade rapporte à la même année la composition des gracieuses canzone XIII et XIV, destinées à célébrer les lieux et la fontaine qui plaisaient à Laure. Il commente la seconde d'une manière intéressante :

« Pétrarque, dit-il, en conçut l'idée un jour qu'il

étoit allé se promener dans un lieu charmant près d'Avignon, où il voyoit souvent Laure. Il y avoit une fontaine où cette beauté se baignoit quelquefois dans les grandes chaleurs; un gazon fleuri dont l'eau entretenoit la verdure, sur lequel elle s'asseyoit; des arbres à l'ombre desquels elle prenoit le frais, et qui lui servoient d'appui; des fleurs qu'elle se plaisoit à cueillir, pour en orner sa chevelure et son sein. Il n'en falloit pas tant pour que cette situation parût délicieuse à Pétrarque. Il y alloit presque tous les jours quand il étoit à Avignon, dans l'espérance d'y voir Laure; et quand il ne la trouvoit pas, la seule vue de cette fontaine, de ces arbres, de ces fleurs, lui rappeloit mille petites anecdotes qui tenoient son âme dans une espèce d'enchantement et d'yvresse, à laquelle il s'abandonnoit avec une douceur infinie.

« Un jour qu'il ne trouva pas l'objet qui l'y attiroit, l'idée de la mort s'étant présentée à lui, je ne sais pourquoi, il désira que son corps fût déposé dans ce lieu charmant, se flattant que quand Laure viendroit s'y promener, suivant son usage, elle ne pourroit voir ses cendres sans donner quelque marque de pitié et d'attendrissement. » (*Mém.*, II, p. 207.) — V. la canzone XIV en regard des sonnets CCV et CCVI.)

L'abbé de Sade explique dans une note que la fontaine chantée par Pétrarque n'est pas celle de Vaucluse, comme on l'a cru généralement; il pense que c'est celle de la Triade, près d'Avignon.

C'est en 1343 que naquit, selon toute apparence, la fille de Pétrarque, dont il a été question à la note préliminaire de la 2ᵉ série. (V. *Mém.*, II, p. 139.)

XCVI

A ANTONIO LE BECCARI.

Quelle pietose rime, in ch'io m'accorsi.

Ces vers dont j'ai goûté la pieuse harmonie,
Dictés par votre cœur et par votre génie,
M'ont tellement touché, lorsque je les ai lus,
Que je dois apaiser vos regrets superflus.

Rassurez-vous ; la mort, que ma lèvre eût bénie,
N'a pas voulu finir ma trop longue agonie.
Seulement les chagrins qui me sont dévolus
M'ont conduit au séjour de ceux qui ne sont plus.

Et du funèbre enclos je passais la barrière,
Quand une sombre voix me retint en arrière :
« Au nombre des vivants reste encor pour souffrir. »

Du terme suis-je prêt, suis-je loin ? Je l'ignore.
Quoi qu'il en soit, merci de ce chant qui m'honore !
A plus digne que moi vous auriez pu l'offrir.

« Pendant le séjour que fit Pétrarque à Naples, dit l'abbé de Sade, le bruit de sa mort se répandit dans cette partie de l'Italie qui est entre l'Apennin et les Alpes; on le pleura même à Venise. Antoine de Beccari (ou de Bertajo, suivant Quadrio). médecin de Ferrare, bon homme à qui on ne pouvoit reprocher que d'avoir l'esprit un peu léger, plus de goût que de talent pour la poésie, se pressa un peu trop de faire en vers la pompe funèbre de Pétrarque... Son poëme est allégorique : il représente un deuil formé par plusieurs dames qui ont à leur suite un cortége assez nombreux.

« La Grammaire paroît la première... la Rhétorique vient ensuite... Après cela paroît une suite d'historiens... Et Eutrope les mains jointes et la face couverte. Suivent les neuf Muses déchirant leurs habits, arrachant leurs cheveux... Ensuite on voit la Philosophie en manteau noir,.. onze poëtes portant le cercueil... Minerve termine la pompe, apportant du ciel la couronne de Pétrarque qu'elle avoit en garde... » (*Mém.*. II, p. 178.)

Pétrarque remercia Beccari de ses bonnes intentions et loua ses vers par politesse.

XCVII

DANS LA DIX-SEPTIÈME ANNÉE DE SA PASSION.

Dicesett' anni ha già rivolto il cielo.

Depuis que cet amour me brûle au fond de l'âme,
Dix-sept fois le printemps a ramené les fleurs;
Mais quand je réfléchis à mes longues douleurs,
Je me sens tout de glace au milieu de ma flamme.

Le proverbe dit vrai, tout haut je le proclame,
Que les traits changent moins de forme et de couleur
Que le cœur ne s'amende avec l'âge et les pleurs.
Notre lourde enveloppe embarrasse la lame.

Hélas! hélas! quand donc arriverai-je au port?
Quand serai-je affranchi de l'amoureux transport
Et des piéges cruels que le petit dieu dresse?

Quand viendra l'heureux jour où, les sens apaisés,
Je verrai les beaux yeux sans penser aux baisers,
Sans qu'un impur désir se mêle à ma tendresse?

Le sonnet italien ne parle ni de baisers ni d'impur désir. Ma traduction est plus explicite que le texte; mais au fond, c'est la même pensée. Pétrarque attend avec impatience que la fuite des années amène *ce jour où il sortira du feu et de si grandes douleurs.* Verra-t-il jamais le jour où, autant qu'il le désire et sans inconvénient, *e quanto si convene,* ses yeux pourront jouir du doux aspect du charmant visage?

Ce sonnet prouverait que l'amour de Pétrarque, chaste et pur en ce sens qu'il n'a pas été satisfait, n'était pas exempt de désirs sensuels et que ces désirs ont presque duré autant que Laure a vécu. Mais cette preuve n'est pas nécessaire. Dans ses Dialogues, qui sont à peu près du même temps, Pétrarque, pressé par les questions adroites de saint Augustin, est obligé d'avouer qu'il a aimé le corps avec l'âme : *animam cum corpore amavi.* Le même sentiment se trahit dans plusieurs autres sonnets. Nous l'avons vu, au sonnet LVIII, désirer ce que Pygmalion obtenait de Galathée. « Tout le monde, dit l'abbé de Sade, sçait ce qui se passoit entre Pygmalion et sa statue. »

Est-ce à dire que Pétrarque ne fut pas sincère? Non. Il était réellement et chastement épris. Mais l'amour platonique est contre nature; il faut être indulgent pour les désirs sensuels.

XCVIII

LA SÉPARATION.

Quel vago impallidir, che 'l dolce riso.

La pâleur qui passa sur ses traits gracieux,
Comme pour adoucir leur fraîcheur ravissante,
S'est offerte à mon cœur de façon si décente
Que celui-ci trembla d'émoi délicieux.

C'est alors que j'ai su comme on se voit aux cieux,
Et que j'ai deviné, sans que nul le pressente,
Que son âme à la mienne était compatissante :
Ce que j'ai vu valait un aveu précieux.

D'une autre gente dame ayant désir de plaire
L'angélique douceur ne serait que colère
Auprès de sa bonté qui parut à demi.

Son humide regard incliné vers la terre
Me disait ces doux mots qu'elle croyait me taire :
« Pourquoi t'éloignes-tu, toi, mon fidèle ami? »

« Toutes les représentations du cardinal, les instances des amis de Pétrarque, rien ne put le faire changer de résolution [sur son départ pour l'Italie]. Il alla prendre congé de Laure : comme elle ignoroit le sujet de cette visite, elle le reçut d'abord d'un air riant ; mais quand il lui eut annoncé le voyage qu'il alloit faire, elle changea de couleur, devint pâle, jeta les yeux à terre et garda le silence. Pétrarque fit un sonnet sur cet adieu, dans lequel il interprète cette pâleur et ce silence d'une façon bien favorable pour lui.

« Il faut se défier des interprétations qu'un poëte amoureux donne à l'air, à la couleur, aux gestes, au silence de sa maîtresse; mais je pense qu'on ne peut reprocher à Pétrarque de s'être trop flatté dans cette occasion. Comme le bruit s'étoit répandu qu'il alloit s'établir pour toujours en Italie, il est tout simple que Laure regrettât très-vivement la perte d'un amant de cette espèce, qui lui faisoit tant d'honneur, et à si peu de frais, puisqu'elle réprimoit toutes les saillies de son amour par le seul mouvement de ses yeux. » (*Mém. pour la vie de Pétrarque* [par l'abbé de Sade], II, p. 222.)

Le premier quatrain et le second tercet rappellent deux vers de l'*Art d'aimer* d'Ovide :

Palleat omnis amans : hic est color aptus amanti...
Sæpe tacens vocem verbaque vultus habet.

XCIX

IL SAIT LA CAUSE ET NON LE REMÈDE DU MAL.

Amor, Fortuna, e la mia mente schiva

Ensemble Amour, Fortune et mon âme constante
De l'ennui du présent, du regret du passé
M'accablent tellement, qu'à demi terrassé,
M'endormir dans la tombe est le bien qui me tente.

Amour ronge ma vie à tous hasards flottante :
Sans me porter secours Fortune m'a laissé ;
Et mon âme s'irrite. Ainsi, toujours blessé,
Il faut continuer une lutte attristante.

Et je ne compte pas sur des jours plus heureux :
Plus mon supplice dure et plus il est affreux ;
Et déjà ma carrière est à moitié remplie.

Mon espérance, hélas ! qui s'échappe en chemin,
Comme un verre se brise en tombant de ma main,
Et de tous mes pensers la chaine se délie.

Avant son adieu à Laure, Pétrarque croyait toucher à sa liberté, car il disait au cardinal : « J'étois retenu par l'habitude, par mon attachement pour vous, par mon amour pour Laure. Mais tout change avec le temps; mes cheveux, en changeant de couleur, m'avertissent qu'il faut que je change de vie et de façon de penser. L'amour ne convient plus à mon âge. Mon ami Azon m'a fait connoître les avantages de notre patrie. L'air y est plus pur, l'eau plus claire, les fleurs plus belles; les roses y ont plus de parfum, les fruits et les légumes plus de goût. Il est temps enfin que j'aille y jouir de la liberté et prendre soin de la sépulture de mon père. » C'est ainsi que Pétrarque s'exprimait, d'après l'abbé de Sade, dans son églogue intitulée *Divortium*. (*Mém.*, II, p. 221.)

On voit par ce sonnet que l'adieu et l'éloignement ravivèrent sa blessure au lieu de la guérir. Sa passion lui inspira tant de regrets que le cadre du sonnet ne lui suffisait plus. Les canzone s'accumulent dans cette partie du recueil. A celles mentionnées dans la note préliminaire de cette série, se trouvent jointes la XVe dans laquelle il dit qu'il voit partout l'image de Laure, et la XVIIe qu'il consacre aux peines de l'absence.

C

LOIN DE LAURE ET MALHEUREUX, L'ENVIE LE POURSUIT
ENCORE.

Poi che 'l cammin m' è chiuso di mercede.

Puisque le bon chemin de merci m'est fermé,
J'ai pris du désespoir la route ténébreuse,
Et j'emporte avec moi la crainte douloureuse
De perdre le prix dû pour avoir tant aimé.

De soupirs et de pleurs vit mon cœur alarmé :
Pour moi la loi du sort se montre rigoureuse :
Cependant je m'abstiens de plainte langoureuse :
Aux larmes on finit par être accoutumé.

Une image du moins me reste, — image telle
Que n'en firent jamais Zeuxis ni Praxitèle :
C'est l'œuvre d'un génie encor plus élevé.

Mais en quelle Scythie, en quelle Numidie
Puis-je cacher mes maux et fuir la perfidie ?
Même en ce lieu désert les méchants m'ont trouvé.

Je n'ai pu découvrir dans quelle circonstance Pétrarque se plaint ici des poursuites de l'envie. Mais on comprend qu'il ait eu à s'en plaindre. La supériorité de son génie et la franchise de son caractère durent lui susciter des envieux et des ennemis. Honoré de l'estime et de l'affection des grands, il n'était pas courtisan dans le sens ordinaire de ce mot. L'amour du bien public l'emportait chez lui sur toute considération. Il n'épargnait la vérité à personne, pas même aux papes, pas même à ses meilleurs amis. Nous verrons tout à l'heure comme il traitait la cour pontificale. Et voici ce qu'il écrivait à Rienzi, lorsque l'illustre tribun tournait au dictateur ridicule : « Seul de notre siècle, vous étiez parvenu au sommet de la vertu et de la gloire. La chûte en seroit terrible; tenez-vous ferme... Je faisois une ode à votre louange; ne m'obligez pas à faire une satire à sa place... Vous me forcez à vous dire ce que Cicéron disoit à Brutus : *je rougis de vous*. Vous étiez le protecteur et l'appui des gens de bien; vous allez devenir un chef de brigands. Quel changement subit et imprévu! » (*Mém.* de l'abbé de Sade, II, p. 405.)

CI

Io canterei d'amor si novamente.

Je chanterais d'amour d'une façon si tendre
Que son cœur inhumain serait bientôt brûlant,
Et que mille soupirs en un jour s'exhalant
Diraient mieux que les mots ce qu'il est doux d'entendre.

Et je verrais sa main vers la mienne se tendre
Et son visage ému de larmes ruisselant.
Elle ressemblerait au coupable tremblant
Qui demande sa grâce et n'ose pas l'attendre.

Les roses de son teint se couvriraient de lis,
Et peut-être l'aspect de charmes affaiblis
Refroidirait l'ardeur de mon âme éperdue.

Mais cette passion qui changerait ses traits,
De l'arrière-saison leur donnant les attraits,
Me consolerait bien de leur fraîcheur perdue.

Ce Jacopo s'adressait assez mal en demandant conseil à Pétrarque, qui soupirait sans succès depuis dix-sept ans. Il aurait mieux fait de consulter l'*Art d'aimer* d'Ovide. Là, il aurait trouvé d'excellentes leçons. que Gentil-Bernard a gracieusement imitées :

> Toi, dont l'amour augmentera les charmes.
> Qu'un peu d'audace accompagne tes armes !
> Lance tes traits, frappe, et sois convaincu
> Qu'on peut tout vaincre, et tout sera vaincu.
> La plus rebelle est souvent la plus tendre.
> Telle qui feint, et qui languit d'attendre.
> D'un feu couvert brûlant au fond du cœur,
> Combat d'un air qui demande un vainqueur...
>
> De ce gazon la fraîcheur vous attire ;
> J'y vois la place où va tomber Delphire.
> Achève, éprouve un moment de courroux,
> Meurs à ses pieds, embrasse ses genoux.
> Baigne de pleurs cette main qu'elle oublie ;
> Elle rougit ; c'est sa fierté qui plie.
> Elle se tait, l'amour parle ; crois-moi,
> Presse, ose tout. et Delphire est à toi

CII

REFLEXIONS SUR LES EFFETS CONTRADICTOIRES
DE L'AMOUR.

S'amor non è, che dunque è quel ch' i' sento?

Si ce n'est pas l'amour, qu'est-ce donc que je sens?
Si c'est l'amour, pour Dieu! quel étrange mystère!
Si c'est un bien, d'où vient cet effet délétère?
Si c'est un mal, pourquoi ce trouble heureux des sens?

Si je brûle à mon gré, ces pleurs n'ont pas de sens.
A quoi sert de gémir, si c'est involontaire?
Délicieux tourment! vie et mort! ciel et terre!
Je ne sais quel démon me torture en tous sens.

A tort je suis joyeux, à tort je me lamente.
Tantôt par le beau temps, tantôt par la tourmente,
Sans gouvernail je vogue avec anxiété.

Je suis chargé d'erreurs et léger de science.
J'attends avec espoir, et je perds patience.
Je suis de feu l'hiver et de glace l'été.

Ce sonnet a inspiré à Benoît Varchi, académicien
de Florence, une dissertation qu'il composa en 1553
et dont l'abbé de Sade présente une assez longue analyse dans sa note XXI. En voici quelques extraits :

« Varchi distingue trois espèces d'amour ou de ma-
nières d'aimer. On peut aimer l'âme sans le corps,
c'est ce qu'il appelle l'amour céleste : le corps sans
l'âme, c'est l'amour brutal : l'âme et le corps ensemble,
c'est l'amour ordinaire. Il prétend que Pétrarque a
brûlé pour Laure de l'amour céleste et de l'amour
ordinaire. Il ne lui refuse que cet amour grossier, qui,
se concentrant dans le corps, ne tient aucun compte
de l'âme. Pour moi, je suis persuadé qu'il est impossible à l'homme d'aimer le corps sans aucun rapport à
l'âme...

« Il subdivise l'amour ordinaire en trois espèces :
On aime l'âme plus que le corps, c'est l'amour honnête : le corps plus que l'âme, c'est l'amour vulgaire :
l'âme et le corps également, c'est l'amour civil. Il soutient que Pétrarque a aimé Laure de ces trois espèces
d'amour, » et, d'après l'abbé de Sade, il prend mal à
propos la peine de le prouver, attendu que l'amour
change habituellement de caractère, suivant les circonstances. (Mém., II, p. 77 et 79 des notes.)

CIII

LES QUATRE COMPARAISONS.

Amor m' ha posto come segno a strale.

Amour m'a pris pour but de sa flèche traîtresse :
Je suis comme la neige au soleil dissolvant,
Comme la cire au feu, comme l'eau sous le vent ;
Et vous demeurez sourde à mes cris de détresse.

Ce sont vos yeux, Madame, ô cruelle maîtresse,
Qui m'ont donné le coup dont je meurs tout vivant ;
De vous aussi procède (et c'est un jeu souvent)
Le soleil, l'air, le feu, tout le mal qui m'oppresse.

Les pensers sont les traits, le visage un soleil,
Et le désir du cœur à la flamme est pareil :
Voilà ce qui me brûle et me fond et me brise.

Et votre aimable voix, votre chant inspiré,
Votre haleine de fleurs, tout cela c'est la brise
Qui joue avec ma vie et l'effeuille à son gré.

J'ai conduit les quatre comparaisons jusqu'à la fin
du sonnet, comme dans le texte italien. M. Antoni
Deschamps, qui a imité ce sonnet, s'est arrêté en beau
chemin : on ne voit les quatre images que dans son
premier quatrain, et encore a-t-il substitué *la plume
au vent* à *la mer sous le vent*. Son second quatrain et
ses deux tercets n'ont aucun rapport avec le texte.

Amour qui me gouverne et me va décevant
M'a mis, pour mon malheur, sous les yeux de ma dame,
Comme neige au soleil, comme cire à la flamme,
Comme but à la flèche et comme plume au vent !

Le matin il s'éveille et me vient au devant,
Me fait la révérence et me plonge dans l'âme,
Voyant que je le crains, une poignante lame,
Qui tout le long du jour y reste bien souvent !

Ainsi passe ma vie ! Ainsi l'âme blessée,
Je promène ma peine et ma triste pensée
Loin du beau fleuve Arno, sur les monts, dans les bois !

Mais pourtant, que je souffre et que je me lamente,
Je ne puis oublier combien elle est charmante,
Combien son œil est doux, combien douce est sa voix !

Le premier vers du texte est imité de Jérémie : *Po-
suit me quasi signum ad sagittam.*

CIV

LES ANTITHÈSES.

Pace non trovo, e non ho da far guerra.

Quand je crois être en paix, la lutte recommence :
Quand j'ai lieu d'espérer, je crains pour l'avenir ;
Je rampe alors qu'au ciel je pensais parvenir ;
Sans saisir un fétu j'embrasse un cercle immense.

Qui m'a mis en prison semble atteint de démence :
Il n'ouvre ni ne ferme, et, sans me retenir,
Il ne rompt pas les fers qu'il a pris soin d'unir.
Amour veut me tuer, mais il feint la clémence.

Sans yeux je vois ; sans voix je fais de longs discours.
Je désire mourir et j'implore secours ;
En aimant mon prochain je suis atrabilaire.

Je savoure mes maux, et je ris en pleurant ;
A la vie, au trépas je suis indifférent.
Tel est l'état, Madame, où je suis pour vous plaire.

Dans ce sonnet et dans les deux qui précèdent, Pétrarque s'est livré à d'innocents exercices de versification. *Neque semper arcum tendit Apollo.*

Louize Labé, la belle cordière lyonnaise, a gracieusement imité le sonnet des antithèses. De son temps le mélange régulier des rimes masculines et féminines n'était pas de rigueur.

> Je vis, je meurs : je me brule et me noye :
> J'ay chaut extreme en endurant froidure :
> La vie m'est et trop molle et trop dure :
> J'ay grans ennuis entremeslez de joye.
>
> Tout à un coup je ris et je larmoye,
> Et en plaisir maint grief tourment j'endure :
> Mon bien s'en va, et à jamais il dure :
> Tout en un coup je seiche et je verdoye.
>
> Ainsi Amour inconstamment me meine
> Et quand je pense avoir plus de douleur,
> Sans y penser je me treuve hors de peine.
>
> Puis quand je croy ma joye estre certeine,
> Et estre au haut de mon desiré heur,
> Il me remet en mon premier malheur.

CV

INVECTIVES CONTRE AVIGNON ET LA COUR PONTIFICALE.

Fiamma dal ciel sulle tue treccie piova.

Que la flamme du ciel pleuve sur tes palais,
Exécrable cité qui laisses la misère
Manquer même de glands et du pain nécessaire,
Pour nourrir largement le riche et ses valets !

Ville qui sans vergogne à Rome t'égalais,
Tu n'as plus en tes murs que traître et que faussaire,
Tous les démons du mal t'étreignent sous leur serre ;
Dans les excès honteux tu vis et tu te plais !

Tes vierges, tes vieillards s'en vont dansant ensemble ;
Au milieu d'eux se tient Satan qui les rassemble
Avec l'affreux miroir, la fourche et les tisons.

Puisses-tu désormais n'être qu'une masure,
Et voir tes grands seigneurs sans habits, sans chaussure,
Souffrir par les chemins la rigueur des saisons !

Nous voici aux trois sonnets mis à l'index. Ils ont
été rétablis dès 1722 dans la plupart des éditions;
néanmoins l'abbé de Sade n'a pas osé les citer. En revanche il a traduit une lettre qui n'est pas moins violente : et encore dit-il qu'il n'a pas choisi les traits les
plus forts :

« Tout ce qu'on a dit des deux Babylone, celle
d'Assyrie et celle d'Egypte, des quatre labyrinthes, de
l'Averne et du Tartare, n'est rien en comparaison de
cet enfer [Avignon].

« On y trouve ce *Nemrod puissant sur la terre, ce
chasseur robuste devant le Seigneur* [le pape Clément VI], qui entreprend d'escalader le ciel en élevant
des tours superbes; cette Sémiramis avec son carquois
[probablement la vicomtesse de Turenne qui gouver-
nait le pape]; ce Cambyse, plus insensé que celui
d'Orient.

« On y voit l'inflexible Minos, Rhadamante, Cer-
bère qui dévore tout [grands dignitaires]; Pasiphaé,
éprise d'un taureau ; le Minotaure, fruit d'un amour
infâme : tout ce qu'on voit ailleurs d'affreux, de noir,
d'exécrable est ici rassemblé. Point de fil qui aide à
sortir du labyrinthe, ni Dédale, ni Ariadne. On ne
peut se sauver que par le moyen de l'or. Ici l'or apaise
le: monstres les plus cruels, amollit les cœurs les plus
féroces, fend les rochers, ouvre toutes les portes, même
celle du ciel; et pour tout dire en un mot, avec de
l'or *on achète Jésus-Christ même.*

« Dans ces lieux on voit régner les successeurs d'une

CVI

MÊME SUJET.

L'avara Babilonia ha colmo 'l sacco.

Le ciel est irrité. L'avare Babylone
A mérité ses coups par le vice odieux :
De Vénus et Bacchus elle a fait ses seuls dieux,
Et ne respecte plus Jupiter ni Bellone.

Mais pour la châtier, cette cité félonne,
Un maître va venir puissant et radieux.
Les idoles, objet d'honneurs fastidieux,
Tomberont à ses pieds du haut de leur colonne.

Les orgueilleuses tours qui montent dans les airs
S'écrouleront aussi près des palais déserts
Avec tous les gardiens des grandeurs despotiques.

Alors les nobles cœurs à la vertu liés
Gouverneront le monde, et les arts oubliés
Fleuriront de nouveau comme aux siècles antiques.

troupe de pauvres pêcheurs, qui ont oublié leur origine ; ils marchent couverts d'or et de pourpre, fiers
de la dépouille des princes et des peuples. Au lieu de
ces petits bateaux, sur lesquels ils alloient chercher
leur vie dans l'étang de Génésareth, ils habitent des
palais superbes. Ils ont des parchemins où pend une
espèce de plomb, dont ils se servent comme de filets,
pour prendre de pauvres dupes, qu'ils écaillent et mettent sur le gril pour assouvir leur gourmandise. Au
lieu d'une sainte solitude, on voit une troupe de scélérats
et de satellites : les festins les plus somptueux ont
succédé aux repas les plus simples. [Tout ceci désigne
évidemment les cardinaux et leur entourage.]   .

« A la place des apôtres qui alloient nuds pieds, on
voit à présent des satrapes montés sur des chevaux couverts d'or, rongeant l'or, et bientôt chaussés d'or, si
Dieu ne réprime ce luxe insolent. On les prendroit
pour des rois de Perse, ou des Parthes qu'il faut adorer
et qu'on n'oseroit aborder les mains vuides. [Ce sont
sans doute les nonces et légats que Pétrarque traitait
ainsi.]

« Pauvres vieillards ! pour qui avez-vous pris tant de
peine ? Pour qui avez-vous cultivé le champ du Seigneur ? Pour qui avez-vous répandu tant de sang ?

« Ici règnent l'orgueil, l'envie, le luxe et l'avarice
avec tous leurs artifices : ni pitié, ni charité, ni foi.
Le plus méchant est celui qui réussit le mieux ; le
pauvre juste est opprimé : on élève jusqu'aux cieux
un scélérat qui répand l'or à pleines mains. La simpli-
cité passe pour folie ; on donne à la méchanceté le

CVII

MÊME SUJET.

Fontana di dolore, albergo d' ira.

Fontaine de douleur, source d'iniquité,
Ecole de l'erreur, temple de l'hérésie,
Criminelle cité, Rome de fantaisie,
Babylone plutôt par l'impudicité !

Enfer des gens de cœur et de la probité,
Paradis des méchants et de l'hypocrisie,
Prends garde ! Déjà l'heure est peut-être choisie
Où le Christ punira tant de perversité !

D'humbles pêcheurs ont fait tes premières murailles ;
Par ton luxe effronté maintenant tu les railles.
Et ta vaine espérance, en quoi la places-tu ?

Dans ton or mal acquis et dans ta fange immonde.
Un nouveau Constantin est-il promis au monde ?
Non ! Dieu seul te rendra l'honneur et la vertu.

nom de sagesse. Dieu est méprisé; les loix sont foulées
aux pieds; on adore le Dieu des richesses; on se
moque des gens de bien; et les choses en sont venues
au point que bientôt on ne se moquera plus de personne. O temps ! ô mœurs ! » (*Mém.*, II, p. 94.)

C'est dans l'index publié en 1563, à la suite du con-
cile de Trente, que se trouve désigné un recueil, composé malignement de tout ce que Pétrarque a écrit
contre la cour pontificale, y compris ces trois sonnets.
Ce recueil, intitulé *Alcuni importanti luoghi tradetti
fuor delle epistole latine di M. Francesco Petrarcha, etc., con tre sonnetti suoi*, n'est plus au nombre
des livres prohibés. L'*Index librorum prohibitorum*,
publié à Naples en 1862, n'en fait nulle mention.

CVIII

A SES AMIS DE VÉRONE.

Quanto più disiose l'ali spando.

Plus je tourne vers vous mes ailes désireuses.
O douce troupe amie, et plus le sort fatal
Oppose à mon essor son caprice brutal,
Et me fait égarer sur les routes poudreuses.

Vous avez pris mes mains dans vos mains généreuses :
J'ai senti près de vous l'air du pays natal :
Mon cœur vous est resté sans nul effort mental ;
L'Adige le retient sur ses rives heureuses.

Mais à travers les monts je poursuis mon chemin :
Amour m'entraîne encor sous un ciel inhumain,
Loin du riant séjour de ceux que je regrette.

Du moins la patience est un soulagement ;
Car dès longtemps j'éprouve une peine secrète
De voir qu'au même lieu nous sommes rarement.

Au lieu de retourner à Parme, qui était bloquée de toutes parts, Pétrarque, en quittant Vérone, reprit le chemin de Vaucluse par la Suisse. « Guillaume de Pastrengo voulut absolument l'accompagner, dit l'abbé de Sade. Ils allèrent coucher à Peschiera, à cinq lieues de Vérone, petite ville placée sur le lac de Garde, à l'endroit où le Menzo en sort. C'est la plus jolie situation qu'on puisse voir. Ils y passèrent la plus grande partie de la nuit à causer ensemble. Le lendemain ils partirent à la pointe du jour ; quand ils furent sur les confins du Véronois et du Bressan, où ils devoient se séparer, Pétrarque au désespoir sauta au cou de Guillaume, et lui dit en pleurant : « Cher ami, c'est avec « une peine extrême que je me sépare de vous pour re- « tourner dans une terre étrangère : je ne vous reverrai « peut-être plus ; mais je vous aimerai toujours. Ni le « temps ni l'éloignement ne pourront effacer des sen- « timents profondément gravés dans mon cœur. Con- « servez-vous et ne m'oubliez pas. » Guillaume de Pas- trengo n'avoit ni la force de parler ni celle de se sépa- rer de cet ami qu'il tenoit toujours embrassé ; il fallut que les gens qui le suivoient l'arrachassent de ses bras avec violence. »

C'est en continuant sa route que Pétrarque exprima le regret de quitter ses amis.

CIX

COURAGE ET CRAINTE.

Amor, che nel pensier mio vive e regno.

Amour, qui vit et règne en ma pensée ardente,
Qui se tient en mon cœur d'ordinaire enfermé,
Sur mon front quelquefois se montre tout armé ;
Il s'y fixe et prépare une attaque imprudente.

Celle de qui mon âme est encor dépendante,
Qui veut que le désir, que l'espoir enflammé
Soit par l'humble respect sagement réprimé,
Accueille avec courroux notre audace évidente.

Aussi par peur Amour s'enfuit-il vers mon cœur,
Et, pleurant de dépit de n'être pas vainqueur,
Il s'y cache et renonce à sa plus chère envie.

Que faire, moi qui crains ses retours valeureux,
Sinon d'être avec lui jusqu'au trépas heureux ?
Car mourir en aimant c'est bien finir la vie.

« Qu'on se rappelle l'état de Laure, lorsque Pétrarque, partant pour aller s'établir en Italie, alla lui faire
les derniers adieux (sonnet XCVIII), on jugera de la
joie qu'elle ressentit lorsqu'elle revit *cet ami fidèle*
qu'elle craignoit d'avoir perdu pour toujours. Elle se
gardait bien de lui découvrir tout ce qui se passoit
dans son âme. L'ardeur de Pétrarque, toujours prête à
franchir les bornes qu'elle lui avoit prescrites, exigeoit
ces ménagements et ces mystères. Mais il est certain
qu'elle le traita mieux qu'à l'ordinaire, et qu'elle mit
moins de sévérité dans ses regards.

« Pétrarque n'eut pas plutôt aperçu ce changement
dans la conduite de Laure, qu'il devint à son ordinaire
plus hardi et plus confiant. Cette hardiesse déplaisoit
toujours à Laure. Elle fut obligée de reprendre plusieurs fois cet air sévère qui faisoit rentrer Pétrarque
dans les bornes, où elle vouloit qu'il se tînt renfermé.

« C'est le sujet de plusieurs sonnets qui disent tous à
peu près la même chose. » (*Mém.* de l'abbé de Sade,
II, p. 253.)

CX

IL SE COMPARE ENCORE AU PAPILLON.

Come talora al caldo tempo sole.

Comme parfois on voit, dans le temps des chaleurs,
Le papillon, qu'attire une ardente prunelle,
Entre les cils surpris embarrasser son aile
Et bientôt succomber en provoquant les pleurs ;

Ainsi je cours sans cesse au-devant des douleurs,
Vers les yeux dont je crains la rigueur éternelle ;
La raison parle en vain d'une voix maternelle ;
Je pense de l'amour ne cueillir que les fleurs.

Et je vois à quel point ces yeux me sont hostiles.
Je sais que j'en mourrai, las d'efforts inutiles,
Puisqu'à mes bons désirs l'erreur ne cède pas.

Mais Amour m'éblouit si bien avec adresse
Que sur autrui je pleure et non sur ma détresse ;
Et mon âme aveuglée adhère à mon trépas.

Pétrarque s'est déjà comparé au papillon (V. sonnet XVII); avant lui les troubadours avaient usé de la même image. Folquet de Marseille avait dit qu'un regard doux et perfide attire et entraîne un fol amant comme le papillon, qui est de si folle nature qu'il se jette au feu, séduit par l'éclat de la lumière :

> Co'l parpailhos qu'a tan folla natura
> Que s' fer el foc per la clardalz que lutz.

Cette comparaison est au nombre des passages cités par M. Gidel (*Les Troubadours et Pétrarque*) et par M. Eugène Baret (*Les Troubadours et leur influence sur la littérature du midi de l'Europe*) pour signaler Pétrarque comme un imitateur des poëtes provençaux. Cette imitation paraît toute naturelle à qui sait en quel lieu et à quelle époque a vécu Pétrarque; et le *Triomphe d'Amour*, dans lequel il nomme plusieurs troubadours, montre clairement qu'il avait étudié ces poëtes et subi leur influence.

CXI

A UNE COMPAGNE DE LAURE.

Quand' io v' odo parlar si dolcemente.

Quand parle votre voix douce et compatissante
Avec l'accent qu'Amour prête à ses partisans,
Mon vif désir flamboie ainsi qu'aux premiers ans,
Et pourrait ranimer une âme languissante.

Alors la belle dame est en tous lieux présente
Où ses yeux m'ont souffert parmi ses courtisans;
Elle a ce fier maintien et ces airs complaisants
Dont j'ai trop éprouvé la vertu séduisante.

Retournée en arrière elle dispute au vent
Ses longs cheveux : ainsi je la vois en rêvant,
Et la clef de mon cœur reste en sa main charmante.

Mais l'extrême plaisir m'empêche de parler;
A peine mes soupirs peuvent-ils s'exhaler
Pour trahir comme en moi la passion fermente.

« Laure avoit une amie belle et sage qui étoit dans les intérêts de Pétrarque, autant que la vertu et l'honneur pouvoient le lui permettre. Elle vouloit qu'il fût aimé; mais d'une amitié pure et honnête. Quand elle le voyoit rebuté et prêt à se livrer au désespoir, elle l'encourageoit et ranimoit sa confiance; mais elle le retenoit aussi, quand elle le voyoit prendre le mors aux dents, et prêt à franchir les bornes qui lui étoient prescrites.

« D'un autre côté, elle faisoit tout ce qu'elle pouvoit pour engager Laure à traiter Pétrarque avec moins de rigueur. Un jour qu'elle lui rappeloit toutes les preuves d'amour que Laure lui avoit données : *Incrédule*, lui disoit-elle, *pouvez-vous en douter après tant de preuves ?* Pétrarque lui répondit par ce sonnet. » (*Mém.*, II, p. 276.)

L'abbé de Sade croit que cette dame est celle qui parlait de Pétrarque à Laure pendant la maladie dont elle mourut. Voir l'intéressant récit des pressentiments de Pétrarque, sonnet CCXX et suivants.

CXII

A SENNUCCIO DEL BENE, EN EXALTANT LA BEAUTÉ
DE LAURE.

Nè cosi bello il sol giammai levarsi.

Le soleil luit au ciel de ses plus beaux rayons,
Lorsqu'il sort triomphant de la brume neigeuse ;
Et Dieu dessine, après une pluie orageuse,
L'arc le mieux nuancé par ses mille crayons.

Lors du trouble ingénu dont nous nous effrayons,
Ainsi brilla le teint de la dame ombrageuse
Ou de l'ange (ma voix n'est pas trop louangeuse)
Le plus candide et pur qu'ici-bas nous ayons.

Puis Amour fit sur moi tourner d'un air si tendre
Les beaux yeux, que dès lors je ne puis rien attendre
De tout autre regard, quelque charme qu'il ait.

Sennuccio, je le vis, je vis le trait qu'il lance,
Si prêt à me percer que j'en tremble en silence :
Et pourtant ce danger me fascine et me plaît.

A mesure que Pétrarque avançait en âge, la pensée de Dieu se mêlait davantage à son amour. Voici ce qu'il disait dans la sextine V placée avant le sonnet CXI :

« Les forêts, les rochers, les champs, les fleuves et les coteaux, tout ce qui est créé subit l'action du temps ; tout se transforme : aussi je demande pardon à ces feuillages (ceux du laurier), si, après maintes années révolues dans le ciel, je me suis préparé à fuir leurs rameaux englués, sitôt que j'ai commencé à voir la lumière.

« Je fus tellement séduit d'abord par leur brillant aspect, que je gravis avec plaisir de très-grandes hauteurs pour atteindre ces bien-aimés rameaux. A présent la vie courte et le lieu et le temps m'enseignent un autre chemin, celui qui conduit au ciel, celui où l'on recueille des fruits, et non pas seulement des fleurs et des feuillages.

« Un autre amour, d'autres ombrages, une autre lumière et une autre route sur d'autres sommets pour m'élever à Dieu, voilà ce que je cherche (il en est temps), et aussi de nouveaux rameaux. »

CXIII

LA CONSTANCE INVINCIBLE.

Ponmi ove 'l sol occide i fiori e l' erba.

Qu'on me porte où l'été brûle l'herbe et la plante
Comme au pays lointain de l'hiver incessant,
Aux lieux où le soleil à l'horizon descend
Comme au point de départ de sa course brillante.

Que j'habite le chaume ou la ville opulente,
Dans un climat brumeux ou dans l'air caressant,
Dans la saison des fruits ou du bourgeon naissant,
Au temps des plus longs jours ou quand la nuit est len

Mettez-moi dans le ciel ou dans l'abîme affreux,
Sur le sommet des monts ou dans un vallon creux ;
Appelez-moi d'un nom simple ou des plus illustres.

Que mon esprit soit libre ou l'esclave du corps,
J'exhalerai toujours dans mes plaintifs accords
Les soupirs dont mon cœur s'emplit depuis trois lustr

Le sonnet CXIII a été imité par Philippe Desportes. Voici ses vers, au risque de faire tort aux miens. Si, au premier aspect, la comparaison est à son avantage, que l'on veuille bien tenir compte de la différence de nos procédés : j'ai suivi le texte de près, tandis qu'il s'est donné beaucoup de liberté.

Mettez-moy sur la mer, quand elle est courroucée,
Ou quand les vents légers soufflent plus doucement,
Sur les eaux, en la terre, au haut du firmament,
Vers la ceinture ardente ou devers la glacée.

Que ma fortune soit de çà de là poussée,
Bien haute aucunesfois, quelquesfois bassement :
Que mon nom glorieux vive éternellement,
Ou que du temps vainqueur soit ma gloire effacée.

Jeune ou vieil, près ou loin, content ou malheureux
Que j'aye amour propice, ou fier et rigoureux,
Que mon âme aux enfers ou aux cieux s'achemine.

Jamais en mon esprit tant que seray vivant,
On ne verra secher cette plante divine
Que des eaux de mes pleurs j'arrose si souvent.

(*Amours d'Hippolyte*, sonn. XXV.)

Pétrarque a imité Horace (Ode XXII, liv. I) :

Pone me, pigris ubi nulla campis
Arbor æstiva recreatur aura :
Quod latus mundi, nebulæ, malusque
Jupiter urget.

Pone sub curru nimium propinqui
Solis, in terra domibus negata :
Dulce ridentem Lalagen amabo,
Dulce loquentem.

CXIV

IL VOUDRAIT CÉLÉBRER DIGNEMENT LES VERTUS
ET LES BEAUTÉS DE LAURE.

O d' ardente virtute ornata e calda.

Noble cœur, tout brûlant de vertueuse ardeur !
Ame pour qui ma muse a tant de sympathie !
Séjour d'honnêteté, tour assise et bâtie
Sur un profond mérite, à l'abri du frondeur !

Flamme vivifiant la modeste candeur !
A la neige des lis fraîche rose assortie !
O beauté que ma voix, sans être démentie.
Assimile au soleil en toute sa splendeur !

Si l'air portait au loin ma parole sonore,
On vous honorerait comme je vous honore
Jusqu'au delà des mers sous le ciel enflamme.

Si votre nom du moins avec ma poésie
Ne pénètre jamais en Afrique, en Asie,
Des Alpes jusqu'à Rome il sera proclamé.

Promettre la célébrité à celle qu'on aime, c'est là une flatterie dont les poëtes font souvent usage. Properce disait en parlant de sa maîtresse : « Quiconque aspire à la gloire d'effacer les chefs-d'œuvre de l'antique peinture, n'a qu'à prendre ma Cynthie pour modèle ; qu'il promène son image aux deux extrémités du monde, et cette image embrasera l'univers. » (Livre II, élégie 3, trad. Delongchamps.)

> Si quis vult fama tabulas anteire vetustas
> Hic dominam exemplo ponat in ante meam :
> Sive illam Hesperiis, sive illam ostendit Eois.
> Uret et Eoos, uret et Hesperios.

La flatterie est le plus sûr chemin pour arriver au cœur des femmes. Sarrazin a dit d'Eve :

> Elle aima mieux, pour s'en faire conter,
> Prêter l'oreille aux fleurettes du diable
> Que d'être femme et ne pas coqueter.

C X V I

NULLE PART IL N'EST MIEUX POUR CHANTER QU'A L'OMBRE
DU LAURIER, SUR LES BORDS DE LA SORGUE.

Non Tesin, Po, Varo, Arno, Adige e Tebro.

Ni le Tibre arrosant le sol saint et guerrier,
Ni le Tésin, le Pô, l'Adige et la Durance,
Ni l'Arno caressant les palais de Florence,
Ni le Rhône à la mer courant se marier ;

Ni lierre, pin, sapin, hêtre ou genévrier
N'apaiseraient mon cœur brûlant sans espérance,
Comme ce beau ruisseau qui connaît ma souffrance,
Comme les rameaux verts du bien-aimé laurier.

C'est près d'eux que je trouve un peu de quiétude,
Et qu'en m'abandonnant aux douceurs de l'étude,
Je puis mieux de l'amour éviter les réseaux.

Qu'il croisse donc en paix pour enrichir la rive,
Cet arbre au nom magique, et que ma muse écrive
D'heureux chants sous son ombre, au murmure des eaux.

Le texte italien nomme vingt-trois cours d'eau et cinq arbres. J'ai supprimé seize fleuves ou rivières, et ai gardé les cinq arbres. L'abbé de Sade a été plus radical dans sa traduction que voici :

Bel arbre que mes mains ont fait croître en ces lieux !
Ruisseau qui, par votre murmure,
Accompagnez mes soupirs amoureux !
Vous seuls, dans toute la nature.
Tempérez l'ardeur de mes feux.

Croissez, charmant laurier, croissez sur ce rivage.
Élevez jusqu'au ciel vos rameaux toujours verts.
Au bord de ce ruisseau, sous votre doux ombrage,
Je chanterai toujours la beauté que je sers.

« Je ne crains pas, ajoute l'abbé de Sade, qu'on me reproche d'avoir supprimé dans ma traduction cette longue énumération de fleuves et d'arbres qu'on trouve dans le sonnet : elle n'est pas supportable. Les Italiens en conviennent eux-mêmes : c'est tout simple. » (*Mém.*, I, p. 182.)

CXVIII

PUISSANCE DES YEUX DE LAURE.

Non d'atra e tempestosa onda marina.

Jamais devant les flots de la mer en fureur
Un nocher las n'a fui vers la rive abritée,
Comme j'ai fui moi-même avec l'âme agitée,
Loin des rêves d'espoir que j'ai pris en horreur.

Jamais regard mortel ne fut avec terreur
Ébloui par l'éclair de la foudre irritée,
Comme par la lumière en deux beaux yeux gîtée
Fut ébloui le mien qui pleure mon erreur.

Maintenant de l'Amour je connais la nature :
C'est un enfant espiègle, un monstre en miniature.
Loin d'être aveugle, il voit les cœurs qu'il blesse, et rit.

Il ne me cache à moi ni son art ni ses armes;
Il m'a sous les longs cils fait lire des alarmes,
Et c'est lui qui m'apprend ce que ma plume écrit.

On lit dans *Daphnis et Chloé* une très-gracieuse description du dieu Amour :

« Si lui demandèrent que c'étoit d'Amour; s'il étoit
oiseau ou enfant, et quel pouvoir il avoit. Adonc Phi-
létas se prit de rechef à leur dire : « Amour est un
« Dieu, mes enfants. Il est jeune, beau, a des ailes ;
« pourquoi il se plaît avec la jeunesse, cherche la beauté
« et ravit les âmes, ayant plus de pouvoir que Jupiter
« même. Il règne sur les astres, sur les éléments,
« gouverne le monde et conduit les autres dieux,
« comme vous avec la houlette menez vos chèvres et
« brebis. Les fleurs sont ouvrage d'Amour ; les plantes
« et les arbres sont de sa facture : c'est par lui que les
« rivières coulent, et que les vents soufflent. J'ai vu
« les taureaux amoureux : ils mugissoient ne plus ne
« moins que si le taon les eût piqués ; j'ai vu le bou-
« quin aimer sa chèvre, et il la suivoit partout. Moi-
« même j'ai été jeune, et j'aimois Amaryllide ; mais lors
« il ne me souvenoit de manger ni de boire, ni ne pre-
« nois aucun repos ; mon âme souffroit, mon cœur
« palpitoit, mon cœur tressailloit, je pleurois, je
« criois. » (Edition Jannet, p. 56.)

CXIX

IL NE PEUT PLUS SUPPORTER L'INCERTITUDE.

Questa umil fera, un cor di tigre o d' orsa.

Cette fière beauté, voix douce et griffe aiguë,
Démon venu des cieux sous un aspect charmant,
De craintes et d'espoirs me berce tellement
Que, pour douter de tout, de ses leurres j'arguë.

Si sa manière d'être est toujours ambiguë,
Si rien ne me trahit son secret sentiment,
C'est fait de moi! je meurs : le désenchantement
Est peut-être un poison plus sûr que la ciguë.

J'ai lutté trop longtemps ; mon cœur est épuisé ;
Ma débile vertu cède ; je suis brisé,
Je suis au même instant froid, brûlant, pâle et rose.

Pour échapper au mal en vain je veux courir ;
Je ne puis rien de bien si je ne puis mourir :
La vie est jusqu'au bout une épreuve morose.

Ces alternatives de tendresse et de dédain dont Pétrarque se plaint ici se retrouvent dans son *Triomphe de la mort;* Laure lui dit :

« Tels furent avec toi mes ressources et mes artifices, tantôt un gracieux accueil et tantôt du dédain ; tu le sais, puisque tes chants l'ont appris à nombre de pays.

« Lorsque j'ai vu parfois tes yeux si chargés de larmes que j'ai pu me dire : Celui-ci est dévolu à la mort, si je ne viens à son aide ; j'en vois les indices certains ;

« Alors j'y ai pourvu par quelque honnête secours... » (Tr. du comte de Gramont, p. 290.)

« Sous ces apparences de compassion, dit M. Mézières, n'y a-t-il pas un peu de coquetterie? Je ne justifierai point Laure de ce reproche... Aimée et glorifiée par un homme de génie, touchée de la célébrité que lui valait cet amour, décidée pourtant à ne rien accorder à son amant qui pût compromettre son honneur, ne fit-elle pas ce qu'eût fait à sa place, je ne dirai pas une sainte, mais plus d'une personne vertueuse vivant dans le monde? » (*Pétrarque, Étude,* p. 121.)

CXX

IL SE PLAINT ENCORE DE L'INCERTITUDE ET POURTANT IL ESPÈRE.

Ite, caldi sospiri, al freddo core.

Allez, brûlants soupirs, allez au cœur transi ;
Et pour le rendre humain faites fondre sa glace.
Si le ciel a pitié de ma voix qui le lasse,
Ma douleur cessera par mort ou par merci.

Allez, ô doux pensers, allez donc loin d'ici,
Et montrez aux beaux yeux la chaîne qui m'enlace.
Si du moins aux bontés la rigueur ne fait place,
Nous serons sans espoir, mais sans erreur aussi.

Vous pouvez annoncer presque avec certitude
Que nous sentons en nous autant d'inquiétude
Que Laure sent de calme et de sérénité.

Courage néanmoins puisque Amour vous escorte !
La fortune, il se peut, deviendra plus accorte,
Si l'un de ses regards m'a dit la vérité.

« Ce n'était pas la première fois que les yeux de
Laure parlaient. Son amant avait déjà cru y voir briller
l'éclat d'une flamme secrète. Il semble même que Laure
ait éprouvé un des symptômes les plus significatifs de
l'amour, qu'elle se soit abandonnée un jour à un accès
de jalousie, si toutefois nous avons raison d'interpréter
en ce sens une *Canzona* un peu obscure, où Pétrarque
paraît se défendre d'avoir dit qu'il aimait une autre
femme qu'elle. La vivacité de sa défense fait croire que
le seul soupçon d'une infidélité irritait profondément
sa maîtresse.

« Tant que Laure vécut, Pétrarque se figura tantôt
qu'il était aimé d'elle, tantôt qu'il ne l'était pas. Il
flotta constamment entre le doute et l'espérance. Par
moments, il se crut sûr de sa tendresse. Mais à la
moindre marque de froideur, il retombait dans de
nouvelles perplexités. Ce qui le maintint constamment
dans l'incertitude, ce fut la réserve prudente et le silence absolu de la jeune femme. » (*Pétrarque, Etude*,
par M. Mézières, p. 124.)

CXXI

LES YEUX DE LAURE N'INSPIRENT QUE D'HONNÊTES
SENTIMENTS.

Le stelle e 'l cielo e gli elementi a prova.

Les étoiles, le ciel, l'air, l'eau, le feu, la terre
Ont mis tout l'art du monde en cet astre adoré ;
Le soleil qui s'y mire et s'en trouve honoré
N'a rien de comparable en sa cour planétaire.

L'œuvre est si haute et neuve, et d'un tel caractère
Que le regard mortel sent un trouble ignoré,
Voyant dans les beaux yeux s'épandre à flot doré
La grâce souriante et la douceur austère.

A leurs chastes rayons l'air se purifiant
Souffle en nous tant de bien en nous fortifiant
Qu'on éprouve à le dire un embarras extrême.

Là nul désir abject ! mais l'honneur, la vertu
Et l'espoir relevant le courage abattu !
Le mal naît-il jamais de la beauté suprême ?

« Laure étoit d'une délicatesse extrême, dit l'abbé de Sade, sur tout ce qui pouvoit intéresser la pudeur. S'il en faut croire Pétrarque qui l'avoit éprouvé, ses yeux purifioient l'air ; sa présence seule chassoit les mauvaises pensées, et on peut lui appliquer, je pense, avec plus de fondement ce que Mademoiselle de Scudéry disoit de Madame de Maintenon : *L'air qu'on respire auprès d'elle semble inspirer la vertu.* Cette pensée paroît prise du sonnet [ci-contre]. » (*Mém.*, II, p. 466.)

L'amour de Pétrarque devenait platonique avec les années ; j'ai fait cette observation à propos du sonnet LXXIV. Mais dans le principe il n'avait pas ce caractère de spiritualité ; j'ai eu aussi occasion de le dire, sonnet XCVII, et nous verrons au sonnet CXXV que l'image de Laure faisait encore reverdir les désirs de son amant. Il ne faut pas d'ailleurs prendre à la lettre cet air qui inspire la vertu ; c'est une exagération poétique.

CXXII

LES PLEURS DE LAURE.

Non fur mai Giove e Cesare si mossi.

César et Jupiter n'étaient jamais si prompts,
L'un à punir et l'autre à lancer le tonnerre,
Que la pitié ne pût de leur cœur débonnaire
Obtenir l'indulgence ou l'oubli des affronts.

Laure pleurait. Celui qui fait que nous souffrons
Vit que son mal n'était rien moins qu'imaginaire ;
Et le mien, depuis lors, plus vif qu'à l'ordinaire,
Jusqu'à mes os tremblants plonge ses éperons.

Oui, l'Amour, sans souci d'accroître mes alarmes,
M'a dépeint ou sculpté ces précieuses larmes,
Et ce cher souvenir est gravé dans mon cœur.

Ainsi souvent ce dieu, pour torturer mon être,
Avec d'habiles clefs en moi rentre et pénètre,
Et parmi mes soupirs s'établit en vainqueur.

On ne voit pas de prime abord ce que César et Jupiter
ont de commun avec les pieurs de Laure. Mais en ré-
fléchissant, on comprend que Laure fut frappée d'un
malheur imprévu, plus prompt et plus impitoyable que
la colère de César et que la foudre de Jupiter. C'était
sans doute un deuil de famille. Voici les conjectures de
l'abbé de Sade :

« Il est certain que Paul de Sade, le beau-père de
Laure, vieillard très-vénérable, mourut cette année
[1346]; cette mort seroit-elle le sujet de la grande
douleur dont il est ici question? J'ai peine à le croire...
Laure eut cette année, si je ne me trompe, un grand
sujet de chagrin sur lequel Pétrarque ne s'explique pas
(peut-être la mort d'Ermessende sa mère). Elle étoit
pénétrée de la plus vive douleur. Pétrarque alla lui
témoigner la part qu'il y prenoit : sans doute il étoit
enfin parvenu à avoir les entrées chez elle. Il fit à cette
occasion quatre sonnets [celui-ci et les trois suivants]. »
(*Mém.*, II, p. 259.)

CXXIII

MÊME SUJET.

I' vidi in terra angelici costumi.

Sur terre il est encor des vertus angéliques :
Et depuis que mon cœur s'émut à leur aspect,
Tout ce qui charme autrui m'est devenu suspect,
Tout est songes, fumée, ombres diaboliques.

J'ai vu pleurer ces yeux, beaux yeux mélancoliques,
Devant qui le soleil s'efface avec respect ;
J'ai connu ce langage affable et circonspect
Auquel obéiraient fleuve et mont sans répliques.

Amour, fierté, sagesse et pensers généreux
Pendant ces pleurs si purs s'étaient unis entre eux
Et formaient un concert de douceur infinie.

Et le ciel se montrait tellement attentif
Que pas un chant lointain, pas un rameau plaintif,
Pas un souffle n'osaient en troubler l'harmonie.

Pétrarque s'inspira de la douleur de Laure, comme Dante s'était inspiré de celle qu'éprouva Béatrice à la mort de son père. Dante, dans un premier sonnet, interroge les dames qui ont vu pleurer sa maîtresse et, dans un second, il prête aux dames la réponse suivante :

« Serais-tu celui qui a si souvent parlé de notre dame, en nous adressant la parole ? Nous reconnaissons ta voix, mais ta figure est bien changée.

« Pourquoi pleures-tu si abondamment, que tu excites la pitié de tout le monde ? Est-ce que tu l'as vue pleurer, que tu ne saurais modérer ni cacher ta douleur ?

« Laisse-nous pleurer, nous qui l'avons entendue mêler ses paroles à ses larmes. Ce serait chose répréhensible que de nous consoler.

« Ah ! la douleur est si fortement empreinte sur les traits de cette dame, que celle de nous qui aurait voulu la regarder serait tombée morte devant elle en pleurant. » (Tr. Delécluze.)

CXXIV

MÊME SUJET.

Quel sempre acerbo ed onorato giorno.

Ce jour à jamais cher, à jamais consacré
M'a remis dans le cœur son image vivante ;
Il faudrait du génie, une plume savante
Pour qu'il fût en mes vers dignement célébré.

L'émoi touchant de Laure a jusqu'à moi vibré,
Et la triste douceur de sa plainte émouvante
Semblait d'une immortelle ou d'une âme fervente
Qui vit avec le ciel et le calme à son gré.

Ses cheveux étaient d'or, ses traits blancs comme toiles,
Ses cils couleur d'ébène, et ses yeux deux étoiles,
Où l'Amour à coup sûr tendait son arc fatal.

Des perles et la rose exerçaient leur empire
Où le sourire éclôt, où la parole expire ;
Ses soupirs étaient flamme et ses larmes cristal.

De quelle couleur étaient les yeux de Laure? On voit dans ce sonnet que ses cils étaient d'ébène, *ebeno i cigli;* Pétrarque parle du noir et du blanc de ses yeux au sonnet CXVIII et il se sert de la même expression *bianco e nero* dans les canzone III et IX. Quand il compare le corps de Laure à une charmante prison (canzona XXV), il dit que les fenêtres sont de saphir, *finestre di ʒaffiro.* Mais nulle part il ne dit franchement s'ils étaient bleus ou noirs, Aussi l'abbé de Sade, dans son portrait de Laure (commentaire du sonnet LVII), s'abstient-il d'indiquer leur couleur. Toutefois, dans une note, il se prononce en faveur des yeux noirs.

« Pétrarque, dit-il, parle mille fois des yeux de Laure, et l'on dispute encore sur leur couleur. Ceux qui prétendent qu'ils étoient bleus se fondent sur l'épithète de *sereni* que Pétrarque leur donne quelquefois et sur ce qu'il est rare que les blondes n'aient pas les yeux bleus. *Gli occhi sereni e le stellanti ciglia* (sonnet CLXVII). Ceux qui croient que les yeux de Laure étaient noirs s'appuyent sur le *bianco e nero* dont Pétrarque se sert quelquefois. L'abbé Salvini explique mal ce *bianco e nero;* pour moi je pe. e qu'il vaut mieux dire que Laure avait les yeux noirs. » (*Mém.*, I, p. 122.)

CXXV

Ove ch'i' posi gli occhi lassi o giri.

Où que mes yeux lassés cherchent la quiétude,
Toujours ma passion me suit obstinément ;
Je retrouve partout le visage charmant
Qui de nouveaux désirs peuple ma solitude.

De la mélancolie adoptant l'attitude,
Laure semble gémir par noble dévouement ;
Je crois l'entendre encore avec ravissement,
Si pur est son langage exempt d'art et d'étude.

Amour et moi, d'accord avec la vérité,
Nous avons dit : Jamais, en aucune cité,
Une dame aux regards n'offrit des beautés telles

Non ! jamais le soleil ne vit s'échapper d'yeux
Si doux de si doux pleurs, et les lèvres mortelles
N'ont jamais rien chanté de plus mélodieux !

Ovide avant Pétrarque avait dit que les pleurs embellissent une amante :

> *Clamabat flebatque simul ; sed utrumque decebat,*
> *Nec facta est lacrymis turpior illa suis.*

Un auteur a traduit comme il suit les deux quatrains
de ce sonnet :

> *Partout où* fatigués mes yeux vont et se posent
> *Pour* calmer les élans de leurs fougueux desseins,
> De ma dame en tous lieux je trouve les traits peints,
> *Pour* que mes désirs soient toujours verts *et tant osent.*
>
> Si belle est la douleur *qui* pousse ses instincts,
> *Qui tant à la pitié son bon cœur prédisposent ;*
> *A mon oreille aussi tout pareil charme causent*
> Son ardente parole et ses soupirs divins.

Ceux qui aiment ce genre de traduction pourront se
procurer à la librairie internationale les *Rimes de Pétrarque traduites en vers, texte en regard, par Joseph
Poulenc,* 4 vol. grand in-18, 1865.

CINQUIÈME SÉRIE

A précédente série contient quelques sonnets de 1346, et celle-ci en est entièrement composée. Il paraît que pendant qu'il faisait la guerre aux nymphes de la Sorgue (v. la note préliminaire de la IVe série), Pétrarque vivait en très-bonne intelligence avec les muses.

Cette délicieuse solitude de Vaucluse, pour laquelle il quitta tant de fois sa chère Italie, a été souvent visitée par ses admirateurs ; et plus d'un, ne pouvant accomplir ce pélerinage, s'est écrié comme cet infortuné Roucher, qui fut conduit à l'échafaud sur le même char qu'André Chénier :

> Que ne puis-je aujourd'hui goûter ta solitude,
> O Vaucluse ! ô séjour que j'ai tant désiré,
> Et que les dieux jaloux ne m'ont jamais montré !
> Sur les rochers pendants dont la chaîne t'embrasse,
> De Pétrarque amoureux j'irois chercher la trace ;
> Mes pieds y fouleroient ces verdoyants gazons,
> Où Pétrarque, oubliant la rigueur des saisons,
> N'appeloit, ne voyoit, ne respiroit que Laure.
> Ici, dirois-je, ici, des beaux présents de Flore
> Cent fois il couronna le front qu'il adorait ;
> Là, dans l'enfoncement de cet antre secret,
> Il marioit sa voix à sa lyre plaintive ;
> Sur le sable mouvant de cette eau fugitive,
> Sur ces troncs, respectés du souffle des chaleurs,
> Gravant le nom de Laure, il l'arrosoit de pleurs.
> A ce doux souvenir, j'en répandrois moi-même,
> Et mon cœur me diroit : Ainsi ma Zitta m'aime.
>
> (*Les Mois*, VIIe chant.)

Pétrarque était archidiacre de Parme et n'avait pas de prébende. Le pape Clément VI, pour lui en donner une, lui retira son archidiaconat et le pourvut d'un canonicat, le 27 octobre 1346. Le chapitre, craignant qu'il ne prît trop d'ascendant sur l'évêque de Parme, essaya de le brouiller avec ce prélat, en insinuant qu'il prolongeait son séjour à la cour pontificale dans le dessein de lui nuire et de le supplanter. Indigné de ces faux rapports, Pétrarque protesta par une longue et curieuse lettre, datée d'Avignon, 28 décembre :

« ... Vous me regardez comme votre ennemi, dit-il à son évêque; qu'ai-je fait? qu'ai-je dit? qu'avez-vous vu? Moi, votre ennemi ! que ne ferois-je pas au contraire pour mériter votre amitié! Fermez l'oreille aux discours empoisonnés des mauvaises langues... Le crime qu'on m'impute est bien opposé à ma façon de penser et d'agir. Je chercherois à nuire à quelqu'un! Moi qui dès mon enfance ai souffert patiemment les choses les plus atroces de gens qui n'auroient dû me faire que du bien!... Quelle espérance pourroit me porter à vous nuire? Votre chute ne me feroit pas monter plus haut : agréez que je vous dise que je ne donnerois pas mon temps pour vos travaux, ma pauvreté pour vos richesses... » (*Mém.* de l'abbé de Sade, II, p. 300.)

CXXVI

IL EXALTE LA BEAUTÉ ET LA VERTU DE LAURE.

In qual parte del ciel, in quale idea.

Quelle sphère du ciel a fourni le modèle
Que la nature a pris pour ces gracieux traits ?
Ils semblent ici-bas formés tout exprès
Pour nous montrer d'en haut la puissance immortelle.

Quelle nymphe des bois ou des eaux livre-t-elle
Des cheveux d'or si fins aux zéphirs indiscrets ?
Quel cœur séduit les cœurs avec autant d'attraits,
Quoiqu'il soit sans pitié pour le mien trop fidèle !

Celui-là cherche en vain la divine beauté,
Qui n'aperçoit jamais tournés de son côté
Les yeux de cette dame avec leur douce flamme.

Il ne sait pas comment Amour blesse et guérit,
Celui qui ne sait pas comme elle parle et rit,
Ni quel soupir suave échappe à sa belle âme.

Lamartine, grand admirateur des sonnets de Pétrarque, et qui leur a consacré deux livraisons de son *Cours familier de littérature*, tome VI, 1858, cite ce sonnet pour compléter son portrait de Laure, lequel portrait ne diffère que par l'expression de celui de l'abbé de Sade, reproduit en regard du sonnet LVII. L'illustre poëte de Saint-Point a écrit sa *Vie de Pétrarque* en effleurant les *Mémoires* de l'abbé de Sade. Son travail porte malheureusement l'empreinte d'une fâcheuse précipitation. Par exemple il dit page 6 que Pétrarque naquit à Florence et, cinq lignes plus loin, qu'il reçut le jour dans la ville d'Arezzo. Il nous présente le mari de Laure comme incapable de jalousie. page 20, et, page 26, il nous apprend que ce mari est devenu jaloux.

Malgré la rapidité de la composition et de trop fréquents sacrifices à la musique de la phrase, Lamartine a semé quelques fleurs de son imagination sur la vie de Pétrarque et sur la tombe de Laure. Je les cueillerai pour les offrir au lecteur.

CXXVII

IL FAIT PARTAGER A L'AMOUR SON ADMIRATION POUR LAURE.

Amor ed io si pien di maraviglia.

Nous regardions ma dame avec étonnement :
Pour l'Amour et pour moi c'était une féerie.
Quel prodige, en effet ! Soit qu'elle parle ou rie,
Elle est inimitable et plaît infiniment.

Du beau calme des cils s'échappe par moment
Un vif éclair auquel la douceur se marie,
Et pour l'âme qui cherche une route fleurie
Un guide plus certain n'est pas au firmament.

Quel plaisir de la voir s'asseoir sur la pelouse !
De son candide sein l'églantine est jalouse
Quand sa main la dérobe aux buissons verdoyants.

Quel spectacle enchanteur quand, seule et recueillie,
Un beau matin de mai, d'un doigt blanc elle lie
Dans un cercle de fleurs ses cheveux ondoyants !

« Pétrarque, dit l'abbé de Sade, nous apprend que Laure quelquefois, pour relever l'éclat de sa belle chevelure, y mêloit des perles, des pierreries et des fleurs. Souvent elle laissoit flotter ses cheveux et cela lui seyoit bien. Ils étoient flottants la première fois que Pétrarque la vit. Quelquefois elle les renouoit avec une grâce, une élégance qui étoit admirée de tout le monde.

« Suivant l'usage de ce temps-là, elle portoit ordinairement une couronne d'or ou d'argent. On voit par le sonnet [ci-contre] qu'elle y substituoit quelquefois une guirlande de fleurs qu'elle cueilloit elle-même dans les champs, quand elle alloit se promener dans la belle saison. » (*Mém.*, II, p. 462.)

L'abbé de Sade ajoute en note que Paul de Sade, dans son testament, déclare avoir reçu pour sa couronne dotale vingt florins d'or. Du Cange cite dans son Glossaire un statut de 1283 qui défendait aux bourgeoises de *porter couronne d'or ne d'argent*.

CXXVIII

TOUT EST POUR LUI CAUSE DE TOURMENT.

O passi sparsi, o pensier vaghi e pronti.

O pas épars, pensée errante et fugitive !
O tenace mémoire, ô trop cruelle ardeur !
O désirs insensés ! ô naïve candeur,
O mes yeux transformés en fontaine plaintive !

O vert feuillage ornant, belle prérogative,
Le front qui resplendit de gloire et de grandeur ;
O pénible existence, ô caprice grondeur,
Qui par monts et par vaux lancez ma vie active !

O visage charmant où l'amour a placé
Le frein qui me gouverne et l'éperon glacé
Qui me pique et m'oblige à marcher sur sa trace !

O nobles cœurs épris, — s'il en est qui soient tels, —
Vous, ombres, qui planez sur vos débris mortels,
Pour voir quels sont mes maux, arrêtez-vous, de grâce !

Ce sonnet qui, dans le texte italien, peint si admirablement les amertumes d'une tendresse sans espoir et les déchirements d'un cœur passionné, a été traduit par Clément Marot. Voici sa version, dont le vieux langage ne manque ni de charme ni d'exactitude.

O pas espars, ô pensées soudaines,
O aspre ardeur, ô memoire tenante!
O cueur debile, ô volunté puissante,
O vous mes yeulx; non plus yeulx, mais fontaines

O branche, honneur des vainqueurs capitaines,
O seule enseigne aux poetes duysante;
O doulce erreur qui soubz vie cuysante
Me faict aller cherchant et montz et plaines,

O beau visage où amour mect la bride
Et l'esperon dont il me poinct et guide
Comme il luy plaist, et deffence y est vaine;

O gentils cueurs et ames amoureuses,
S'il en fut onc, et vous ombres paoureuses,
Arrestez-vous pour veoir quelle est ma peine!

CXXIX

IL PORTE ENVIE A TOUS LES LIEUX QUI JOUISSENT DE LA PRÉSENCE DE LAURE.

Lieti fiori e felici, e ben nate erbe

Joyeuses fleurs des champs et gazons parfumés
Que Laure avec les plis de sa robe caresse,
Vallée où l'on entend sa voix enchanteresse,
Où l'on voit ses pieds fins sur le sable imprimés ;

Par le chant des oiseaux feuillages animés,
Corolles dont l'azur plaît à l'humble tendresse,
Ténébreuses forêts dont la cime se dresse
En cherchant du soleil les rayons bien-aimés.

O suave contrée, ô grand fleuve rapide
Qui dois à ses traits purs, à son regard limpide
Ces clartés de cristal qu'admire le nocher ;

Que n'ai-je, comme vous, l'aspect de sa belle âme,
Moi qui suis plus atteint par l'amoureuse flamme,
Que par les feux du ciel un antique rocher !

« Laure, dit l'abbé de Sade, aimoit à se baigner. Pétrarque, dans sa première chanson, raconte qu'un jour
étant à la chasse, il la trouva dans une fontaine où elle
prenoit le bain dans le fort de la chaleur. Honteuse
d'être surprise en cet état, soit pour se venger, soit
pour dérober la vue de ses charmes que rien ne couvroit, elle lui jeta de l'eau au visage. Il y a apparence
que cette fontaine est la même que celle à qui Pétrarque adresse la parole dans sa quatorzième chanson, où
il dit que Laure alloit quelquefois y rafraîchir ses appas.
Il paroit par le sonnet [ci-contre] qu'elle se baignoit
aussi dans le Rhône, lorsque la saison le permettoit.

« C'est un ancien usage qui est encore observé : les
plus grandes dames d'Avignon vont prendre les bains
du Rhône dans les mois de juillet et d'août, et s'en
trouvent très-bien. Ce sonnet prouve que Laure faisoit
sa résidence à Avignon. » (*Mém. pour la vie de Pétrarque*, II, 489.)

CXXX

IL CONSENT A SOUFFRIR TOUJOURS POURVU QUE LAURE
LUI PERMETTE DE L'AIMER.

Amor che vedi ogni pensiero aperto.

Amour, toi qui m'as pris ma vie et ma pensée,
Toi qui conduis mes pas et qui me fais souffrir,
Lis au fond de mon cœur, à toi je veux l'ouvrir ;
Tu verras ma douleur et présente et passée.

Déjà ma patience à te suivre est lassée,
Et tu montes toujours sans de moi t'enquérir,
Et tu ne songes pas qu'il me faudra périr
Si d'obstacles nouveaux la route est hérissée.

J'aperçois, il est vrai, la lumière lointaine
Qui promet à mes jours une ivresse certaine ;
Mais ai-je, comme toi, des ailes pour voler ?

D'ailleurs pourquoi hausser le but auquel j'aspire ?
Je suis content pourvu que celle qui m'inspire
Soit noble et me permette à ses pieds de brûler.

Ce sonnet caractérise bien l'amour chevaleresque. Pétrarque borne ses désirs à brûler pour une noble dame qui ne rougisse pas de lui : *Pur che ben desiando i' mi consume, Nè le dispiaccia che per lei sospiri.* Le sentiment platonique règne généralement dans le *canzoniere*. Çà et là cependant, je l'ai déjà dit, on surprend quelque désir moins éthéré. Pétrarque, du reste, avait dégagé le platonisme de l'obscurité symbolique dans laquelle Dante l'avait fourvoyé. « Il le fit descendre, dit M. Mézières, de la sphère toujours nuageuse des abstractions, pour le ramener sur la terre. Il nous laissa voir, beaucoup plus que ne l'avaient fait jusque-là les poëtes italiens, ce qui se passe au fond du cœur de deux amants ; il étudia davantage les nuances des sentiments et poussa plus loin qu'aucun écrivain antérieur à lui l'analyse psychologique. Peut-être, dans ce retour en arrière, aurait-il nécessairement retrouvé trop de réminiscences des Provençaux et des trouvères, s'il n'avait énergiquement rompu avec ses souvenirs par le caractère personnel de son amour et par la sincérité de son émotion. » (*Etude sur Pétrarque*, p. 35.)

CXXXI

LA NUIT TOUT REPOSE, EXCEPTÉ LE POËTE.

Or che 'l ciel e la terra e 'l vento tace.

Maintenant que la terre et le ciel font silence,
Que les hôtes des bois dorment tranquillement,
Que la nuit accomplit son tour au firmament,
Et que le flot des mers glisse avec nonchalance :

Je regarde, je brûle, et mon désir s'élance ;
L'inhumaine à mes yeux apparaît constamment ;
L'image de ses traits prolonge mon tourment,
Et pourtant de ma fièvre abat la violence.

Ainsi la même source alimente et mes pleurs
Et l'espoir qui sourit à travers mes douleurs ;
Ainsi la même main me guérit et me blesse.

Et, pour que mon trépas recommence toujours,
Je meurs et je renais mille fois tous les jours,
Tant l'amour triomphant se rit de ma faiblesse.

A cette nuit tourmentée par la plainte de Pétrarque, opposons la nuit calme de J.-J. Rousseau à Lyon. « Je me souviens, dit-il, d'avoir passé une nuit délicieuse hors de la ville, dans un chemin qui côtoyoit le Rhône ou la Saône, car je ne me rappelle pas lequel des deux. Des jardins élevés en terrasse bordoient le chemin du côté opposé. Il avoit fait très-chaud ce jour-là ; la soirée étoit charmante, la rosée humectoit l'herbe flétrie ; point de vent, une nuit tranquille ; l'air étoit frais sans être froid ; le soleil après son coucher avoit laissé dans le ciel des vapeurs rouges dont la réflexion rendoit l'eau couleur de rose ; les arbres des terrasses étoient chargés de rossignols qui se répondoient l'un à l'autre. Je me promenois dans une sorte d'extase livrant mes sens et mon cœur à la jouissance de tout cela ; absorbé dans ma douce rêverie, je prolongeai fort avant dans la nuit ma promenade sans m'apercevoir que j'étois las. Je m'en aperçus enfin. Je me couchai voluptueusement sur la tablette d'une espèce de niche ou d'arcade... Un rossignol étoit précisément au-dessus de moi ; je m'endormis à son chant. »

CXXXII

PAS, REGARDS, PAROLES ET ACTES DE LAURE.

Come 'l candido piè per l' erba fresca.

Quand les pieds blancs de Laure effleurent doucement
De leurs pas gracieux l'herbe de la prairie,
Il semble que les fleurs aient la galanterie
De naître pour lui faire un cortége embaumant.

Amour, qui ne soumet à son commandement
Que les cœurs délicats, sa conquête chérie,
A donné tant de charme aux beaux yeux que je prie
Que je n'ai nul désir d'un autre enchantement.

Mais à l'allure honnête, au regard magnétique
Elle ajoute l'attrait d'une voix sympathique
Et d'un esprit modeste à nul autre pareil.

Et de ces quatre dons naît une grande flamme.
Aussi suis-je ébloui devant ma noble dame
Comme l'oiseau nocturne en face du soleil.

La beauté de Laure n'était aux yeux de Pétrarque, selon Lamartine, que l'incarnation du beau. Pétrarque a dit lui-même dans son Dialogue avec saint Augustin qu'il avait aimé *l'âme et le corps*. J'ai déjà relevé dans ses sonnets quelques indices de désirs sensuels. Il ne faut donc admettre que dans une certaine mesure la théorie de Lamartine sur l'amour de Pétrarque : « Laure pour lui n'est pas une femme, c'est une incarnation du beau, dans laquelle il adore la divinité de l'amour. Voilà pourquoi son livre inspire à ceux qui savent le goûter une dévotion à la beauté qui est presque aussi pure que la dévotion à la sainteté ; voilà pourquoi une mauvaise pensée n'est jamais sortie de ses vers ; voilà pourquoi on rêve, on pleure et on prie avec ces vers divins qui ne vous enivrent que d'encens comme dans un sanctuaire. C'est de ce poëte sacré, c'est de ce psalmiste de l'amour des âmes que je veux vous entretenir aujourd'hui. La France l'a peu connu, Boileau l'a dénigré sans le comprendre... » (*Cours fam. de littér.*, VI, p. 3.)

CXXXIII

IL CRAINT D'AVOIR FAILLI A SON ASTRE POÉTIQUE.

S' io fossi stato fermo alla spelunca.

Si j'avais courtisé le dieu de l'harmonie
Et de l'art des beaux vers mieux compris la valeur,
Peut-être que Florence aurait eu son génie
Comme Arunca, Mantoue et Vérone ont le leur.

Mais du rocher sacré puisque l'onde bénie
Ne fait sur mon terrain pousser ni jonc ni fleur.
Défrichant la bardane et la ronce jaunie,
Je vais mettre mon champ sous un astre meilleur.

L'olivier se dessèche, et l'eau de Castalie,
Qui pouvait ranimer sa verdure pâlie,
Porte ailleurs l'abondance avec la floraison.

C'en est fait ! le destin de tout bon fruit me prive,
Si, grâce à Jupiter, du ciel il ne m'arrive
Quelque douce rosée en l'ardente saison.

Arunca, patrie du poëte Lucile ; Mantoue, celle de Virgile ; et Vérone, celle de Catulle. Dans le texte, *Arunca* rime richement avec *spelunca*, *ingiunca* et *adunca*. C'est là ce qui a valu sans doute à Lucile l'honneur d'être cité à côté de Virgile et de Catulle.

Quoique natif d'Arezzo, Pétrarque pouvait se dire enfant de Florence. Lorsque le sénat de cette ville lui rendit les biens de son père, il lui adressa une longue lettre qui commençait ainsi :

« Illustre rejeton de notre patrie ! Il y a longtemps que votre renommée a frappé nos oreilles et remué nos âmes. Le succès de vos études et cet art admirable dans lequel vous excellez, vous ont décoré de ce laurier qui ceint votre front, et vous rendent digne de servir de modèle et d'encouragement à la postérité. Vous trouverez dans les cœurs de vos compatriotes tous les sentiments d'estime et d'amitié que vous méritez ; mais afin qu'il n'y ait rien dans votre patrie qui puisse blesser vos yeux, de notre propre libéralité, et par un mouvement de la tendresse paternelle que nous avons toujours eue pour vous, nous vous rendons sans exception les champs de vos ancêtres, qui ont été rachetés des deniers publics. » (*Mém.* de l'abbé de Sade, III, 125. V. le sonnet CCXXXVII.)

Pétrarque oublie dans le premier quatrain que Florence a donné le jour à Dante.

CXXXIV

LE CHANT DE LAURE.

Quando Amor i begli occhi a terra inchina.

Lorsque Laure, inclinant ses beaux yeux vers la terre,
Unit dans un soupir ses esprits gracieux,
Pour les résoudre ensuite en chants délicieux,
En parler clair, suave, empreint d'un charme austère.

Je sens mon cœur ému par un si doux mystère,
J'éprouve un tel oubli des pensers soucieux,
Que je dis : Voici l'heure où je vais rendre aux cieux
Sans avoir de regrets mon âme solitaire.

Mais la douceur des sons s'empare de mes sens,
Et, pour jouir encor des magiques accents,
Je m'arrête et résiste au désir qui m'entraîne.

Ainsi je me ranime; ainsi flotte toujours
De la vie à la mort la trame de mes jours,
Au gré de mon unique et céleste sirène.

« Je suis persuadé, dit l'abbé de Sade, que Laure
avoit été élevée comme on élevoit alors les demoiselles ;
on se contentoit de leur apprendre à coudre et à filer ;
rarement à lire et à écrire. Celles qui savoient lire
s'appeloient des demoiselles lettrées ; on les recherchoit
beaucoup dans les couvents.

« Laure avoit beaucoup d'esprit naturel, mais sans
ornement et sans culture. C'est pour cela que Pétrarque se contente de louer la douceur, la gentillesse et
l'honnêteté de ses propos...

« En revanche il parle avec enthousiasme de sa voix
qui alloit, dit-il, jusqu'au fond de l'âme : *che nell'
anima si sente* (sonnet 178). On a vu le ravissement
qu'elle lui causa, lorsqu'il l'entendit chanter sur cette
espèce de char qui la ramenoit à Avignon après la fameuse promenade en bateau sur le Rhône (sonnet 189).
Je ne finirois pas si je rapportois tous les sonnets où il
est question de cette voix enchanteresse. En voici un
entièrement consacré à en faire l'éloge. » (*Mém. pour
la vie de Pétrarque*, II, 472.) Voir les sonnets CLX,
CLXXVIII, CLXXXIV et CLXXXIX.

CXXXV

IL PERDRA LA VIE PLUTÔT QUE L'ESPÉRANCE.

Amor mi manda quel dolce pensiero.

Amour m'offre un rayon d'espoir réconfortant,
A présent qu'il me voit lassé de son empire ;
Je n'ai jamais, dit-il, depuis que je soupire,
Plus approché du but que je désire tant.

Mais je n'ose écouter son langage inconstant,
Tantôt vrai, tantôt faux ; et mon sort devient pire :
Car le doute me mord, le doute est un vampire ;
Ni oui ni non ne sonne en mon cœur hésitant.

Cependant le temps passe, et dans l'âge, contraire
Aux doux rêves ainsi qu'à mon vœu téméraire,
J'apprends par mon miroir que j'avance à grands pas.

Je ne vieillis pas seul du moins, et les années
Ne pourront amortir mes flammes obstinées.
Je crains plutôt qu'avant n'advienne le trépas.

« Il est difficile, dit l'abbé de Sade, d'accorder ce
sonnet et quelques autres avec la déclaration que fait
si souvent Pétrarque, qu'il n'a jamais eu que des désirs
honnêtes. La seule façon de le concilier avec lui-même,
c'est de dire comme saint Augustin : Les amants ne
savent ni ce qu'ils veulent, ni ce qu'ils disent. »
(*Mém.*, II, p. 280.)

Ces mots : Je ne vieillis pas seul (*gia sol non invec-
chio*) semblent indiquer que Laure était à peu près du
même âge que Pétrarque. *Illa mecum senescit*, dit-il
encore dans ses dialogues avec saint Augustin, et celui-ci lui répond : « Vous la précédez d'un petit nombre
d'années » : *paucorum numerus annorum quo illam præ-
cedis.*

Velutello prétend que Laure naquit le 4 juin 1314,
qu'elle n'avait que douze ans lorsque Pétrarque s'en
éprit, et qu'elle vécut dans le célibat. Cette opinion,
quoique victorieusement réfutée par l'abbé de Sade,
subsiste encore dans l'édition de Marsand, reproduite
par Firmin Didot en 1867. — V. sur le mariage de
Laure la 2ᵉ partie de l'*Introduction* et les sonnets
CXLIX, CLV et CLVII.

CXXXVI

IL A TANT DE CHOSES A DIRE QU'IL N'OSE PARLER.

Pien d'un vago pensier, che mi desvia.

Plein d'un charmant penser qui m'absorbe et captive,
Et qui de tout au monde a su me détacher,
Par moments je m'oublie afin d'aller chercher
Celle que devrait fuir la sagesse attentive.

Quand je la vois passer si belle et si rétive,
Je tremble de frayeur et je n'ose approcher,
Tant d'autres soupirants, qui voudraient la toucher,
Lui font entendre en vain leur prière plaintive.

Je découvre, il est vrai, mais j'ai des yeux d'amant,
Entre ses cils hautains quelque regard clément,
Qui rassérène un peu mon esprit en démence.

Alors je prends courage, et quand je suis tout prêt
A révéler le mal dont je souffre en secret,
Ma bouche a trop à dire et jamais ne commence.

« Lorsque Pétrarque démêloit à travers l'air sévère de Laure ces signes favorables qui ranimoient sa confiance, il vouloit l'entretenir de son amour, mais il étoit bientôt interdit et ne savoit que dire. Voici un sonnet qui le prouve. Il est fait à Avignon, où Pétrarque alloit voir quelquefois cette beauté qu'il fuyoit et qu'il cherchoit sans cesse. » (*Mém.* de l'abbé de Sade, II, p. 281.)

Ce sonnet rappelle ces vers de Catulle... *Nam simul te, — Lesbia, adspexi, nihil est super mi* (*Carm. LI*) et par conséquent ceux de Sapho imités par Catulle.

Voici notre traduction de l'ode de Sapho :

A LESBIE.

Il me paraît heureux comme les dieux eux-même
Celui qui devant toi s'assied pensivement,
Rien que pour écouter ta voix douce qu'il aime
    Et ton rire charmant.

Par l'excès du bonheur que ta présence donne
On se sent malheureux ; car dès que je te vois,
O Lesbie, aussitôt la raison m'abandonne,
    Et je n'ai plus de voix.

Ma langue à mon palais s'attache... Dans mes veines
Circule un feu subtil... Mon oreille n'entend
Qu'un murmure confus... Sur mes paupières vaines
    La nuit sombre s'étend...

D'une froide sueur je me sens épuisée...
Je sens par tout mon corps un frisson me saisir...
Je chancelle... et pâlis comme la fleur brisée...
    Je me meurs de plaisir...

CXXXVII

LE SILENCE, INDICE DU VÉRITABLE AMOUR.

Più volte già dal bel sembiante umano.

Que de fois, lui trouvant un air moins inhumain,
Je voudrais lui parler de ma persévérance,
Lui dire avec adresse et sans trop d'assurance
Mes rêves de la veille et ceux du lendemain !

Mais je crains ses regards et m'arrête en chemin ;
Car tout mon avenir, toute mon espérance,
Ma fortune, mon bien, ma joie et ma souffrance,
Et ma vie et ma mort, elle a tout en sa main !

Sur mes lèvres ainsi toute parole expire ;
Je n'ose pas gémir de son magique empire,
Tant faibles sont mes droits à son sourire ami !

Quand on aime autrement que satyre et bacchante,
La passion muette est la plus éloquente :
Qui peut peindre ses feux ne brûle qu'à demi.

Les bons traitements dont Pétrarque était l'objet de la part de Laure étaient pour lui, selon l'expression de l'abbé de Sade, comme « ces beaux jours d'hyver, dont la durée est incertaine et auxquels on n'ose pas se fier. »

M. Mézières pense que Laure traita mieux Pétrarque dans les dernières années, « non pas, dit-il, qu'elle voulût lui faire espérer ou lui accorder plus qu'elle ne lui avait accordé jusque-là, non pas qu'elle fût éblouie, comme le croit à tort l'abbé de Sade, par l'éclat de la couronne poétique que son amant venait de recevoir. Mais une femme de trente-cinq ans, vieillie avant l'âge, peut ne pas se croire obligée de se défendre avec la même énergie qu'une femme plus jeune et par conséquent plus menacée. Laure se trouvait trop changée pour redouter les mêmes dangers qu'autrefois. D'ailleurs elle s'apercevait que Pétrarque vieillissait aussi. » (*Etude*, p. 117.)

Le dernier vers de ce sonnet est imité d'Ovide : *Felix qui patitur quæ numerare potest.*

CXXXVIII

S'IL NE PEUT LUI ÔTER SA RIGUEUR, ELLE NE PEUT
LUI ÔTER L'ESPÉRANCE.

Giunto m'ha Amor fra belle e crude braccia.

Amour vers deux beaux bras me pousse avec malice.
Plus je me plains au ciel, plus s'accroît mon chagrin.
A mes gémissements mieux vaut donc mettre un frein
Et sans une parole épuiser le calice.

Laure, avec le regard qui dans mon âme glisse,
Briserait les rochers, embraserait le Rhin.
Mais tant d'orgueil s'allie à son calme serein
Que le bonheur de plaire est pour elle un supplice.

Le diamant si dur dont son cœur est formé
Par nul moyen connu ne peut être entamé,
Et son corps est un marbre où circule la vie.

Que son dédain m'accable! elle est libre en effet
De trouver son plaisir au mal qu'elle m'a fait;
L'espérance du moins ne m'est jamais ravie.

Pétrarque, s'il eût été galant comme l'Oronte du *Misanthrope*, aurait dit :

> Belle Phylis, on désespère
> Alors qu'on espère toujours.

Cette définition de l'espérance n'est pas sérieuse comme celle de l'abbé Delille :

> Promettre c'est donner, espérer c'est jouir,

quoique M. du Chazet ait spirituellement joué pendant la Terreur sur cette espèce de jouissance.

> L'heureux émule de Virgile
> Qui nous fait penser et sentir,
> Dans ses vers immortels, Delille,
> A dit qu'*espérer c'est jouir*.
>
> Ah ! s'il est vrai que l'espérance,
> Au sein des plus affreux tourments
> Soit pour nous une jouissance,
> Nous jouissons depuis longtemps.

CXXXIX

LAURE JALOUSE.

O invidia, nemica di virtute.

O sentiment jaloux, ennemi de vertu,
Qui troubles méchamment les préludes d'ivresse,
Par quel sentier secret, par quelle insigne adresse
Entras-tu dans son sein et le transformas-tu?

Levant le voile épais dont j'étais revêtu,
Tu me montras heureux près d'une autre maîtresse.
Depuis lors ses beaux yeux, sa voix enchanteresse
Refusent de charmer mon esprit abattu.

Mais du bien qui m'arrive en vain pleurerait-elle,
En vain elle rirait de ma pâleur mortelle,
Son culte chaste et pur dans mes chants prévaudra

Bien que cent fois le jour elle me brise l'âme,
Ses dédains ne pourront diminuer ma flamme;
Et, si le cœur me manque, Amour me soutiendra.

L'abbé de Sade nous a révélé ce qui motivait la jalousie de Laure : voir la note préliminaire de la deuxième série.

Dans le commentaire du sonnet CXXV, j'ai donné un spécimen de la traduction de M. Poulenc. En voici un second ; et nombre de sonnets en fourniraient de non moins étranges :

> Toi seule mon salut as bien déraciné,
> Par trop heureux amant en cherchant à me faire,
> A celle qui longtemps ma bien chaste prière
> A vu d'un œil serein, maintenant indigné.

Il faut traduire cette traduction pour la comprendre. Voilà ce que M. Poulenc a voulu dire : *Toi seule (jalousie) as bien déraciné mon salut, en cherchant à me montrer amant par trop heureux, aux yeux de celle qui longtemps a vu d'un œil serein, maintenant indigné, ma bien chaste prière.*

C X L

AMERTUME ET DOUCEUR DE L'AMOUR.

Mirando 'l sol de' begli occhi sereno.

Quand brille avec bonté le regard que j'implore,
Quand le cruel Amour sourit en me frappant,
Mon âme fatiguée aussitôt s'échappant,
Vole à son paradis, c'est-à-dire vers Laure.

Mais quand son rêve rose, hélas! se décolore,
Elle compare aux fils que l'insecte suspend
Tout ce qu'on trame au monde, et croit voir le serpent
Se glisser dans les fleurs que l'espoir fait éclore.

Comme l'esquif bercé par les flots inconstants,
Elle flotte, brûlante et froide en même temps,
Dans un état mêlé de calme et de démence.

J'ai nourri la douceur d'un séduisant dessein;
Et les tristes regrets qui torturent mon sein,
Voilà quels sont les fruits d'une telle semence.

« Ce passage alternatif des sourires aux dédains, dit
le marquis de Valori, ce combat de la vertu, luttant
contre les séductions de l'amour et du génie, la vie
cléricale du poëte toscan, les habitudes quiètes et mo-
destes de sa Laure sont un hommage à la terre et un
sacrifice au ciel. Tombé dans un abîme de souffrances,
ce cœur cherche dans le domaine de l'exaltation un
lénitif à ses afflictions continues et se dédommage des
rigueurs de son héroïne par cet enthousiasme qui, dès
l'origine, comme il l'avoue, le rendit la fable du peuple
et en a fait le prototype des amants passés, présents
et à venir. L'amour de Pétrarque, comme son arbuste
favori, subit diverses transformations; il croit triompher, soupire, se lamente, bénit le lieu, l'année, le
mois, le jour, l'instant où il rencontra celle qui le
désola vingt et un ans, et, forcé de renoncer à l'amour
mondain, il l'idéalise dans les plus hautes régions de
la douleur. » (*Document historique de Boccace sur
Pétrarque*, p. 38.)

V. les sonnets CXLVIII et CLXXVI,

CXLI

II. AIME MIEUX SOUFFRIR POUR LAURE QUE D'ÊTRE HEUREUX
AVEC UNE AUTRE DAME.

Fera stella, se 'l cielo ha forza in noi.

Cruelle fut l'étoile unie à mon destin,
S'il est vrai que d'un astre on subit la puissance ;
Cruel fut le berceau que j'eus à ma naissance,
Cruel le sol foulé par mon pas enfantin :

Cruelle aussi la dame au parler argentin
Qui m'a frappé le cœur depuis l'adolescence
Et qui me fait languir en son obéissance,
Quoiqu'elle ait dans ses yeux le remède certain.

C'est donc peine perdue, Amour, qu'on te supplie ;
Tu prends toujours plaisir à ma mélancolie,
Et Laure volontiers rirait de mon trépas.

Pourtant mieux vaut encor sa colère assouvie
Qu'avec une autre amante une plus douce vie ;
Tu me l'as dit, Amour, et je n'en doute pas.

Le dernier vers du second quatrain fait allusion à la
lance d'Achille qui guérissait les blessures qu'elle avait
faites. Properce avait déjà dit : *Mysus, et Æmonia
juvenis qua cuspide vulnus — Senserat, hac ipsa cuspide
sensit opem.*

Le dernier tercet exprime encore la même idée que
les vers de Clément Marot déjà cités (sonnet XIX) : *Et
j'ayme mieux vous aymer en tristesse, — Qu'aymer
ailleurs en joye et en lyesse.* C'est aussi la pensée do-
minante d'un sonnet du Tasse, publié à Pise, en 1875,
et jusqu'alors inédit. Voici ce précieux sonnet, mis au
jour par le comte Prosper Arlotti :

> Mancara prima al mar i pesci e l'onde,
> Al ciel tutte le stelle, all' aria i venti,
> Al sol i raggi suoi caldi e lucenti,
> E di maggio alla terra erbette e fronde,
>
> Ch' io per volger mai gli occhi ei passi altronde
> Di Voi, dolce mio ben, non mi rammenti,
> E che non brami con affetti ardenti
> Vostre bellezze a null' altre seconde.
>
> Dunque error vano e immaginar v'invita
> Ch' io parta per fuggir l'ardor, che io sento.
> E cerchi di morir d'altra ferita.
>
> Che benchè senza pari è il mio tormento,
> M' è più caro per Voi perder la vita,
> Che d' ogn' altra men bella esser contento.

CXLII

EN SE RAPPELANT LE TEMPS ET LE LIEU DE SON
innamoramento, IL SE SENT RAJEUNIR.

Quando mi vene innanzi il tempo e 'l loco.

Lorsque je pense à l'heure, au lieu de mon servage,
Au nœud chéri qu'Amour de sa main a formé,
Douce paraît l'ardeur dont je suis consumé,
Et mes yeux de mes pleurs se font un jeu sauvage.

Pour servir d'aliment au feu qui me ravage,
Je deviens tout de soufre, et mon cœur abîme,
En détestant sa flamme, en est encor charmé.
C'est l'absinthe et le miel dans le même breuvage.

Ce beau soleil, qui seul resplendit à mes yeux,
Vient encor m'échauffer de ses rayons joyeux,
Aussi brûlant le soir qu'au matin de la vie.

Il produit dans mon être un tel embrasement,
Que toujours ma mémoire à mon âme ravie
Montre l'heure et le lieu de mon enchaînement.

Pétrarque évoque ici, comme dans le sonnet XLVII, le premier jour de sa passion pour Laure. Peut-on douter de sa sincérité lorsqu'on le voit revenir avec tant de complaisance sur les circonstances de sa première entrevue? Peut-on partager le sentiment de Voltaire et croire que Laure était ce que Boileau appelle une *Iris en l'air?* Nous avons vu, — 2e partie de l'Introduction, — avec quelle précision Pétrarque répondit au même reproche que lui adressait l'évêque de Lombez.

Voltaire n'aimait pas Pétrarque. « Je ne fais pas grand cas de Pétrarque, écrivait-il dans sa correspondance ; c'est le génie le plus fécond dans l'art de dire toujours la même chose ; mais ce n'est pas à moi à renverser de sa niche le saint de l'abbé de Sade. »

Ce jugement, appliqué au *Canzoniere* seul, serait un peu léger ; mais appliqué à la généralité des œuvres de Pétrarque, qui remplissent un volume in-folio, il est souverainement injuste.

CXLIII

EN PASSANT PAR LA FORÊT DES ARDENNES.

Per mezz' i boschi inospiti e selvaggi.

Dans cette forêt sombre, immense solitude,
Où l'homme quoique armé n'avance qu'en tremblant,
Moi, je marche sans peur, mon cœur ne se troublant
Qu'à la clarté des yeux qui font ma servitude.

Et je chante en chemin, sans plus d'inquiétude,
Celle dont me poursuit le spectre rose et blanc.
Près d'elle je crois voir des dames s'assemblant
Quand je vois des troncs d'arbre en diverse attitude.

Il me semble l'ouïr lorsque le vent gémit,
Lorsque l'oiseau gazouille et que l'herbe frémit,
Lorsque sur le gravier murmure l'onde claire.

Jamais d'une forêt la ténébreuse horreur
Ne fut plus à mon gré, grâce à ma douce erreur.
Mais là n'est pas, hélas! le soleil qui m'éclaire.

L'abbé de Sade rapporte ce sonnet et le suivant à l'année 1333. C'est à cette époque, en effet, que Pétrarque fit son voyage de France et d'Allemagne.

« Pour bien goûter la plus grande partie des sonnets de Pétrarque, dit Ginguené, il faut se rappeler les événements de sa vie, et les vicissitudes de sa passion pour Laure. On sait que dans les commencements de cet amour, las de n'éprouver que des rigueurs, il fit, pour se distraire, un voyage en France et dans les Pays-Bas, d'où il revint par la forêt des Ardennes; mais qu'il fut poursuivi pendant tout ce voyage par le souvenir de Laure, qu'il voulait fuir. Dans cette forêt même, alors fort dangereuse, infestée de brigands, plus sombre et plus déserte qu'elle ne l'est aujourd'hui, voici de quelles images douces et riantes son imagination se nourrissait. » (*Hist. litt. d'Italie*, tome II, p. 505.)

« La guerre, dit l'abbé de Sade, entre le duc de Brabant et le comte de Flandres, qui se disputoient la souveraineté de Malines, rendoit le passage des Ardennes encore plus périlleux qu'à l'ordinaire, par les courses qu'y faisoient les partis des deux armées.

« Cependant Pétrarque ne prit point d'escorte : seul et sans armes, il osa traverser ces sombres forêts, où l'on ne pouvoit entrer sans ressentir une secrète horreur. Il nous assure qu'il n'eut point de peur; mais je ne sçais si l'on doit croire sur sa parole un poëte qui parle de sa bravoure. » (*Mém.*, tome I, p. 215.)

CXLIV

APRÈS LA TRAVERSÉE DE LA FORÊT DES ARDENNES.

Mille piagge in un giorno e mille rivi.

Qu'en un seul jour j'ai vu de parages divers
En traversant, pensif, la solitude ombreuse!
Jusqu'au troisième ciel monte l'âme amoureuse,
Et de là son coup d'œil embrasse l'univers.

Dieu soit loué! j'ai pu, cœur et front découverts,
Sans armes suivre en paix la route dangereuse :
J'étais comme un esquif dans la tourmente affreuse,
Echappant sans pilote aux gouffres entr'ouverts.

Au terme maintenant de ma course insensée,
Quand de tant de périls me revient la pensée,
Je suis de mon audace avec effroi surpris.

Mais le Rhône et ses bords rassurent mes esprits,
Et déjà mes regards se tournent, pleins d'ivresse,
Vers le brillant séjour de mon enchanteresse.

Pétrarque rend grâce à Dieu, dans sa IVe épître, de ce qu'il est sorti sain et sauf de la forêt des Ardennes. *Arduennam sylvam visu atram atque horrificam transivi solus, et, quod magis admireris, belli tempore; sed incautos, ut aïunt, Deus adjuvat.*

« La bravoure de Pétrarque, dit l'abbé de Sade, n'empêcha pas qu'il ne fût bien aise de se voir hors de cette forêt, où il avoit couru de si grands périls ; mais quelle fut sa joie, lorsqu'approchant de Lyon, il découvrit ce fleuve, qui portant son tribut à la mer, va baigner les murs de la ville, où brilloit l'objet de son amour ! Dans les transports que la vue du Rhône lui causa, il fit le sonnet [ci-contre]. » (*Mém.*, tome I, p. 217.)

Pétrarque, parti de Cologne le dernier jour de juin 1333, arriva le 9 août suivant à Lyon, où il eut le déplaisir d'apprendre que l'évêque de Lombez était allé sans lui à Rome ; ce qu'il lui reprocha dans une longue lettre, et ce qui l'engagea peut-être à prolonger son séjour à Lyon jusqu'à la fin d'août.

CXLV

EFFETS OPPOSÉS QUE PRODUIT L'AMOUR

Amor mi sprona in un tempo ed affrena.

Amour me fait sentir l'éperon et le frein,
Me brûle et me transit, m'encourage et me brise,
M'appelle et me bannit, me flatte et me méprise.
Mon front est tour à tour soucieux ou serein.

Tantôt l'espoir au cœur et tantôt le chagrin.
Puis mon désir divague et fuit son entreprise,
Et si folle est l'erreur dont mon âme est éprise
Que je hais volontiers le plaisir souverain.

Une pensée amie, écartant mes alarmes,
Me montre en vain le gué dans le ruisseau des larmes
Pour atteindre le calme et le bonheur constant.

Je suis comme entraîné par une voix secrète ;
Je prends une autre route, et plus rien ne m'arrête
Sur le bord de l'abîme où le trépas m'attend.

A propos de ce sonnet, on peut dire avec MM. Ernest et Edmond Lafond :

« Quel peintre plus énergique de l'amour, de ses éternelles alternatives et de ses perpétuelles contradictions ! Comme, tour à tour en proie au désespoir et à l'espérance, son amour, tantôt se livre au transport des sens, tantôt s'agrandit, se purifie et s'idéalise sous un souffle divin qui l'enlève à la terre et le porte au ciel !

« Non, Laure n'était pas, comme on l'a prétendu, une allégorie sous laquelle le poëte symbolisait la gloire et la poésie, ou bien, comme l'a dit Voltaire, une Iris en l'air à laquelle il adressait force madrigaux par un pur jeu d'esprit où le cœur n'entrait pour rien. Non-seulement elle a existé, mais encore elle est l'âme et la vie du poëme de Pétrarque ; elle lui a inspiré une passion réelle et non feinte, une passion brûlante qui n'est devenue platonique que par l'âge et la chaste résistance qu'elle y opposait sans cesse, une passion qui a survécu au temps, à l'absence, à la mort même, et qui est devenue un type immortel d'amour et de poésie. » (*Dante, Pétrarque, Michel-Ange. Tasse, Sonnets choisis,* p. 102.)

CXLVI

A GERI GIANFIGLIAZZI, SUR CE QUE DOIT FAIRE UN AMANT
AVEC UNE FEMME ALTIÈRE

Geri, quando talor meco s' adira.

Géri, quand les regards de ma douce ennemie
Étincellent sur moi, pleins de courroux hautain,
J'use d'un talisman dont l'effet est certain ;
Et mon âme inquiète est bientôt raffermie.

Plus son accueil est dur, plus ma face blêmie
Laisse voir la douleur dont mon cœur est atteint.
Ma résignation à mon humble destin
Parvient à réveiller sa clémence endormie.

Oserais-je autrement m'exposer à la voir?
Comme devant Méduse au magique pouvoir,
Ne deviendrais-je pas bloc de marbre ou d'argile?

Fais donc ainsi toi-même ; il n'est rien de meilleur.
Penses-tu par la fuite éviter ton malheur?
Ton maître (¹) n'a-t-il pas une aile plus agile?

¹ L'Amour.

Il paraît que Pétrarque était consulté comme un oracle en fait d'amour. Voici la seconde fois que des conseils lui sont demandés. (V. le sonnet CI.) Ne peut-on pas inférer de ce nouvel appel à son expérience qu'il avait fini par toucher le cœur de son inhumaine et que la chose était connue? Ses poésies offrent plusieurs indices de l'affection de Laure (on les trouve notés avec soin dans l'estimable travail cité en regard du sonnet précédent). Mais, craignant de se tromper sur leur signification, il n'osait s'en prévaloir et soupirait toujours. Cette crainte et cet aveuglement sont les signes d'un amour sincère.

D'ailleurs si Pétrarque n'avait célébré qu'une Laure idéale, se serait-il condamné de parti pris au rôle d'amant toujours rebuté? Quelque vertu qu'on lui suppose, aurait-il affronté le ridicule pour un être imaginaire? Non, s'il fut longtemps la fable et la risée du peuple, comme il le dit dans son premier sonnet : *al popol tuto — Favola fui gran tempo*, ce ne put être que pour une femme réellement vivante et passionnément aimée.

Le sonnet auquel répond celui de Pétrarque est conservé dans l'appendice de quelques éditions.

CXLVII

EN DESCENDANT LE PÔ.

Po, ben puo' tu portartene la scorza.

Tu peux bien, Pô rapide, avec tes flots grondants
De mon être emporter l'enveloppe chétive;
Mais ta force, et nulle autre humaine et positive
N'ont prise sur l'esprit qui se cache dedans.

Sur la brise propice à ses désirs ardents
Il vole, sans souci de l'onde destructive;
Et le feuillage d'or qui l'attire et captive
Lui prodigue ses fleurs et ses fruits abondants.

Fleuve altier, qui vers l'est vas chercher la lumière,
Et laisses en amont de ta course première
Une splendeur cent fois plus belle que le jour;

Tes fougueux tourbillons de vagues et de sable
N'entraîneront de moi que la part périssable;
L'autre remontera vers son divin séjour.

L'abbé de Sade rapporte ce sonnet à l'année 1344.
« Pétrarque, dit-il, partit d'Avignon à la fin de l'hyver.
Dégoûté de la mer, il prit route par terre, et se rendit
d'abord à Parme, après avoir traversé le Piémont.

« Le séjour d'une ville, pleine de dissensions et
bloquée de toutes parts, ne convenoit pas à Pétrarque ;
après y avoir passé quelques jours pour ses affaires, il
s'embarqua sur le Pô pour aller à Vérone, où il étoit
attendu avec impatience. C'est dans le cours de cette
petite navigation qu'il fit le sonnet [ci-contre], si je ne
me trompe.

Il étoit certainement à Vérone le 12 mai 1345, puisqu'il date de ce jour et de cette ville une lettre qu'il
imagina d'écrire à Cicéron. » (*Mém.*, tome II, p. 224.)

Cette lettre fut sans doute écrite à l'occasion des
Lettres familières de Cicéron qu'il eut le bonheur de
découvrir dans l'église de Vérone, et qui nous sont
parvenues, grâce à lui.

CXLVIII

IL SE COMPARE A L'OISEAU PRIS AU FILET.

Amor fra 'l erbe una leggiadra rete.

Sous l'arbre toujours vert, dont le feuillage lisse
Me plaît quoique funeste à mes yeux amoureux,
Amour tendit sur l'herbe un filet dangereux
Fait de perles et d'or et tissu de malice.

L'amorce fut ce grain amer et doux qu'il glisse
Dans les cœurs pour cueillir des soupirs douloureux,
Et l'appeau cette voix dont les accents heureux
Sont de tous les amants ouïs avec délice.

Et dans l'ombre un flambeau comme un soleil brillait,
Et du charmant réseau la corde s'enroulait
Autour de doigts plus blancs que l'ivoire et la neige.

Tout naturellement je tombai dans le piège,
Et là m'ont retenu les propos gracieux,
Le désir, et l'espoir qui nous ouvre les cieux.

Peut-être ce sonnet est-il de ceux qu'avait en vue le marquis de Valori, lorsqu'il écrivait les dernières lignes de l'extrait suivant :

« Est-il vraisemblable qu'un jeune homme se prenne d'un violent amour pour une personne qu'il rencontre dans une église un Vendredi-Saint ; que, n'ayant pour vivre que la protection de la cour romaine, il s'enflamme pour une dame qu'il ne rencontre que rarement dans des cours d'amour, des assemblées, chez les cardinaux ou dans quelques promenades ; est-il vraisemblable qu'un jeune homme qui voyage sans cesse pour s'éloigner, dit-il, de sa belle, et qui, sur seize années en passe douze loin de l'objet de sa passion, conserve vingt et un ans un tel amour sans aliment ? Reconnaît-on l'état de sa passion dans ses poésies, qui abondent en jeux de mots, en expressions recherchées, en images forcées, et d'une affectation de style qui décèle de laborieuses corrections ? » *Document de Boccace*, p. 69.)

Comment concilier cette dernière phrase avec le passage cité sous le sonnet CXL et avec cette déclaration générale : *Le sonnet part du cœur de Pétrarque?* (P. 32.) V. le sonnet CLXXVI.

CXLIX

IL BRULE D'AMOUR POUR LAURE, MAIS SANS JALOUSIE.

Amor, che 'ncende 'l cor d' ardente zelo.

Amour, qui dans mon cœur met la flamme amoureuse,
Y glisse en même temps le frisson de la peur.
Dans le doute cruel je flotte avec stupeur
Et je me perds au fond de l'abîme qu'il creuse.

Dans quelles transes vit la dame malheureuse
Qui cache son amant sous son voile trompeur !
Son esprit accablé ne sort de sa torpeur
Que pour feindre un sourire en son angoisse affreuse.

Eh bien ! mon mal vraiment est encor plus profond.
Je brûle nuit et jour, et nulle poésie
Ne saurait exprimer ce que deux yeux me font.

J'ai le bonheur du moins d'être sans jalousie.
Laure est trop au-dessus de tout hommage humain
Pour qu'à l'un d'entre nous elle tende la main.

« Quoique Pétrarque dise dans un sonnet [celui-ci]
que la conduite de Laure le met à l'abri de la jalousie,
parce qu'elle traite tous les hommes également, cependant on a vu, dans ses *Dialogues avec saint Augustin,*
que ce saint lui reproche d'en être jaloux. « Recon-
naissez toutes vos folies, lui dit-il, et surtout votre jalousie dont vous devriez rougir, car de même que l'a-
mour est la première des passions, la jalousie tient le
premier rang parmi les folies de l'amour. » Pétrarque
en convient lui-même dans son *Triomphe de l'amour,*
où il dit qu'*il brûle d'amour, de jalousie et d'envie;* et
c'est ce qui a donné lieu de croire à quelques-uns de
ses interprètes que Laure étoit mariée, ne voulant pas
que la jalousie de Pétrarque porte sur un autre objet
qu'un mari. Le terme d'*envie* ajouté à celui de *jalousie*
détermine nécessairement à ce sens-là : vis-à-vis d'une
femme telle que Laure, un amant jaloux ne peut porter envie qu'à son mari. Tassoni a senti cette vérité. »
(*Mém.* de l'abbé de Sade, t. II, p. 479.)

Voir d'autres indices du mariage de Laure aux sonnets CLXIII et CLXXXVI.

CL

Se 'l dolce sguardo di costei m' ancide

Devant son doux regard si je meurs ou soupire,
Si le son de sa voix me charme et m'attendrit ;
Dès que sa bouche parle et dès qu'elle sourit,
Si l'Amour sur mes sens lui donne un tel empire ;

Combien je souffrirais, que mon sort serait pire
Si par ma faute ou non devait être proscrit
L'air de miséricorde en ses beaux yeux écrit !
N'est-ce pas sa pitié qui fait que je respire ?

Si je tremble à présent, si je m'en vais glacé,
Quand sa figure change et devient plus sévère,
J'ai, pour être craintif, l'épreuve du passé.

La femme, être mobile, en rien ne persévère ;
C'est sa nature ; on sait que dans son cœur léger
Le plus vif sentiment n'est qu'un feu passager.

Le dernier tercet rappelle les deux vers que François Ier aurait gravés avec le diamant de sa bague sur l'un des vitraux du château de Chambord, un jour qu'il devisait de l'inconstance des femmes avec sa sœur Marguerite d'Angoulême :

> Souvent femme varie,
> Bien fol est qui s'y fie.

Voici ce qu'on lit dans Brantôme : « Sur quoy il me souvient qu'une fois, m'estant allé pourmener à Chambord, un vieux concierge, qui estoit céans et avoit esté valet de chambre du roy François, m'y reçut fort honnestement, car il avoit dès ce temps-là connu les miens à la cour et aux guerres, et lui-mesme me voulut monstrer tout; et m'ayant mené à la chambre du roy, il me monstra un escrit au costé de la fenestre : « Tenez, dit-il, lisez cela, Monsieur; si vous n'avez « veu de l'escriture du roy mon maistre, en voilà. » Et l'ayant leu en grandes lettres, il y avoit ce mot: *Toute femme varie.* » (*Vies des Dames galantes*, édit. de Garnier de 1848, p. 264.)

Virgile avait dit avant Pétrarque : *Varium et mutabile semper — Femina.*

CLI

SUR UNE MALADIE DE LAURE.

Amor, Natura e la bell' alma umile.

Amour, Nature et Laure, arbitre de ma vie,
Pour m'ôter le repos ont fait un pacte entre eux.
Amour, qui m'a tendu des pièges si nombreux,
Veut que de mort enfin ma douleur soit suivie.

Nature tient ma dame à ses lois asservie
Par un lien si faible, un corps si langoureux,
Que, méprisant les biens qui nous rendent heureux,
Elle ne pense plus qu'au ciel qui la convie.

Aussi l'esprit vital s'éteint journellement
Dans cet être chéri, dans cet être charmant,
Vrai miroir d'élégance et de grâce touchante.

Si le ciel par pitié ne vient me secourir,
En défendant son front contre la faux méchante,
C'en est fait de l'espoir, je n'ai plus qu'à mourir...

« Laure, dit l'abbé de Sade à propos de ce sonnet, étoit d'une complexion fort délicate ; ses couches fréquentes et, si je ne me trompe, quelques chagrins l'avoient épuisée au point que, quoiqu'elle fût encore jeune, sa santé étoit chancelante et causoit souvent de vives alarmes à Pétrarque. » (*Mém.*, t. II, p. 285.)

Pétrarque avait écrit dans son troisième *Dialogue avec saint Augustin* : *Corpus illud egregium morbis ac crebris PTBS exhaustum multum pristini vigoris amisit.* Les lettres capitales sont l'abréviation de *partibus.* L'abbé de Sade prétend que le mot existe en entier dans quelques manuscrits et que dans d'autres il est écrit *ptubs.* Les partisans d'une Laure non mariée ont généralement traduit l'abréviation par *perturbationibus.*

L'abbé Castaing, qui excellait dans l'arrangement des textes au gré de ses paradoxes, ne s'est pas contenté de cette dernière interprétation. Il a supprimé *morbis ac*, substitué *multis* à *crebris* et traduit *PTBS* par *ptysmatibus.* Ce qui lui a permis de faire mourir sa Laure des Baux d'une consomption pulmonaire et de l'enterrer fille.

CLII

IL COMPARE LAURE AU PHÉNIX.

Questa Fenice, dell' aurata piuma.

Sans art ce Phénix forme, avec sa blonde plume,
A son cou gracieux un collier qui plaît tant,
Que les rebelles cœurs sont vaincus à l'instant,
Et que le mien, trop faible, en désirs se consume.

Il porte un diadème; à l'entour l'air s'allume,
Et l'Amour en extrait un feu surexcitant
Qui pénètre sans bruit dans le sein palpitant,
Un feu qui brûle encor par la plus froide brume.

Un vêtement de pourpre, aux plis tout parsemés
De roses et d'azur, enrichit ses épaules;
Jamais rien de si beau ne se vit sous les pôles.

L'opulente Arabie et ses monts parfumés
Possèdent seuls, dit-on, cet oiseau phénomène.
Mais sur les bords du Rhône un autre se promène.

J'allais citer quelques vers de Claudien sur le phénix, lorsque le hasard a fait tomber sous ma plume cette historiette qui fera diversion :

« Un très-grand prince de par le monde vint une fois à estre amoureux de deux belles dames tout à coup, ainsi que cela arrive souvent aux grands, qui aiment les variétez. L'une estoit fort blanche, et l'autre brunette, mais toutes deux très-belles et fort aimables. Ainsi qu'il venoit un jour de voir la brunette, la blanche, jalouse, luy dit : « Vous venez de voller pour « corneille. » A quoy luy répondit le prince un peu irrité, et fasché de ce mot : « Et quand je suis avec vous, « pour qui vollé-je ? » La dame respondit : « Pour un « phénix. » Le prince, qui disoit des mieux, répliqua : « Mais dites plustost pour l'oiseau de paradis, là où il « y a plus de plume que de chair, » la taxant par là qu'elle estoit maigre aucunement. » (Brantôme, *Vies des Dames galantes*, édition déjà citée, p. 157.)

Maigre aucunement signifie *un peu maigre, maigre en certains points ;* voy. le *Glossaire* de Roquefort.

CLIII

LES PLUS CÉLÈBRES POËTES N'AURAIENT CHANTÉ QUE
LAURE, S'ILS L'AVAIENT VUE.

Se Virgilio ed Omero avessin visto.

S'il avait lui du temps des Grecs et des Latins
Ce soleil dont je sens la lumière bénie,
Homère, puis Virgile auraient mis leur génie
A chanter tour à tour ses glorieux destins.

Enée, Ulysse, Ajax, de jalousie atteints,
N'auraient pas inspiré ces rois de l'harmonie,
Et parmi les héros de Troie et d'Ausonie
Ils ne brilleraient pas jusqu'aux siècles lointains.

A Scipion, la fleur de la valeur antique,
Ne peut-on comparer cette nouvelle fleur
De beauté, de vertus, vrai trésor domestique ?

Ennius chanta l'une en langage rustique ;
En chantant l'autre, hélas ! le mien n'est pas meilleur.
Qu'elle comprenne au moins l'accent de la douleur !

L'adorateur de Laure trouvait naturellement son idole digne des chants d'Homère et de Virgile. On peut lui passer cette hyperbole et beaucoup d'autres. Il savait que les femmes sont sensibles à la flatterie. La Fontaine le savait aussi en écrivant le quatrain suivant :

> L'or se peut partager, mais non pas la louange.
> Le plus grand orateur, quand ce serait un ange,
> Ne contenteroit pas en semblables desseins
> Deux belles, deux héros, deux auteurs, ni deux saints.

« Il n'y a point de femmes, remarque l'abbé de Sade, qui ait été si souvent et si bien chantée que Laure. Cependant Pétrarque paroit craindre, ou de n'en avoir pas assez dit, ou de n'avoir pas assez bien dit. Son style lui paroit peu assorti au nom et au mérite de Laure. Il compare le sort de cette dame à celui de Scipion l'Africain. dont les exploits héroïques n'ont été célébrés que par les vers grossiers d'Ennius. » (*Mém.*, II, p. 492.)

CLIV

IL CRAINT QUE SES VERS NE SOIENT PAS DIGNES DE LAURE.

Giunto Alessandro alla famosa tomba.

Sur la tombe d'Achille on prétend qu'Alexandre
Dit avec un soupir : « Que je t'estime heureux,
« Toi qui d'un grand poëte eus l'accent chaleureux
« Pour exalter ta gloire et réjouir ta cendre ! »

Mais celle, dont le nom ne doit pas plus descendre
Que le nom d'un héros dans l'oubli ténébreux,
Elle ne survivra qu'en mes vers langoureux;
Encor me croira-t-on mieux qu'on a cru Cassandre.

Et qui donc cependant plus que Laure a des droits
A l'encens dont Virgile honorait dieux et rois,
Aux doux accents d'Orphée, aux nobles chants d'Homère?

Sa triste étoile, hélas! l'a mise entre mes mains;
Quels que soient mes désirs, mes efforts surhumains,
Ma voix ne lui rendra qu'un hommage éphémère.

Ce sonnet est écrit dans la même pensée que le précédent. Laure est digne d'être célébrée par un meilleur
poëte. L'abbé de Sade félicite Laure, au contraire, et
avec raison, d'avoir inspiré la muse de Pétrarque.

« Si la gloire qu'on a acquise sur la terre pouvoit
ajouter quelque chose au bonheur dont jouissent les
âmes pures dans le sein de la Divinité, quelle obligation Laure n'auroit-elle pas à Pétrarque ! Sans lui, sans
ses beaux vers marqués au coin de l'immortalité, le
nom de Laure seroit enseveli dans la nuit des temps.
Sa beauté, sa vertu, toutes ses perfections n'auroient
pu l'en tirer. Combien de femmes plus belles et aussi
vertueuses qu'elle dont on ne parle pas, parce qu'elles
n'ont pas eu des Pétrarques pour amants ! Malgré la
célébrité que lui a donnée ce grand poëte, son nom de
famille et son état ont été ignorés pendant plusieurs
siècles, parce qu'il n'avoit pas jugé à propos de les faire
connoître dans ses vers. » (*Mém.*, tome II, p. 491.)

Le premier quatrain semble imité de Silius Italicus :

> Felix Æacida, cui tali contigit ore
> Gentibus ostendi, crevit tua carmine virtus.

*

CLV

AU SOLEIL QUI, EN SE COUCHANT, LUI ENLEVAIT LA VUE
DE LAURE.

Almo Sol, quella fronde ch' io sol' amo.

Divin soleil, ô toi qui jadis poursuivis
Cette Daphné qui croît dans le séjour de Laure,
Depuis qu'Ève montra les charmes qu'on déplore,
Rien de mieux que ma dame ici-bas tu ne vis.

Restons à l'admirer. Quand je la vois, je vis.
Mais tu n'écoutes pas mon soupir qui t'implore :
Tu t'enfuis entraînant le jour qui va se clore ;
Ta clarté l'abandonne, et tu me la ravis.

Déjà le crépuscule estompe la colline
Où se plaît ma pensée, où le zéphyr incline
Le rameau dont la feuille est offerte au vainqueur.

L'ombre grandit, hélas ! et la nuit désolée
M'ôte le doux aspect de l'heureuse vallée
Où celle qui m'inspire habite avec mon cœur.

Le texte porte au premier tercet : *Ove 'l gran lauro fu picciola verga;* et des commentateurs prétendent que cela signifie : *Dove già Laura fu bambina.* D'après cette interprétation, la Laure de Pétrarque ne serait pas celle d'Avignon, mais une autre de la vallée de Vaucluse. A cela on peut répondre que le commentaire italien est singulièrement risqué : qu'il y a une excellente raison de s'en tenir au sens naturel du texte et de n'y voir réellement qu'*un grand laurier qui fut une petite verge ;* c'est que Pétrarque, nous le savons par la note du sonnet XXVII, se plaisait à planter lui-même des lauriers ; et qu'à la vue de l'un d'eux, devenu grand, il était tout simple qu'il exprimât par le *fu picciola verga* la satisfaction qui fit dire à de Leyre : *Je l'ai planté, je l'ai vu naître,* dans la romance mise en musique par J.-J. Rousseau.

A propos de laurier, citons l'étrange étymologie de l'abbé Castaing de Pusignan. Pour appuyer sa thèse d'une Laure des Baux (lesquels Baux étaient successeurs de la maison d'Orange), il prétendait que la fréquente assimilation de Laure et laurier venait de ce que *Laura* était la contraction de *laurus aurea* et signifiait laurier à pommes d'or ou oranger. — *La Muse de Pétrarque*, ch. II.

CLVI

II. SE COMPARE A UNE BARQUE AGITÉE QUI NE PEUT
ENTRER AU PORT.

Passa la nave mia colma d'oblio.

Par une nuit d'hiver sur la mer en furie,
De Charybde à Scylla ma barque se heurtant,
Vogue avec le fardeau de mon cœur mécontent.
Au gouvernail se tient le Seigneur que je prie[1].

A chaque rame, avec un air de raillerie,
Un farouche penser voit le sort qui m'attend,
Et la voile se rompt sous l'effort de l'autan,
Tout chargé des soupirs de mon âme meurtrie.

Un déluge de pleurs et de rêves brisés
Humecte et rend plus lourds les cordages usés
Que l'erreur façonna d'une main inexperte.

La raison, le savoir, mes phares précieux,
Ne peuvent plus percer l'obscurité des cieux :
Je cherche en vain le port, et je cours à ma perte.

[1] L'Amour.

Peut-on critiquer l'expression, parfois allégorique et souvent ingénieuse, des sentiments de Pétrarque? Devait-il s'abstenir de puiser dans les trésors de son imagination, pour faire paraître son cœur plus sincère? Mais, s'il eût pleuré à chaudes larmes dans chaque sonnet, s'il eût écrit sans ornements de style ce qu'il souffrait, ce qu'il désirait, qui l'aurait lu? Qu'on n'oublie pas d'ailleurs en quel temps il vivait, et qu'on lui sache gré d'avoir exclu de ses poésies le pathos métaphysique de Dante! (V. un extrait de *la Vie nouvelle* au bas des sonnets LXXXVII et LXXXVIII.)

« L'engouement de ce siècle, dit Lamartine, a élevé Dante au-dessus de ses œuvres, sublimes par moment, mais souvent barbares; l'oubli de ce même siècle a négligé Pétrarque, le type de toute beauté de langage et de sentiment depuis Virgile. Cet engouement et ce dédain dureront ce que durent les caprices de la postérité (car elle en a), puis viendra une troisième et dernière postérité qui remettra chacun à sa place: Dante au sommet des génies sublimes, mais disproportionnés; Pétrarque au sommet des génies parfaits de sensibilité, de style, d'harmonie et d'équilibre, caractère de la souveraine beauté de l'esprit. » (*Cours familier de littér.*, 1858, p. 115.)

CLVII

LA VISION DE LA BICHE.

Una candida cerva sopra l'erba.

Au lever du soleil, dans un pré verdissant,
Sous un laurier baigné par deux cours d'eau limpide,
Je vis passer en songe une biche rapide
Portant des cornes d'or sur son front innocent.

Son air était si doux, si fier, si ravissant,
Que j'abandonnai tout pour la suivre, intrépide,
Comme après un trésor court l'avare cupide,
Que l'espoir paye assez des fatigues qu'il sent.

Ecrite en diamants brillait cette défense
Sur son beau col : « Que nul ne me touche et m'offense !
« Sinon mon maître est là qui veille et qui punit ! »

L'astre atteignait le haut de son cercle céleste,
J'étais heureux encor de la voir blanche et leste
Quand je glissai dans l'onde... Et mon rêve finit.

Les partisans du célibat de Laure en trouvent un indice dans cette biche blanche *candida cerva*. Leurs adversaires pourraient aussi voir un mari dans ce maître du premier tercet.

« Voilà sans contredit le sonnet le plus obscur de Pétrarque, dit l'abbé de Sade. Ses interprètes n'y ont rien compris : est-ce un songe, une vision, une allégorie ? Ils n'en savent rien. Qu'est-ce que c'est que cette biche ? Que signifient ces cornes d'or, ce collier de diamants, cette inscription ? On n'a rien dit sur cela qui satisfasse un esprit raisonnable ; et sur une énigme que personne ne peut expliquer, on veut établir un fait bien clair... Cela ressemble aux prophéties de Nostradamus, qu'on explique comme on veut, parce qu'on n'y entend rien. Si on veut qu'il soit question d'un fait, le *fra due riviere* prouve qu'il s'est passé à Avignon, et cela renverse tout le système de Velutello [une Laure de Cabrières non mariée]. On ne trouve pas deux rivières ni à l'Isle, ni à Vaucluse, ni à Cabrières. » (*Mém.* XV, p. 57 des Notes.)

FIN DU PREMIER VOLUME.

TABLE DU PREMIER VOLUME

Paris. — Typ. de Ch. Noblet, rue Cujas, 13. — 1877.

Bibliothèque nationale de France - Paris

Février 2002   Atelier de reproduction-MLV